ELOHIM

LEYSYELLY CARNEIRO

A PORTA SECRETA

ELOHIM

DIREÇÃO EDITORIAL
Lilian Vaccaro

COORDENAÇÃO EDITORIAL
Bianca Gulim

ASSISTÊNCIA EDITORIAL
Raquel Escobar

ANÁLISE CRÍTICA
Márcio Zanini

PRODUÇÃO GRÁFICA
Giovanna Vaccaro

CAPA
Carol Palomo

DIAGRAMAÇÃO
Michael Vasconcelos

Dados Internacionais de Catalogação na Publicação (CIP)

Carneiro, Leysyelly
A porta secreta / Leysyelly Carneiro. - 1ª edição - São Paulo: Coerência, 2023

ISBN: 978-65-89850-66-3

CDD: 869.3

Índices para catálogo sistemático:
1. Ficção brasileira 2. Fantasia I. Título

Grupo Editorial coerência ELOHIM

Rua Coronel Leme, 43 | Centro
Bragança Paulista | SP | 12.900-340
www.editoracoerencia.com.br
Tel.: (11) 9.8020-0810

Para todos aqueles que um dia deixaram
de regar sua árvore e não permitiram
que a verdadeira Luz entrasse.

AGRADECIMENTOS

Primeiro, agradeço a Deus por escolher usar minhas mãos como instrumento para escrever esta história e por realizar um sonho que eu nem sabia que existia dentro de mim.

Obrigada, papai, mamãe e irmãs por terem me incentivado a escrever, a mergulhar em um mundo diferente, e, em especial, a fazer aquilo que Deus me chamou.

Agradeço à mamãe e às minhas irmãs, Lys, Lysye e Layssy, minhas primeiras leitoras!

Obrigada a todos os meus amigos, que, mesmo sem ter noção do que se tratava o "Projeto secreto" — é isso mesmo, ninguém sabia que eu havia escrito um livro —, oraram e aguentaram a ansiedade.

Fiquei misteriosa por um tempo, mas valeu a pena, né?

Porque d'Ele e por Ele, e para Ele, são todas as coisas;
glória, pois, a Ele eternamente. Amém.

Romanos 11:36

PRÓLOGO

Era meu aniversário de sete anos — assim como o da minha irmã gêmea, Lysa. Sempre fui uma pessoa muito empolgada para aniversários, não por causa dos "parabéns" ou por ficar mais velha, mas sim pelos presentes. Quem não gosta, não é mesmo? É sempre bom receber mimos.

Estava me arrumando no quarto. Mamãe havia separado a minha roupa e a de Lysa, usaríamos vestidos e acessórios diferentes. Apesar de ser um hábito muito comum, mamãe e papai nunca gostaram de nos vestir iguais. Será que tinham medo de confundir a gente? Acho que não.

Estávamos quase prontas. Eu usava um lindo vestido vermelho curto e rodado de tule, com uma sapatilha de verniz vermelha e um laço de brilhantes no cabelo. Já minha gêmea usava um conjunto rosa de camiseta e saia, decorado com pequenas flores, tênis brancos e uma coroa cheia de strass. Estávamos superanimadas para rasgar e abrir os nossos tesouros, mais conhecidos como presentes.

Papai estava com uma calça social, blazer grafite, uma camisa social branca, topete e luxuosos sapatos de couro. Mamãe estava deslumbrante no vestido sereia preto, cabelo amarrado em um coque desconstruído e saltos agulha. Lenah, minha irmã mais velha, usava um vestido balonê azul, sapatilhas prateadas e o cabelo trançado. E minha irmã mais nova, Louyse, usava um vestido que ia até a altura da canela, tênis pretos e um laço no cabelo maior do que a própria cabeça. Estávamos todos bastante elegantes.

Chegando no salão de festas, fiquei boquiaberta ao ver que parecia ter saído de um filme de contos de fadas. A decoração era toda em rosa e vermelho, com um arco de balões na entrada e uma mesa coberta de doces. Havia de tudo: marshmallows, jujubas, chicletes, brigadeiros, beijinhos, bombons de todos os sabores e um bolo de tirar o fôlego composto por três andares. O primeiro andar era de chocolate com recheio de brigadeiro e castanhas. O segundo, de baunilha com recheio de frutas vermelhas. E o terceiro, de laranja com recheio de doce de leite, meu preferido. Tudo parecia um sonho. Ao lado da mesa, nossos olhos brilharam ao ver a belezura que lá estava: uma caixa gigantesca cheia de presentes, com seus variados embrulhos. Já não via a hora de a festa acabar só para me esbaldar em tanta riqueza.

Perto da entrada, ficava a porta que dava acesso ao paraíso, o parque de diversões, com brinquedos de tudo quanto é tipo: carrossel, pequenas montanhas-russas e roda-gigante, bate-bate, barraca de tiro ao alvo e pescaria. Havia também muita comida: carrinhos de pipoca, algodão-doce, maçã do amor, picolé, batata frita, cachorro-quente e hambúrguer. Acho que nunca tinha comido tanto na minha vida.

Pensa que acabou? Ainda havia palhaços — apesar de ficar aterrorizada perto deles, sentia-me segura naquele momento, já que minha família toda estava lá —, malabaristas e até bailarinas. Mamãe e papai pensaram em tudo de que as aniversariantes gostavam; eu amava parque de diversões, e Lysa, circo e balé.

Brincamos até nossos pés doerem e criarem calos. Os meus queimavam de tanto correr atrás dos meus amiguinhos durante uma brincadeira de pega-pega — que eu tinha perdido. Era péssima em ganhar velocidade, mas pelo menos me divertira, e muito.

Ao fundo, tocava músicas infantis que me faziam dançar até bagunçar o cabelo. Eu e minhas irmãs brincamos de roda até ficarmos tontas e cairmos no chão.

O fim da festa se aproximava, e os presentes só me olhavam, como se dissessem: "Me abra, me abra. Vamos, querida". Contudo, eu tinha que esperar todos irem embora, assim como papai falara.

Finalmente todos partiram, e consegui abrir meus presentes com um sorriso que ia de orelha a orelha. Claro que eu e Lysa dividimos os presentes — não que eu quisesse, mas, já que éramos gêmeas, não havia outra opção. Ganhei bonecas, livros, jogos de tabuleiro, lápis de cor e brinquedos em geral. Lysa ganhou um microfone que eu queria muito. Chorei bastante para ver se conseguia amolecer aquele coraçãozinho de pedra, no entanto apenas passei vergonha.

Chegando em casa, coloquei minhas roupas no cesto do banheiro e fui tomar um banho, porque estava tão suada que a minha franjinha grudava na testa. Estava muito cansada, por isso o banho não foi tão longo como de costume. Passei um xampu e condicionador com cheiro de morango. Agasalhei-me com meu pijama de pelúcia, que era repleto de desenhos de arco-íris, e calcei minhas pantufas de panda.

Enquanto penteava o cabelo, que ainda pingava, escutei uma voz me chamar – era doce, suave, calma, gentil e acolhedora. Achei que estava ficando doida, então gritei pela minha mãe, perguntando se ela havia me chamado, porém ela disse que não.

Fui dormir tranquila, porque tinha pesquisado na internet e os "famosinhos" diziam ser normal escutar isso às vezes. Talvez tenha sido por muita gente ter me chamado na festa e o som ter ficado na minha mente, fazendo com que eu pensasse ter escutado alguém chamar meu nome.

Foi naquela noite que tive o sonho pela primeira vez.

1

O lugar era escuro, com uma fraca luz apontando para uma grande árvore que não estava cheia de vida – pelo contrário, parecia estar murchando, sufocada pelos galhos pontudos. Ela quase não tinha folhas e as que tinha secavam e caíam ao chão. No tronco, um símbolo fora cravado. Parecia um coração humano, em cima do qual cinco linhas saíam de um canal. Em cima dessas linhas estavam insetos parecidos com borboletas.

Olhei para trás e vi outro símbolo. Pareciam dois oitos juntos, um deitado e outro em pé. Nas pontas do oito deitado havia um risco, e, na parte debaixo do oito em pé, um semicírculo. Era esse símbolo que brilhava. Percebi que era ele a iluminar a árvore.

Estava prestes a tocá-lo quando... Acordei com o grito empolgado da minha mãe:

– Filhas, acordem! O café está pronto.

Era nosso aniversário de vinte anos. Costumávamos tomar café da manhã juntas, e bem cedo, no nosso aniversário. Não passava das 7h. Eu não merecia dormir mais um pouco como presente de aniversário? Quem sabe assim eu conseguiria terminar aquele sonho e descobriria a sensação de tocar na árvore. Mamãe dizia que acordar cedo fazia o dia ser mais produtivo. Agora me digam, como vai ser produtivo o dia de uma pessoa que está com muito sono?

Tinha o mesmo sonho desde os sete anos, e sempre no dia do meu aniversário. Nunca soubera seu significado e nunca conseguira tocar na árvore.

— Isso não deve ser um sonho qualquer... tem que significar algo. Senão, por que sonharia com isso todo ano? E no dia do meu aniversário? — pensei em voz alta, já estressada com tanta incógnita.

— Está conversando com alguém, Lyra? — perguntou Lenah, confusa.

— Não, só pensei alto — respondi, dando um sorriso amarelo.

— Então está bem. Se arrume logo que já está todo mundo esperando. — Assenti para mostrar que ouvira. — Ah, outra coisa: se quiser conversar, estou aqui, está bem?

— Certo, obrigada — agradeci.

Lenah sempre foi assim, atenciosa. Ela levava bem a sério o posto de irmã mais velha e cursava psicologia — um curso que sempre achei combinar muito com ela.

Levantei-me da cama já com vontade de voltar a dormir; o cansaço percorria o meu corpo todo, parecia que tinha passado a madrugada limpado a casa toda sozinha. Tirei o pijama e fui direto para o banho para tentar tirar toda a preguiça que estava sentindo. Como de costume, tomei banho na água gelada. Peguei o xampu e condicionador de sempre, massageando bem rápido todo o couro cabeludo, como se isso fosse ajudar a organizar meus pensamentos.

Vesti o roupão e fui até o guarda-roupa para ver com qual roupa passaria o meu *bday*. Peguei uma calça jeans cintura alta confortável, um cropped branco gola alta e uma jaqueta preta de camurça. Calcei os tênis brancos e coloquei alguns anéis nos dedos, além de uma pulseira, que nem aparecia por causa da jaqueta.

Penteei o cabelo, peguei uma presilha que realçava o tom claro de castanho dos fios e prendi uma pequena mecha dourada. Passei uma maquiagem leve, apenas com BB Cream, pó compacto, blush, rímel — indispensável em minhas produções, pois destacava meus olhos verdes —, e, na boca, um lip tint.

Pronta, olhei-me no espelho. Estava linda. Eu amava aquela calça, valorizava o meu corpo violão, pelo qual eu era simplesmente apaixonada.

— Lyra, estamos esperando! — gritou papai.

— Já estou indo, estou quase pronta! — gritei de volta.

Peguei meu celular e tirei uma *selfie* para postar mais tarde nas minhas redes sociais. Percebi que tinha recebido várias mensagens de felicitações e vídeos.

— Ah, depois eu vejo, estão me esperando — pensei em voz alta.

Dei uma última conferida no espelho, passei meu perfume meio doce e saí, pegando apenas minha bolsa com coisas úteis para qualquer mulher. Desci as escadas com pressa, com a sensação de ter esquecido algo. Cheguei na cozinha e percebi que Louyse pegara um croissant.

— Nossa, até que enfim. Demorou, hein? — ela disse, escondendo a comida.

Olhei para ela com cara de deboche, apontando em direção ao croissant escondido.

— Opa! Desculpe, não resisti. Você estava demorando demais, então peguei um. Ah, vai, dê um desconto desta vez — explicou com um sorrisinho, tentando me convencer.

— Não. Mas se você me der metade... — respondi com uma gargalhada.

— Aff! Pegue — cedeu Louyse, emburrada.

A mesa estava toda posta com louças douradas, as preferidas de papai, o que deixava claro que aquela era uma data importante não apenas para mim e Lysa, como para ele também. Havia, ainda, várias opções de comida e bebida: croissant, omelete, pão de queijo, peito de peru, queijos, salame, cappuccino, chocolate quente, café e suco de laranja. Quem visse toda essa comida pensaria que dividiríamos a refeição com mais de vinte e cinco pessoas, mas não, éramos só nós seis mesmo. Sério.

Mamãe e papai ainda não estavam sentados à mesa. Quando eu ia perguntar, eles apareceram segurando dois bolos, o que indicava que um era para mim e o outro, para Lysa. Começaram a cantar:

— Parabéns para vocês, nesta data querida, muitas felicidades, muitos anos de vida.

Não consegui fazer como Lysa, que ficou parada apenas escutando a música e as palmas; eu também tinha que bater palmas ou ficava sem graça. Ia fazer o quê, cara de paisagem? Não, isso não era comigo.

Pediram para eu fazer um pedido e apagar a vela primeiro, já que eu era a gêmea "mais velha". Desejei que eu e minha família pudéssemos sempre ficar unidos e felizes e apaguei a vela. Agora era a vez de Lysa.

— Deseje dinheiro! — berrei.

Ela me olhou com aquela cara de negação, rindo de mim.

— Vou desejar sua jaqueta — provocou.

— Ah, sai fora! — exclamei, gargalhando.

Chegou, enfim, a parte mais deliciosa dos aniversários: comer o bolo. E, sim, nós costumávamos comê-lo pela manhã, ainda que deixássemos uma parte para comer à noite.

— Quem quer bolo?! — gritei.

Cortei o meu bolo e dei a primeira fatia para mim mesma, afinal era eu quem fazia aniversário.

Dei uma fatia a todos, e Lysa fez o mesmo. O bom de ter uma irmã gêmea era que sempre havia mais bolo no aniversário. Dei um abraço nela, até porque ela merecia um bom abraço como o meu.

Apesar de ela ser minha irmã gêmea, ninguém nos achava parecidas, muito menos a gente. Lysa tinha cabelos lisos castanho-claros, olhos castanhos, era magra, de pele bronzeada e uns dois centímetros mais baixa do que eu. Ninguém se virava para a gente e falava: "Uau, vocês são idênticas". Éramos gêmeas só pelo fato de nascermos juntas, porque de resto...

Dei uma garfada no bolo e comi.

— Nossa, que bolo é este? Quem foi a fada que fez? — perguntei, já sabendo a resposta.

— Fui eu — contou Lenah, superorgulhosa.

O meu bolo era de laranja com recheio de doce de leite, meu preferido. E o bolo de Lysa era de chocolate com recheio de brigadeiro, o seu preferido desde que começara a comer bolo.

Não era só porque Lenah era minha irmã, mas ela arrasava na cozinha, uma verdadeira cozinheira de mão-cheia. Ainda não descobri o segredo daquele doce de leite, que tinha um sabor aveludado, até parecia mágico. Sem exageros.

— Vou descobrir o que você coloca neste doce de leite e fazer um igual. Você vai ver! — falei com a boca cheia.

— Nunca, queridinha. Pode até fazer, só que nunca ficará igual ao meu. Pode tentar, eu deixo, só que já adianto que não vai conseguir.

Lenah gargalhou, convencida, com uma expressão de deboche.

— O bolo de Lysa também está gostoso, pena que não chega aos pés do meu — provoquei, querendo arrumar confusão, porém minha gêmea estava ocupada demais comendo.

— Filhas — mamãe começou —, quero contar uma coisa. Queria deixar para depois do aniversário de vocês — apontou para mim e para Lysa —, mas acho que não vou conseguir esperar. Será que eu conto?

— Acho que... acho que não, meu bem — disse papai na tentativa de nos deixar curiosas.

— Conte logo, mamãe — pedimos juntas, achando engraçado a ansiedade estampada no rosto dos nossos pais.

— Então, eu e o pai de vocês conversamos e decidimos que... — Mamãe fez uma pausa, criando suspense. — Nós vamos nos mudar.

A minha empolgação, que eu sabia que estava estampada em minha testa, transformou-se em desespero, embora minhas irmãs parecessem ter amado a ideia, a julgar pelos sorrisinhos que apareciam em seus lábios.

Foi um choque tão grande para mim que não prestei atenção nas palavras seguintes. Por que íamos nos mudar assim, de repente? Não havia necessidade.

— E a faculdade? — perguntei, aterrorizada, arrumando alguma desculpa para ficarmos.

— Fiquem tranquilas, já dei uma pesquisada, e lá tem uma universidade incrível — disse papai.

— Espere. Para onde vamos mesmo? — perguntei; mais tarde, pesquisaria sobre a cidade e acharia algum defeito.

— Vamos para Bibville! — exclamou mamãe, com a animação nas alturas.

Nunca gostei muito de coisas novas, pelo menos não desse jeito; tinha dificuldades em mudar de rotina. E tudo o que conquistara ali? Todos os amigos que batalhara para ter? Talvez, estivesse sendo um pouco egoísta ao pensar apenas em mim, no entanto a família sabia que eu odiava ser a novata, e dessa vez não era apenas na faculdade, e sim na cidade. O literal "Tudo novo, vida nova".

— Por que isso tão de repente, mamãe? — perguntou Louyse, preocupada.

— Precisamos de sossego, além disso um dia seremos idosos. Queremos um lugar mais aconchegante e seguro para todos nós. E fiquem tranquilas, resolvemos fazer a mudança no período de transferência, então podem estudar na Universidade de Bibville numa boa.

Mamãe e papai estavam felizes, e eu não poderia estragar isso, então resolvi aceitar, já que tudo fica mais "fácil" quando se está conformada.

— E, Louyse, você pode se matricular na universidade assim que abrirem o período de inscrições — continuou papai.

— E se eu não for aprovada? — perguntou, insegura.

— Tenho certeza de que será aprovada, maninha, você é muito inteligente. É claro que consegue — falei, querendo despreocupá-la.

E não era nenhuma mentira, ela era mesmo muito inteligente. Uma garota prodígio, nota dez.

— Falando em faculdade, Lysa... já decidiu o que vai fazer? — perguntou Lenah.

— Já, sim — respondeu Lysa, abrindo um sorriso de orelha a orelha.

— Qual? — perguntamos em uníssono.

— Não vou falar, é segredo. Assim que conseguir, conto para vocês.

Com essa resposta, todos murcharam.

— Que comece a arrumação para irmos embora — disse mamãe, ansiosa.

— Como assim? Já? — perguntei, espantada.

— Quando iremos? — perguntaram minhas irmãs numa só voz.

— Daqui a uma semana — respondeu papai.

Não sabia por onde começar. Seria me despedindo dos meus amigos? Dos meus professores? Da minha faculdade?

Acho melhor pedir logo a transferência.

Não podia perder tempo. Assim, comecei a arrumar minhas coisas.

A cada minuto que se passava, a casa que era cheia de momentos se tornava uma casa vazia, recheada apenas de lembranças.

2

Já dentro do carro, olhei para trás e vi nossa casa cada vez mais distante. Estávamos mesmo nos mudando.

Em minha mente se passava um filme: minha grande festa de aniversário de sete anos, as brincadeiras com minhas irmãs, o choro quando caía e machucava o joelho, meu primeiro "dez" na escola, os momentos difíceis pelos quais passara, os amigos que conquistara – não que fossem de fato meus amigos, já que eu só cantava para me sentir incluída, o que não deveria ser feito, afinal os outros alunos só tinham interesse em mim devido à minha "fama". É sério, na minha faculdade os cantores nunca, em hipótese alguma, eram deixados de lado.

Passei quase metade da viagem chorando, lembrando-me dos momentos felizes naquela casa e naquela cidade.

Ao longo do caminho, paramos apenas para abastecermos o carro e comer. O que eu mais comi foram hambúrgueres, batatas fritas e pizzas.

Saíramos de casa, quero dizer... da ex-casa às 9h. Estávamos todos cansados. Eu queria chorar mais um pouquinho, só que dessa vez em uma cama de hotel, já não aguentava mais ficar sentada. A pedidos meu e de Lenah, mamãe, que estava dirigindo, parou em um hotel que julgou ser arrumadinho o bastante para passarmos a noite.

Pensei que choraria ao me deitar, contudo o que aconteceu foi o oposto. Mal encostei a cabeça no travesseiro e já havia capotado.

De madrugada, por volta das 3h, Louyse apareceu cochichando meu nome:

— Lyra? Lyra. Lyra. Está acordada?

— Hum... Agora estou. O que foi? — perguntei um pouco preocupada; ela parecia séria.

— Você tem absorvente aí? Esqueci os meus lá na nossa casa. — Ela começou a rir. — Pelo menos os novos moradores terão um presente de boas-vindas — completou, rindo ainda mais alto, tão alto que Lenah e Lysa também acordaram.

— Caramba, calem e boca! Eu quero dormir — brigou Lenah, brava.

— Foi mal, majestade — disse Louyse, irônica. — Voltando ao assunto, você tem?

— Tenho, está na minha bolsa. Acho que tem uns dois. É o suficiente? — perguntei.

— É mais que o suficiente. Obrigada, mana — agradeceu, sorrindo.

Lembrei-me de quando isso acontecera comigo pela primeira vez, aos treze anos. Estava na festa de aniversário de dezesseis anos de uma colega. Sentira algo estranho no meu vestido, como se tivesse feito xixi. Ao me levantar, vira que tinha algo parecido com sangue na cadeira. Fora ao banheiro e vira que era mesmo sangue e começara a gritar, achando que estava morrendo. Fora constrangedor. Eu sabia o que era menstruação, só não sabia que era sangue. Hoje dou muita risada dessa história.

Voltei a me deitar, fechei os olhos e adormeci num sono profundo.

A próxima vez que acordei foi para ir ao banheiro às seis da manhã. No caminho, vi uma pequena luz dourada embaixo da cama de Lysa. Fui para perto e abaixei a cabeça para ver o que era, mas a luz sumiu de repente.

Acho que estou vendo coisas.

Por sorte, todas estavam dormindo, assim teria o banheiro só para mim enquanto fazia meu *skin care* tranquila. Coloquei os fones de ouvido e escolhi uma música bem animada. Peguei o sabonete líquido facial e lavei o rosto em uma tentativa de acordar. Depois, peguei o gel esfoliante e massageei em movimentos circulares para tirar as células mortas e, em seguida, usei um sérum de vitamina C, um hidratante e, por fim, o protetor solar.

Saí do banheiro e fui até a janela para ver como estava o clima. Estava nevando! Papai dizia que, quando nevava, coisas boas estavam por vir. E assim eu esperava.

— Está nevando! — falei bem alto com a intenção de acordar todo mundo.

— Está falando sério? — perguntou Louyse, incrédula.

— Seríssimo. Venham ver — disse a elas.

— É mesmo! Não é comum nevar nesta época do ano — disse Louyse, surpresa. — Chamem o papai e a mamãe.

Ainda bem que tínhamos trazido roupas de frio.

— Sairemos em trinta minutos, então terminem de se arrumar e vão tomar café da manhã — papai falou, apressado.

Descemos para tomar café, passando pelos corredores do hotel, que tinha uma decoração antiga. Atravessamos a recepção, toda em madeira com aspecto envelhecido, carpetes por todo o chão, lâmpadas que pareciam fogo e uma estátua de soldado ao lado, e encontramos o restaurante vazio do outro lado.

No café da manhã, uma mesa imensa oferecia várias opções: bolos, pães, cupcakes, muffins, torradas, biscoitos, queijos, cereais, frutas, panquecas, geleias, mel, chás, leites, sucos e iogurtes.

Não comi muito, já que andar de carro após comer me dava enjoo. Preferi comer apenas uma pitaia, uma maçã e um iogurte com granola, bem saudável.

Na hora de irmos embora, voltei a ver a mesma luz que estava debaixo da cama de Lysa, agora na parede. Chegando mais perto, percebi que era apenas um detalhe do papel de parede. Eu devia mesmo estar ficando louca.

Alô, é do hospício?

Já havia quase três horas que tínhamos saído do hotel.

— Mamãe, vai demorar muito para chegarmos em Bibville? — perguntei.

Mamãe ficou uns seis minutos em silêncio.

— Agora chegamos. Meninas, meu bem, sejam muito bem-vindos a Bibville.

Três estátuas nos receberam na entrada da cidade — três soldados lutando com espadas. Que bizarro! O que que aquilo representava? Passamos por várias casas chiques, todas em branco com lindos arbustos na frente.

A decoração da cidade era muito bonita, com diversos tipos de flores e árvores, que davam a impressão de estarmos passando por um túnel.

Ao pararmos o carro, paralisei: havíamos chegado em nossa nova casa.

3

Desci do carro admirada com a beleza da casa de dois andares. As paredes externas foram cobertas por tons terrosos, que cercavam as quatro janelas do andar superior e as duas do andar inferior, todas ricas em detalhes dourados.

Entrei na casa e vi que já estava toda mobiliada — concluí que fora por isso que trouxéramos apenas roupas e alguns móveis que tinham história. As paredes eram tão brancas quanto a neve, dando um toque elegante à decoração, aos abajures e aos vasos refinados.

No centro da sala estava um lindo piano de cauda branco. Parecia antigo, e tinha certeza de que ele guardava muitas melodias que jamais seriam tocadas de novo. Eu amava música, mas talvez devesse parar de usá-la apenas para conseguir atenção.

Subi as escadas de madeira apoiando as mãos no corrimão dourado, que parecia ter sido feito exclusivamente para aquela escada, tão perfeita quanto Romeu e Julieta. No andar de cima, deparei-me com cinco quartos: um para cada uma de nós e um para papai e mamãe. Meus pais preferiram o quarto que tinha sacada, óbvio. Os outros não tinham; ainda assim, possuíam uma linda vista da vizinhança. Será que os vizinhos eram agradáveis e gentis? Estava morrendo de medo de que não fossem. Não tinha como saber, né? Eu tinha que conhecer para saber.

Já com o quarto escolhido, voltei para o térreo e fui até o carro para pegar as minhas caixas de roupas, de brinquedos que marcaram minha infância e de algumas lembranças, como fotos, no porta-malas.

As caixas estavam um pouco pesadas, no entanto não eram nada que uma ex-crossfiteira — praticamente por um mês — não conseguisse levantar. Decidir começar com as mais leves, então peguei as de roupas, que estavam no fundo. Tentei equilibrá-las em meus braços, mas estavam mesmo muito pesadas. Achei que me superestimara.

Assim que consegui arrumar uma posição boa e confortável em que as caixas ficassem quietas, tropecei em uma elevação da calçada. Ó, bendita calçada! Com um suspiro, conferi meu joelho, notando que, apesar de um pouco avermelhado, estava tudo em ordem, nenhum sangrando. Olhei de canto e percebi uma mão estendida para mim.

— Você está bem?

Não era para ninguém ter visto. Calçada idiota.

— Estou, sim — respondi, envergonhada.

— Ah, que bom! — O garoto pareceu perceber minha expressão confusa. — Nossa, desculpe. Onde estão os meus modos? — Deu um sorrisinho. — Me chamo Kyle Clerck, seu vizinho.

Que privilégio ter alguém tão bonito para chamar de vizinho. Acho que o que papai fala sobre a neve é verdade.

— Prazer em conhecê-lo. Me chamo Lyra Lahyers, e, pelo visto, sou sua nova vizinha — respondi, educada.

— É um prazer conhecê-la. É bom ter alguém mais ou menos da mesma idade com quem conversar — disse Kyle, alegre.

— Como você sabe que temos mais ou menos a mesma idade? — perguntei.

— Porque você tem... vinte anos. Acertei?

— Belo chute — respondi. — E você tem quantos? Uns... vinte e dois anos?

— Na mosca! Pelo visto não sou o único bom em adivinhação. — Kyle era muito bonito; tipo, muito mesmo. Tinha cabelos loiros meio dourados, olhos cor de mel, com mais ou menos 1m86 de altura e um físico forte. Fiquei o admirando por uns segundos e acabei deixando-o envergonhado. — Você veio com seus pais? — perguntou.

— Sim. Aquele de cabelo preto e alto é meu pai, Lennon. Aquela de cabelo ondulado loiro, de óculos, ao lado do meu pai, é minha mãe, Laura.

— Uau, você é idêntica à sua mãe — disparou Kyle, interrompendo-me.

— Todo mundo diz isso — contei, sorrindo. — Aquela de cabelos lisos pretos é minha irmã gêmea, Lysa.

— Irmã gêmea? — perguntou, incrédulo. — Vocês não parecem gêmeas; sua mãe, sim. Desculpe a sinceridade.

— Sim, irmã gêmea. E fique tranquilo, eu também não acho que somos parecidas. Aquela que acabou de abrir a porta traseira do carro, de cabelo ondulado preto e óculos, é minha irmã mais velha, Lenah. E a de cabelo castanho-escuro, branca, de óculos, é minha irmã mais nova, Louyse.

— Que família grande você tem. Assim que deve ser bom, né? Você nunca deve se sentir sozinha. Eu sou filho único e estou morando sozinho. Meus pais se mudaram a trabalho. Às vezes é bom ficar sozinho, porém outras vezes é horrível. Sinto saudades dos nossos churrascos de domingo. Mas que bom que agora eu tenho uma vizinha para conversar, não é mesmo? — disse Kyle com um sorriso gigantesco.

— Sim, com certeza. Pode contar comigo — falei docemente.

Kyle era estranho, espontâneo e alegre. Gostei dele.

Acho que seremos ótimos amigos.

— Acho que seremos ótimos amigos — ele disse.

— Também acho isso! — exclamei.

Ele me analisou por alguns minutos e disse:

— Pode ficar tranquila em relação à vizinhança. Eles são muito legais, gentis e agradáveis — garantiu, dando um sorrisinho de leve.

— Fico feliz em saber — disse, aliviada. — Eu sempre tive dificuldades em mudar de rotina deste jeito.

— Ah, relaxa. Todos vão amar você — continuou. — Você faz faculdade?

— Sim, de música. Consegui fazer transferência para cá.

— Não acredito. Música? Sério? Eu também! Temos muito em comum — comentou, admirado.

— Verdade, temos mesmo.

— Quer ajuda com essas caixas? Parecem pesadas, porque você... Bem, você sabe — disse, coçando a testa.

— Eu tropecei, eu sei — falei com uma risada. — Não precisa, meu pai está aqui. Obrigada.

— Não foi nada.

Comecei a me virar para voltar a pegar as caixas quando decidi acrescentar:

— Esqueça que viu minha queda.

— Esquecer o quê? — perguntou, zombeteiro.

— Engraçadinho.

— Se precisar de qualquer coisa, é só ligar ou... ou gritar mesmo, você escolhe — falou, entregando-me seu número em um papel.

— Pode deixar. Se precisar de qualquer coisa, pode fazer o mesmo.

Aceitei o celular que ele me oferecia e anotei meu número.

Primeiro dia na cidade nova e já conhecera uma pessoa, que também fazia faculdade de música. Fiquei aliviada com a ideia de não passar o almoço sozinha, a não ser que ele já tivesse seu grupinho de amigos. Do jeito que era bonito, devia ser muito popular e o ídolo das mulheres.

Não achei que diria isso, mas pelo jeito me daria bem nessa cidade.

— Quem era aquele? — papai perguntou.

— Nosso vizinho — respondi.

— Ele parece amigável — comentou.

— É... Parece mesmo.

Subi a escadaria carregando algumas de minhas caixas e comecei a arrumar meu quarto.

Duas horas depois, e eu não estava nem perto de acabar. A minha vontade era tirar tudo de cima da cama, jogar no chão e cochilar. Poxa, estava cansadíssima.

Coloquei algumas fotos no rack, uma só com meus pais, outra só com minhas irmãs, outra com todos juntos e uma da minha formatura do colegial. Queria deixar o móvel com a minha cara, então o customizei com glitter, lantejoulas e luzes de LED. Engana-se quem acha que ficou feio — ficou per-fei-to.

Mais uma hora e meia, e terminei de arrumar. Até que enfim.

Estava tão cansada que nem jantei, apenas tomei banho, coloquei meu pijama e fui dormir. O dia seguinte seria longo e aterrorizante: meu primeiro dia de aula na Universidade de Bibville.

4

Estava em um sono profundo quando fui acordada por Louyse puxando o cobertor e pulando em minha cama.

— Lyra... Aff! Que dorminhoca. Depois não fale que eu não chamei. Você está atrasada — disse, cheia de si.

O quê? Não podia ser, meu celular nem havia despertado! Atrasada em meu primeiro dia de aula na faculdade nova? *Não...*, era o fim do mundo.

— Você está zoando, né? — falei, já de pé, procurando meu celular. — Onde está esse bendito celular? Você sabe?

Louyse balançou a cabeça, negando.

Peguei a primeira roupa mais bonitinha que vi, uma calça jeans térmica preta de lã, uma camiseta azul-escura, casaco preto de moletom e um coturno sem salto. Estava frio lá fora, em torno de 1 °C.

Desci as escadas correndo, mais rápida do que um avião, ainda meio tonta por ter me levantado rápido e agora com dor de cabeça.

Cheguei na cozinha para apenas tomar um iogurte de café da manhã; não podia me atrasar mais. Olhei para trás e vi Lenah dando dinheiro para Louyse.

— Que isso, gente? Eu também quero dinheiro — perguntei sem saber de nada.

— Lenah falou que, se eu conseguisse acordar você, ela me daria dinheiro, e aqui está, esta nota verdinha que amo — disse Louyse, orgulhosa de ter conseguido me fazer de trouxa.

— É o quê? Vocês apost...

Escutei meu celular despertar no andar de cima. Agora que era a hora de eu acordar.

— Louyse, Lenah... Corram! Salvem suas vidas — disse Lysa, zombando delas.

— Vai ter volta. Fiquem espertas caso apareça algum rato na cama de vocês — falei, irada, ao mesmo tempo rindo.

Eu não estava atrasada coisíssima nenhuma. Então subi de novo e terminei de me arrumar. Passei uma maquiagem bem básica, apenas com batom e rímel. Depois passei perfume, um bem delicado, e peguei uns dois colares de coração, que faziam parte de um conjuntinho.

Fui procurar meu celular embaixo da cama, porque o som parecia ter saído de lá, e vi uma luzinha pequena que brilhava, parecida com aquela que havia visto no hotel.

— Ahá! Peguei! Finalmente vou ver o que é essa luz que me persegue — falei, comemorando alto.

Abri a mão e... era uma lantejoula que caíra na noite anterior enquanto customizava o rack. De fato, teria que me internar.

— Celular? Confere. Mochila? Confere. Batom? Confere. Casaco extra? Confere. Tudo certinho, agora estou pronta — falei ao vento. Desci as escadas para irmos. — Por que me acordaram antes do celular despertar? — perguntei.

— Porque queríamos sair mais cedo para explorarmos a cidade — respondeu Lenah.

— Hum... Aqui estou. Vamos? — perguntei.

— Vamos — responderam juntas.

— Lenah, você também tem que ir à faculdade, esqueceu? — perguntei, confusa.

— Esqueci não, mana. Mas amanhã eu vou. Hoje quero apenas conhecer a cidade.

— Que péssimo exemplo de irmã mais velha — provoquei com uma cara de decepção.

As chaves estavam nas mãos de Lysa, o que significava que ela iria dirigir. Conforme caminhava em direção ao carro, fui abordada por Kyle:

— Bom dia, desastrada. Quer dizer, novata — disse ele em tom de brincadeira.

Fiz uma cara de deboche para ele e comecei a rir.

— Bom dia, palhacinho. Quer dizer, vizinho.

— E colega de turma também — continuou Kyle.

— Como sabe que estamos na mesma turma? — perguntei.

— Fiquei sabendo na página da turma, no blog da faculdade. As notícias voam por aqui. Não é qualquer dia que chega um novo aluno de transferência na Universidade de Bibville.

— Sério? Por quê? Ela não é procurada o bastante?

— Pelo contrário, minha querida vizinha. Você deve ser superinteligente para eles terem a aceitado. Vivem rejeitando alunos nessa mesma situação. Qual sua média geral? Oito? — ele perguntou tentando adivinhar.

— Não. — Comecei a rir. — Minha média é nove.

— *Uau* — disse ele, espantado. — Tenho muito a aprender com você. Minha média é sete e me sentia o nerd. Depois dessa, acho que sou um leigo.

— Ah, para com isso. Uma nota não define quem você é, aposto que é inteligente tamb...

— Venha logo, Lyra! — gritou Louyse de dentro do carro.

— Você quer carona, já que vamos para o mesmo lugar? — perguntou gentilmente.

— Não precisa, muito obrigada. Minhas irmãs me levam — falei, grata.

— Não há de quê. Se precisar, já sabe — disse Kyle me dando um tchauzinho.

Concordei com a cabeça, retribuindo o aceno.

Gostava de Kyle, mas não era doida o bastante para aceitar carona de quem acabara de conhecer — isso se chama *segurança*. E se ele fosse um psicopata com a intenção de me matar?

Entrei no carro com todas as minhas irmãs me olhando com cara de curiosidade.

— Hum... Lyra está famosa — disse Louyse, sapeca.

— Isso porque tem dificuldade de fazer amigos. Imagine se não tivesse — continuou Lenah.

— É verdade, Lyra. Falando nisso, quem é aquele ser? Quando e onde conheceu ele? — perguntou Lysa.

— Ué — comecei, rindo. — Isso virou um interrogatório, é?

— Bora, desenrola — Lysa disse com um tom de curiosidade.

— É nosso vizinho. Ele se chama Kyle Clerck, tem vinte e dois anos e faz faculdade de música também. Mais alguma pergunta? — falei, dando gargalhadas.

— Ele é bonito — disparou Lenah.

— É mesmo — concordei.

— E você vai ficar na mesma turma que ele? — Louyse perguntou.

— Sim, pelo que parece — respondi.

— Hum... Sei não, hein?! — Louyse disse com aquela cara de quem está aprontando.

— Mana, sabe que Louyse já está de olho em seu quarto, né? — Lenah afirmou.

— Como assim, gente? — perguntei, perdida.

— Casamen...

Interrompi Louyse:

— Queridas irmãzinhas, vocês enlouqueceram? — continuei. — Eu, hein! Sai fora. Acabei de conhecê-lo. Prestem a atenção no trânsito.

Olhei a paisagem pela janela e percebi que aquela cidade não era tão parada como eu imaginara. Havia muitas pessoas andando de bicicleta e correndo nos parques. Queria ter essa disposição de acordar cedo para correr também, mas vida saudável não era comigo.

A distância entre nossa casa e a faculdade era curta, de modo que levamos apenas oito minutos para chegarmos. Entrei em pânico ao ver aquela multidão. Havia mais pessoas do que na minha antiga universidade, e isso não era muito bom, já que era muito tímida — e teria que fazer com que essa característica me deixasse. Ou não.

Lenah desceu comigo.

— Ué, você não disse que não viria hoje? — perguntei.

— Pois é, mudei de ideia. Estava ficando com a consciência pesada.

Eu e Lenah entramos juntas. Fui para a direita e ela, para a esquerda.

A universidade era enorme, parecia um castelo medieval, só que atualizado. No centro, havia um belíssimo jardim com rosas e tulipas, e uma grade extensa, na qual os alunos colocavam cadeados com seus nomes e curso, como representação de seus compromissos com a faculdade. Seria uma honra para mim fazer o mesmo.

— Você já decidiu que cor de cadeado irá colocar? — perguntou Kyle apontando o dedo para a grade. — A propósito, seja muito bem-vinda à Universidade de Bibville.

— Muito obrigada, querido veterano — falei em um tom de brincadeira. — Ainda não. Na verdade, acabei de ver essa tradição. Onde está o seu cadeado?

— Não sei bem, são tantos — respondeu ele. Estava muito admirada, acho que nunca tinha visto uma faculdade tão linda e organizada. — Vou lhe mostrar a universidade. Venha comigo.

Percebi que algumas pessoas nos olhavam cochichando algo, e muitos iam até ele para desejar um bom-dia. Estava me sentindo desconfortável com aqueles olhares.

— Não precisa ficar incomodada. Não estão falando mal de você. É apenas porque é a aluna nova que veio de transferência. Isso logo passa — disse querendo me acalmar.

— Está estampado em meu rosto que estou desconfortável? — perguntei, preocupada.

E se me achassem com cara de metida?

— Não. É porque eu entendo. Mesmo não a conhecendo muito, já sei que é uma pessoa quieta.

Ele falava isso porque não conhecia meu passado, quando queria usar minha voz para chamar atenção, só para me sentir incluída de alguma forma.

À medida que as pessoas cumprimentavam Kyle, também falavam comigo, e tive uma leve impressão de que elas só faziam isso porque eu estava com ele.

Quanto mais eu passava pelos corredores, mais certeza eu tinha de que Kyle não tinha apenas um rosto bonito, ele também era muito popular. Em todo o lugar a que ia, todos o conheciam, de alunos a professores.

Com ajuda de Kyle, cheguei na sala de aula, que parecia mais com um auditório. Ainda bem que ele me ajudara, porque estava perdida. A sala era grande, com capacidade para aproximadamente setenta e cinco alunos. Possuía paredes brancas e um lindo lustre de prata no centro, contendo lâmpadas que pareciam velas.

A primeira professora chegou e logo percebeu haver um rosto novo na turma, que no caso era eu. Ela olhou para mim e acenou para eu me aproximar. Levantei-me e me deparei com as expressões dos alunos. Devia ter algo em meu rosto, não era possível.

— Seja muito bem-vinda. Pode me chamar de senhora Darling, serei sua professora de História da Música. Aqui estão os conteúdos das semanas passadas para se atualizar — disse ela, dando-me uma lista. — Recomendo que você peça para alguém a ajudar, estamos bastante adiantados — continuou com um lindo sorriso.

— Obrigada. Eu só conheço uma pessoa, mas pedirei ajuda. Muito obrigada — falei em um tom gentil.

— Certo, então pode voltar para o seu lugar — ela pediu, educada.

A senhora Darling era encantadora. Baixa, com 1m53 de altura, negra, com olhos heterocromáticos e cabelos cacheados. *Oi, professora, tenho uma pergunta: me passa a receita dessa beleza?*

A próxima aula foi com um professor meio arrogante. Não gostei muito dele. Ele perguntava se os alunos tinham dúvidas e, quando eles faziam suas perguntas, o professor respondia: "Vocês têm que estudar mais". Deu vontade de falar: "Para que oferece ajuda se não vai ajudar? Você é pago para isso", porém não era de caçar confusão e muito menos de ser mal-educada, por isso apenas fiquei na minha. O senhor Washington era um pouco alto, branco, olhos castanhos e cabelo enrolado; bonito, confesso, porém sua arrogância ofuscava a beleza.

A professora da terceira aula não tinha ido, não sabia o porquê. Então eu e Kyle ficamos conversando.

— O que está achando das aulas até agora? — ele perguntou.

— Ah, sei lá. Eu amei a primeira aula, já a segunda...

— Eu entendo, todos o acham grosseiro — acrescentou Kyle.

— Com você ele foi um amor.

— É que ele foi meu professor de piano quando era criança, acho que é por isso que me trata bem.

— Tive uma ideia! — falei, entusiasmada.

— Ideia? Para quê? — ele perguntou.

— Para ele tirar as dúvidas de todos sem ser grosseiro com ninguém.

— Qual? Impossível — Kyle disse em um tom de subestimação.

— Simples: é só todos os alunos entregarem as perguntas para você fazer — continuei. — Poderíamos cobrar por isso. Ficaríamos ricos muito rápido. Percebi que nessa disciplina tem muita gente com dúvidas.

Kyle colocou a mão no queixo, pensando.

— É... Não é uma má ideia. Gostei — concordou.

Comecei a rir, e não foi baixinho. A cara de confusão de Kyle era nítida. Ele fazia um sinal com as mãos, como se perguntasse: "O quê? Como assim? Está rindo do quê?".

Vi que duas meninas viraram as cabeças em minha direção, acho que minha risada era muito escandalosa.

— Era brincadeira, Kyle.

— Está com fome? Se quiser, podemos ir ao refeitório agora.

— Estou, sim.

— Vamos almoçar com meus amigos, tudo bem?

— Beleza.

Achei que seriam apenas uns cinco amigos, e foram mesmo, no início. Começaram a chegar cada vez mais alunos para se sentar conosco.

A mesa era muito grande. Sem contar eu e Kyle, havia mais vinte pessoas, sem brincadeira. Achei que nunca iam parar de chegar. Deixamos alguns segurando a mesa para nós, e eu e Kyle fomos pegar nossos almoços. Havia três opções de restaurantes: italiano, comida oriental e outro que servia um pouco de tudo. Como não queria comida oriental nem italiana, resolvi ir ao terceiro restaurante.

Primeiro, fomos ao restaurante italiano pedir o almoço dele. Viu o cardápio e pediu um macarrão com almôndegas. Enquanto preparavam, fomos pedir o meu. Escolhi um estrogonofe de frango, que vinha acompanhado de arroz à grega e batata palha. O meu ficou pronto mais rápido do que o dele.

Com o almoço em mãos, voltávamos à nossa mesa no momento em que escutei o cochicho de algumas meninas, que diziam: "Mal chegou e já foi recepcionada por Kyle. Nem eu que estou aqui há dois anos tive esse privilégio. Que inveja". Ele era mesmo popular; não que isso fosse ruim, pelo menos não me sentiria excluída.

Estava quase terminando de comer quando vi um flash passar bem rápido na frente dos meus olhos. Eu não sabia explicar o que tinha sido aquilo; foi tão rápido que vi apenas um vulto.

— Está tudo bem com meu olho, Kyle? — perguntei um pouco preocupada.

— Parece que sim. Por quê? Aconteceu algo?

— Não, nada. Obrigada.

Pelo menos meu olho estava intacto — nunca se sabe se algo tinha acontecido.

Terminei de almoçar e fui deixar a bandeja no restaurante, porém percebi que ninguém fazia o mesmo. *Cadê a educação, gente?*, fiquei com vontade de falar. Retornei à mesa e vi que um dos amigos de Kyle, John, se não estivesse enganada, pegou seu violão e começou a tocar.

— Novata, você sabe cantar? — perguntou ele.

— O nome dela é Lyra, John — repreendeu Kyle antes que eu conseguisse responder.

Assenti com um leve sorriso. Olhei ao redor e vi que todos olhavam para mim. Seria uma boa oportunidade para ganhar seguidores nas redes sociais. Prometi a mim mesma que não faria mais isso, contudo estava prestes a fazê-lo. Que mal havia em ganhar popularidade usando a minha voz?

E assim eu fiz: cantei e recebi aplausos de todos.

As aulas da tarde passaram muito depressa — tão rápido que nem vi o tempo passar.

Na hora de ir embora, tive uma sensação intensa de alguém estar me observando. E estava mesmo. Era um homem alto com cerca de 1m88 de altura, por volta dos vinte e dois anos, de cabelo preto, olhos castanhos, pele clara e fisionomia forte.

— Aquele é Benjamin Gladger. Ele também estuda música, só que em outra turma — comentou Kyle.

Levei um susto tão grande que achei que teria um ataque cardíaco.

— Hum... — respondi.

— Um amigo dá conselhos, então é o que farei: ele não tem uma boa fama aqui. Dizem que é perigoso e muito mentiroso. Já escutei dizerem que faz de tudo para conseguir o que quer. Por isso, se eu fosse você, tomaria cuidado — Kyle disse.

— Certo. Pode deixar.

Não que eu acreditasse em opiniões alheias antes de conhecer as pessoas, mas dessa vez senti que esse tal de Benjamin não era uma boa companhia.

Fui tirada de meus pensamentos quando Lysa buzinou, fazendo sinal de "vem" com as mãos. Virei de costas, ainda sentindo que ele me olhava. Entrei no carro e estavam todos lá, inclusive papai e mamãe. Nós tínhamos uma caminhoneta de sete lugares; legal, né? Eu me sentia em uma limusine.

— Prontas para passear? — perguntou papai, empolgado.

— Sim! — respondemos juntas.

Eu estava muito cansada, porém não podia negar que estava curiosa para explorarmos Bibville.

5

Bibville era conhecida como "a cidade dos shoppings", pois tinha quinze deles — bastante para uma cidade que não parecia ser tão grande. Ter muitos shoppings tinha suas vantagens: era improvável encontrar alguém indesejado por acaso, poderia ir quinze dias direto sem repetir e não enjoaria fácil do local de fazer compras.

Fomos em um que era imenso por fora, mas minúsculo por dentro. Ilusão de ótica. Era um luxo do lado de fora, com uma arquitetura neoclássica, com pilares que me lembravam da Casa Branca e rica em detalhes. Por dentro era bastante simples, porém não um simples bonito; era um simples meio "blé". Era igual algumas pessoas, lindas por fora e feias por dentro.

Fizemos compras para aproveitar a viagem. Roupas de frio, maquiagens à prova d'água, pantufas de bichinhos, itens de papelaria e alguns porta-retratos.

Estávamos passando pela praça de alimentação quando vimos uma atraente gelateria. Louyse só faltou pegar um balde para encher de sorvete. Eu me servi de vários sabores: chocolate belga, amêndoas, brigadeiro, trufas e torta de limão, e ainda joguei bastante calda quente de chocolate. Aquela gelateria era sensacional, toda cor-de-rosa, com espaço para fotos e papéis de parede bem brilhantes.

— Você vai aguentar tudo, Louyse? — perguntei, já de olho em seu sorvete.

— Claro... que não. Tome — disse ela, na bad por não ter conseguido tomar tudo.

— Eba! — respondi, alegre.

Ela tinha um gosto bastante peculiar, pegava só sorvete de frutas. Qual era a graça disso? No entanto, era como minha mãe dizia: "Gosto é igual umbigo, cada um tem o seu".

Fiquei satisfeita e recusei o sushi que meus pais haviam comprado. Enquanto eles comiam, avisei que ia explorar o shopping mais um pouco.

Passeava pelos corredores à procura de uma loja interessante. E a encontrei na forma de uma loja de decoração bastante chamativa. Olhei todas as prateleiras, analisando todas as coisas bonitas à mostra, até que meus olhos pousaram em uma lamparina colorida no formato de uma árvore, com uma luz dentro que se mexia, como se fosse um vaga-lume de verdade.

— Essa árvore me parece familiar. Onde já a vi? — Pensei alto. — Não pode ser... É idêntica à do meu sonho, exceto pela ausência do símbolo.

Fiquei muito interessada em comprar, então fui atrás de uma vendedora.

— Olá, moça. Boa tarde — falei ao encontrar uma.

— Boa tarde! Como posso ajudar?

— Quanto custa aquela lamparina em formato de árvore? — perguntei.

— Lamparina em formato de árvore? Acho que não temos. Deixe eu conferir aqui no site. — A vendedora demorou uns cinco minutos revisando o estoque digital. — Sinto muito. Nós não temos essa lamparina.

— Como não? Acabei de vê-la. Está ali, naquela prateleira.

Mostrei apontando o dedo.

— Tem como a senhorita me mostrar? — perguntou em um tom que deixava claro que estava me julgando por insinuar conhecer melhor a loja do que ela.

— Tem, sim. — Andamos até lá. — Aqui... Ué? Estava aqui, tenho certeza. Alguém deve ter comprado.

— Tem certeza de que a senhorita não se confundiu? Eu trabalho aqui há mais de quatro anos e nunca vendemos nada em formato de árvore, muito menos lamparinas — comentou em um tom doce.

— É, devo ter me confundido. Mesmo assim, muito obrigada pela disponibilidade — respondi.

— Por nada. Volte sempre.

Eu sabia o que tinha visto e não estava doida. Como assim, o negócio sumira do nada?

Mamãe, vou marcar um psiquiatra para mim.

Decidi voltar para a mesa da família, indignada com a confusão que fizera.

— Que bom que voltou, filha. Já ia ligar para você — disse papai assim que me viu. — Venha tirar uma *selfie* conosco.

Tiramos a foto e fomos embora carregando todas as sacolas de compras. Entramos no carro no momento em que ouvi meu celular apitar. Era Kyle me lembrando de estudar o texto de História da Música. Respondi que não ia esquecer e agradeci.

— É aquele seu amigo? — quis saber Lysa, fazendo sinal de aspas com a mão na palavra "amigo". Eu a olhei com seriedade e respondi que sim, era ele, apenas para me lembrar de estudar. — Aham, sei — terminou ela.

Chegamos em casa já de noite, e, ainda satisfeita com a quantidade de sorvete consumida, fui direto estudar. Fiquei lá por cerca de três horas, com a cara no texto. Nesse meio-tempo, papai, mamãe e minhas irmãs foram ao meu quarto para desejar boa-noite conforme iam se deitar.

Por fim, tomei um banho rápido antes de decidir ir preparar meu lanche da quase madrugada. Estava indo para a cozinha quando escutei uma voz me chamando, a mesma que me chamara aos sete anos.

— Quem está aí? — perguntei com muito medo. — Vamos. Quem está aí?

Ninguém respondeu. Não havia uma hora melhor para me chamar, não? Tinha que ser à noite, com todo mundo dormindo? Será que era assombração? Se fosse, que tipo de assombração tinha uma voz tão limpa, doce e suave?

No fim, fiquei sem lanche, preferindo apenas correr para o meu quarto e dormir com a luz acesa. Se é que eu ia conseguir dormir.

6

A noite foi longa. Não consegui dormir, fiquei me revirando na cama. Meu celular ainda não tinha despertado quando escutei alguém bater à porta. Usei o cobertor para me cobrir da cabeça aos pés.

— Lyra?

— Quem está aí? — perguntei.

— Ué, não está reconhecendo mais a voz de sua mãe?

— Me desculpe, mamãe — pedi, afastando o cobertor.

— Por que estava toda coberta? Estava com medo de algo? — perguntou mamãe, preocupada.

— É que não consegui dormir direito. Acho que vou ter que ir ao psiquiatra, mamãe.

Ela começou a rir e disse:

— Ô, minha filhinha, você está passando por um período de mudanças, e eu entendo. Sei que tem dificuldades com isso. Não se preocupe, mamãe sempre estará aqui. Pode contar comigo para tudo, está bem? — disse docemente, puxando-me para um abraço.

Aquele abraço sempre me acolhia, refugiava-me nos momentos mais difíceis. Eu amava minha mãe. Ela sempre fora e sempre seria minha melhor amiga. Mamãe me entendia de uma forma que nem eu mesma compreendia. Como alguém podia me amar tanto, mesmo eu sendo uma cabeça-oca?

— Eu amo você, filha.

— Também amo você, mamãe. Mil milhões — admiti com uma lágrima nos olhos.

Ela me deitou em seu colo e começou a fazer cafuné em meu cabelo. Eu me senti segura.

— Por que não falta à primeira aula hoje? Você está cansada.

Concordei e adormeci ali mesmo.

Uma hora depois, acordei com o toque de mensagem do meu celular. Era Kyle perguntando o porquê de eu não ter ido para a primeira aula e se estava tudo bem. Percebi que mamãe ainda estava lá, acariciando meu cabelo.

Dei outro abraço nela e comecei a me arrumar para a aula. Não estava com vontade nenhuma de ir, mas estudantes não têm opção. Como dizem: ou você dorme ou você estuda, os dois não dá.

Peguei o conjunto de frio de moletom e uma jaqueta, caso esfriasse mais. Calcei meus tênis pretos flatform e peguei uma correntinha prata.

Lenah já tinha ido para a aula, por isso seria papai quem me levaria.

— Bom dia, filha! — disse papai.

— Bom dia, papai — falei meio desanimada.

— O que aconteceu com você?

— Só estou com muito sono — respondi com os olhos fechados, o que não resolveria nada.

— Eu entendo, na minha época de faculdade também ficava assim — ele contou com uma risada.

Meu pai era formado em Odontologia, contudo não atuava na profissão.

— O senhor conseguia dormir bem?

— Ah, sim, claro. Nem sempre conseguia, mas, sim, na maioria das vezes eu dormia por oito horas.

— Ah, queria conseguir dormir por oito horas também.

— Comece a se organizar mais que você consegue — aconselhou com um sorrisinho meigo no rosto. — Chegamos.

— Obrigada. O senhor vem me buscar? — perguntei em um tom convincente.

— Vou ver... — falou ele com um tom engraçado.

Olhei para o relógio e vi que já estava cinco minutos atrasada para a aula do senhor Washington. Revirei os olhos. *Já vi que hoje vou levar bronca.*

Chegando lá, tentei entrar de fininho, mas Kyle levantou a mão e acenou para que eu me sentasse ao seu lado. Fiz um sinal de silêncio, porém, quando eu menos esperava, tropecei.

Que beleza, hein, Lyra?

O professor se virou em minha direção e parou a aula, esperando que eu me sentasse. *Acho que é agora que vou receber uma bronca e pagar mico na frente de todos*. No entanto, por mais estranho que fosse, o professor apenas olhou para mim e seguiu com a aula. *Cadê a bronca? Já estava preparada.*

Demorei alguns segundos, contudo entendi o porquê de o senhor Washington não ter falado nada: tinha sido Kyle a me chamar.

— Caramba! Vou me atrasar sempre e me sentar ao seu lado para passar impune — comentei em tom de brincadeira.

— Vai nessa — ele respondeu com uma expressão de deboche.

Kyle e eu estávamos mesmo virando amigos, hein?

A segunda e terceira aula passaram mais devagar do que uma tartaruga. Não consegui prestar atenção, só fiquei pensando na voz que me chamara na noite anterior.

No horário de almoço, eu não estava com nem um pingo de vontade de comer, e acabei só tomando um suco de laranja.

Os amigos de Kyle tinham me chamado para um dueto com ele no palco improvisado do refeitório. Aceitei o convite, por que não? Cantamos e recebemos aplausos de todos que estavam lá.

Kyle me mostrou a página da universidade para ver o que os alunos mais comentavam.

— Olhe isso, Lyra — disse ele, entregando-me seu celular.

Vi que estavam pedindo minhas redes sociais. Diziam que eu cantava bem, que eu deveria cantar mais e que queriam meu autógrafo antes de me tornar mundialmente famosa.

— Isso é sério? — perguntei.

— Os alunos não colocariam isso em uma página aberta se não fosse sério — disse ele, admirado.

— Uau! — Foi a única resposta que consegui dar.

— Você está ficando famosa — comentou, orgulhoso.

Dei um sorriso. Como assim, *famosa*? Eu nem tinha amigos na antiga cidade e agora tinha Kyle e seguidores nas redes sociais. Era inacreditável.

O que está acontecendo?

Não tivemos aula depois do almoço, então ficamos jogando cartas, cantando e estudando um pouquinho.

Papai me ligou para avisar que ia se atrasar uns trinta minutos, por isso fiquei sentada em um banco na frente da faculdade.

— E aí, vizinha, não vai embora? — perguntou Kyle.

— Não, estou esperando meu pai. Ele disse que vai se atrasar um pouco — respondi.

— Quer carona? — ofereceu.

— Não precisa, ele já está vindo. Obrigada mesmo assim.

Vai que ele me rouba?

Ri do meu pensamento.

— Está com medo de quê? Eu não vou roubar você... — falou, dando risadas.

Ele leu minha mente? Ele lê mentes?!

— Medo de nada — respondi, rindo, mas preocupada.

— Não pareceu pela sua cara — ele explicou, levantando uma sobrancelha.

Eu era tão transparente assim? Aff.

— Papai já está vindo me buscar, sério. Obrigada por oferecer.

— Já que é assim, vou ficar aqui até seu pai chegar — disse, convicto.

— Não se preocupe, pode ir. De verdade — insisti.

Ele fez de conta que não escutou. Enquanto papai não chegava, Kyle me explicou um pouco dos conteúdos de História da Música.

Vi o carro virando a esquina e falei:

— Estou indo, meu pai chegou. Obrigada por ficar aqui comigo.

Dei um sorriso e acenei antes de entrar no carro e ver que papai estava me encarando.

— Oi, filha — disse com tom seco.

— Oi, papai — falei mais empolgada do que de manhã.

— Quem era aquele? — ele perguntou.

— Kyle, meu colega de classe e nosso vizinho — respondi.

Sabia. Papai estava com ciúme.

— Hum... Legal — respondeu ele.

— Lenah está melhor? — perguntei.

Ela tinha ido embora mais cedo porque estava com enxaqueca.

— Está, sim. Ela tomou remédio e descansou — falou em um tom mais amigável.

— Que bom, fico mais aliviada. — Passamos quase a volta toda em silêncio. Acho que papai estava estressado por alguma coisa que não envolvia Kyle. — Está tudo bem, papai?

— Na verdade, não. Estou com dor na coluna — respondeu ele com uma expressão que podia significar tudo, menos que estava com dor.

Chegando em casa, avistei um carro prateada com um enorme laço vermelho. Fiquei sem entender. Estavam mamãe e minhas irmãs na frente do carro.

— Surpresa! — gritaram todas juntas.

Eu, lerda como sempre, fiz uma cara de interrogação.

— Para quem? Para mim?

— Aff! Essa lerdeza da Lyra é muito estraga-prazeres — reclamou Lenah com um revirar de olhos. — Claro que é.

— Não acredito! — falei tão alto que até os moradores da minha antiga cidade deviam ter escutado. — Obrigada, mamãe e papai, de verdade.

— Então, o carro é seu, mas você e Lenah vão juntas até o carro dela chegar — mamãe falou.

— Ué, ela já sabe? — perguntei.

— Já. Ela escutou toda a ligação que fiz com o vendedor. — Foi papai quem respondeu com uma careta para Lenah.

— Isso é novidade. Ela nunca foi curiosa. Por que será que desta vez ela foi? — zombei.

Ela me mostrou língua e saiu.

Não dava para acreditar! Agora eu tinha um carro. Estava gritando por dentro de tanta felicidade. Era um BMW branco, muito chique. Com licença, dona de carro passando. Mandei uma mensagem para Kyle contando o que havia ganhado. Ele ficou tão surpreso quanto eu.

Antes de tomar café da tarde com minha família, tomei um banho e coloquei meu pijama de cetim. Sim, de pijama bem cedo, porque não sou obrigada a ficar desconfortável em casa e, por mim, já dormiria.

— Você viu, Lysa? Lyra está famosa na Universidade de Bibville — falou Lenah, mostrando a página nas redes sociais da faculdade.

— Sério? Deixe-me ver.

Lysa pegou o celular de Lenah. Eu as olhava com cara de paisagem, tão surpresa quanto elas, pois ganhara cem seguidores em menos de trinta minutos.

Era verdade, estava ficando mesmo famosa.

7

Dessa vez, dormi tão bem quanto um neném.

O clima estava mais quente, em torno de 12 °C, por isso aproveitei para usar um vestidinho curto, meia-calça preta e jaqueta preta, três colares com pingente em formato de trevo, e calcei meu All Star preto.

Peguei meu celular, com mais notificação de novos seguidores, e o coloquei no bolso da jaqueta antes de descer para tomar café da manhã. Comi croissant e tomei cappuccino. Estava bem plena por saber que ia de carro novo para a faculdade.

— Bom dia! — disse Lenah em um tom alegre.

— Bom dia! — respondi com um sorriso no rosto.

— Majestade, teria como me dar uma humilde carona? — perguntou me zoando.

— Não me misturo com plebeias. Mas concordarei em dar essa honra a você se lavar a louça do jantar de hoje — falei brincando, já que a louça era minha.

— Fechado, minha querida majestade — ela disse.

— É sério? Eu estava... — Já que era assim, aproveitei. — Estava falando sério, muito sério.

Me dei bem, comemorei em pensamentos.

— Vamos então? — perguntou Lenah.

— Não vai comer primeiro?

— Não, vou comer lá. Tenho que resolver uma documentação pendente na secretaria — explicou, revirando os olhos.

— Certo. Vamos.

Entrei naquela belezura de carro que podia chamar de meu. Os bancos eram de couro bege, bem confortáveis. O motor era potente e silencioso. Quer motor barulhento? Compre um carro de Fórmula 1.

Deixei Lenah em seu campus e fui estacionar o carro no meu. Encontrei uma vaga perto da entrada. Antes de descer, vi que Kyle havia me mandado uma mensagem:

Kyle:

Bom dia, desastrada! Hoje não vou conseguir ir à aula, tenho algumas coisas para resolver. Se comporte, hein?

Já vi que o dia ia ser longo sem ele.

As aulas foram bem entediantes, não aconteceu nada de novo, então fiquei desenhando em meu caderno... Como seu eu soubesse desenhar.

No horário de almoço, antes que eu pudesse pensar que almoçaria sozinha, algumas meninas me chamaram para me sentar com elas porque queriam falar comigo. Disse que almoçaria primeiro e aí, sim, eu iria.

Depois de almoçar, fui ao banheiro para retocar meu lip tint. Na volta, outra vez tive a sensação de que alguém me observava. Olhei ao redor e vi que estava mesmo: Benjamin. Trocamos olhares por quase um minuto, e só fomos interrompidos quando o grupinho de meninas chegou para conversar comigo.

Elas me convidaram para cantar com a banda delas em um vídeo para as redes sociais. Aceitei e passei meu número de telefone para conversarmos e marcamos o ensaio na casa delas às 19h.

Olhei de novo em volta, mas Benjamin havia ido embora. *Qual é a desse cara?*

As aulas da tarde também foram bem entediantes. Tentava prestar atenção, contudo não conseguia.

Minha última aula acabou quarenta minutos mais cedo, de modo que fiquei esperando Lenah no carro. Enquanto isso, mexei no celular, atualizando a minha página nas redes sociais. Em menos de vinte e quatro horas, tinha ganhado mais de 775 seguidores.

Estava escutando música e pensando em tudo de estranho que estava acontecendo comigo quando levei um susto com alguém batendo bem forte no vidro.

— Ei, abra aí! — gritou Lenah.

— Entre.

— Você não me escutou bater nas primeiras vezes? Você está bem?

— Quase tive um ataque cardíaco, mas estou bem — disse eu com a respiração meio ofegante. — Você me assustou.

— Desculpe, mana. Não sabia que estava distraída.

— Tudo bem, não se preocupe — respondi.

Peguei minha garrafa de água e dei um gole para ver se a taquicardia passava.

— No que estava pensando? — perguntou Lenah.

— Muitas coisas.

— Conte. Sou uma futura psicóloga, não vou julgar você nem chamá-la de louca — ela disse me dando tapinhas no ombro.

— Eu sei, agradeço por isso, de verdade. Meus pensamentos estão confusos, e a cada dia que passa parece que está mais difícil organizá-los. Só não conto porque realmente não encontro palavras — falei, olhando para frente.

— Se precisar conversar, já sabe. Estou aqui.

— Obrigada! Amo você.

Dei um sorriso.

— Também amo você — ela respondeu de um jeito doce.

— Ah, nem contei. Vou gravar um vídeo com uma banda hoje. Elas me convidaram.

Eu estava tão empolgada que mais parecia que contava a maior fofoca do mundo.

— Sério? Que incrível! — ela comemorou, mais empolgada ainda.

— Sim. O ensaio será hoje na casa da vocalista. Ela tem um pequeno estúdio.

— E você já avisou o papai e a mamãe?

Fiz uma cara de espanto.

— Vixe, esqueci. Vou contar assim que chegar em casa.

Chegando lá, fui direto contar sobre o ensaio para meus pais, e eles aceitaram numa boa.

Ainda tinha um tempinho antes de precisar sair de casa, e aproveitei para tomar um banho bem relaxante na banheira, com direito à bomba de espuma. Foi tão relaxante que quase perdi a hora.

Estava usando um vestido branco na altura dos joelhos, jaqueta de couro rosa, sapatilha rosa e uma correntinha de brilhantes.

Tive dificuldades de achar o endereço... Bem, não o endereço em si, mas a casa certa. Eram todas iguais e as placas com os números estavam apagadas. Mandei uma mensagem para Britty, a vocalista da banda, para ela ir até a frente, para assim eu conseguir achar a correta.

Quando cheguei, todas já estavam lá. A banda era composta por quatro mulheres: Anna na bateria; Jess; Tiffany no baixo; e Britty, que, além de cantar, também tocava guitarra.

— Oi, meninas, boa noite — falei, bem educada.

— Olá, boa noite — responderam juntas.

— Mudança de planos... — anunciou Britty. — A faculdade vai fazer o "dia do correio elegante" em comemoração ao Dia dos Namorados, e os organizadores nos convidaram para cantarmos algumas músicas durante o evento. Você topa, Lyra?

— Claro que sim. Será um prazer — respondi.

Elas me mostraram as músicas. Eram todas românticas, sendo dez no total, com melodias bem calmas.

— Como é uma data comemorativa, acho melhor irmos combinando. O que acham? — Anna sugeriu.

— Ótima ideia. Seria uma combinação de vermelho e branco? — perguntei.

— Sim. Pode ser assim para todas? — Britt perguntou.

Todas concordaram. Agora eu tinha que pensar na roupa que usaria. *Acho que vou ao shopping fazer isso... talvez na segunda,* decidi.

Ensaiamos por quase duas horas. Minha voz precisava de repouso, mesmo com os aquecimentos vocais corretos e adequados. Com isso, decidimos continuar ensaiando nos horários de almoço.

Despedi-me delas e entrei no carro.

No caminho de volta, vi um homem bem esquisito andando no canto da rua, de moletom preto, com a cabeça coberta pelo capuz e as mãos nos bolsos. Ele estava de cabeça baixa, parecia que ia roubar alguém com aquelas roupas e aquele jeito de andar, se é que já não tinha roubado. Acelerei o carro.

De repente, ele tirou o capuz, e pude ver seu rosto pelo retrovisor...

Era Benjamin.

8

Era sábado, o dia de dormir até tarde... se não fosse pelo barulho ensurdecedor do aspirador de pó. Era também o dia de faxinar a casa. Eu, papai e Louyse arrumaríamos e limparíamos o andar de cima, e mamãe, Lenah e Lysa, o de baixo.

Fiquei encarregada de arrumar meu quarto e o de Lenah. Comecei pelo dela. Ao terminar, o cansaço corria pelas minhas veias – o quarto da minha querida irmã mais velha era o mais bagunçado.

Tomei um copo com água trincando de gelada.

Meu celular vibrou e vi que era uma mensagem de Kyle.

> **Kyle:**
> Vizinha, corra aqui pra fora.

Olhei-me no espelho e vi que não estava nadinha apresentável. E quem ficava bonita fazendo faxina? Eu que não.

Desci bem curiosa.

– Minha querida vizinha... – começou a falar com um sorriso no rosto, a expressão de quem estava aprontando. – Tenho um convite para fazer.

– Que convite? – perguntei com curiosidade estampada no rosto.

– Hoje... Quero dizer, amanhã... Ou melhor, de hoje para amanhã, vai ter uma festa com toda a galera, e você é minha convidada mais que especial – ele falou sem freios na língua.

– Nossa! Que horas? – perguntei, já animada para ir.

— Uma hora da manhã — ele respondeu, empolgado.

Minha expressão de empolgação se transformou em uma de ceticismo.

— É sério isso? Uma da manhã? Quem faz festa na hora de dormir? — falei, meio desanimada.

— Ah, para! Vai ser legal. Vamos? — Kyle perguntou.

— Vou ver. Vou falar com meus pais e mando mensagem com a resposta.

Dei um aceno meio fraco e saí. Mesmo já sabendo a resposta deles, não custava perguntar. Talvez eles deixassem, já que eu tinha vinte anos.

Consegui terminar de limpar e arrumar tudo depois de três horas. Já era a hora do almoço e, como estavam todos ocupados, resolvi eu mesma preparar algo para comermos. Coloquei tudo à mesa: pratos, talheres, taças e guardanapos. De almoço, fiz filé à parmegiana, arroz com brócolis, batata frita e salada de alface. Confesso que não era tão boa na cozinha quanto Lenah, mas eu estava me esforçando, e todos que comiam minha comida me elogiavam.

— Olha ela. Que milagre é esse que você fez o almoço? — Lysa perguntou zombando de mim.

— Quem escuta você dizer isso acha que eu nunca faço comida — reclamei, levantando as sobrancelhas.

Todos comeram e me elogiaram, como sempre.

Aproveitei que tinha que conversar com papai e mamãe sobre a festa e lavei a louça toda em uma tentativa de convencê-los.

A tarde passou correndo e me perdi no tempo. Já eram 20h.

Recebi uma mensagem:

Kyle:
Ei, está aí? Já conversou com seus pais?

Respondi que ainda não tinha conversado com eles. Desci e vi que estavam sentados no sofá, mamãe lendo um livro e papai lendo o jornal.

— Papai e mamãe — comecei —, hoje vai ter uma festa e eu quero muito ir.

— Quem vai? — mamãe perguntou abaixando os óculos.

— Algumas pessoas da faculdade — respondi.

— Que horas vai ser? — papai perguntou guardando seu jornal.

— É... Vai ser... — Comecei a gaguejar. — Vai ser a uma da manhã.

— O quê? Que tipo de festa começa a uma da manhã? — papai quis saber, arqueando as sobrancelhas. — Você não vai.

— Por que não?

— Porque nós sabemos o que tem nessas festas — mamãe respondeu.

— O que tem demais em ir em uma festinha com os colegas da faculdade? — perguntei, já brava.

— O que tem demais? Sério que não sabe? — perguntou mamãe ironicamente.

— Drogas, bebidas alcoólicas... Quer saber o que mais? — papai disse em um tom agressivo.

— Que saco! Eu já tenho vinte anos. Quando vou poder ser livre?! — falei alterando a voz; gritando, na verdade.

— Nós não somos seus colegas, nos respeite! A nossa resposta é não — mamãe determinou.

Saí com raiva, batendo os pés.

Eles não tiveram juventude, não?

Entrei no meu quarto, bati a porta e tranquei. Já que era assim, não ia sair do quarto tão cedo.

Peguei o celular e pulei na cama, mandando uma mensagem para Kyle.

Lyra:
Conversei com meus pais, e a resposta é não.
Eu não vou à festa.

Kyle:
Poxa, sério? Você vai fazer falta lá. Depois conto como foi.

Achei que minha popularidade ia acabar. *Que tipo de pessoa de vinte anos não pode curtir a juventude em paz?*

Eu não ia deixá-los vencer. Eu ia à festa nem que fosse escondida. Tinha cinquenta por cento de chance de dar certo, então assim eu faria.

Recebi outra mensagem.

Kyle:
Se seus pais mudarem de ideia, sairei daqui à meia-noite.

Era bom saber.

Esperei dar 11h para ir me arrumar.

Olhei-me no espelho e estava deslumbrante, toda de preto. Vestia uma camiseta preta de lantejoulas, calça preta, jaqueta preta, ambas de couro, e um coturno de salto, preto também. Coloquei um par de argolas prateadas, mesmo que não gostasse muito de usar brinco, um colar ponto de luz prata e alguns anéis nos dedos. E de maquiagem fiz um delineado gatinho nos olhos, pele bem produzida e nos lábios um lindo batom vermelho.

Já pronta, peguei uma bolsa e coloquei meu celular, cartão de débito, identidade, batom e absorvente por segurança.

Não sabia muito bem como ia pular a janela com aquela calça de couro, mas o plano ainda estava intacto em minha cabeça. Estava prestes a colocar o pé direito para fora quando escutei aquela mesma voz me chamando:

— Lyra... Lyra... — Um caminho de vaga-lumes surgiu no quarto. *Estou ficando louca?* Não sabia como aquilo podia ter surgido tão de repente. — Lyra... Lyra... Siga este caminho.

Eu podia muito bem gritar ou chamar meus pais, no entanto aquela voz, por mais estranho que parecesse, não me dava medo, e sim conforto. Para não mencionar que eu ainda estava brava com eles.

Como aquela voz me trouxera uma sensação de segurança, eu a segui. Saí de fininho do quarto, tentando não fazer barulho com o salto do coturno no chão. O caminho de vaga-lumes me levou para um lugar da casa que nem eu mesma conhecia, o sótão.

Subi as escadas e quase escorreguei. Ainda bem que consegui me equilibrar.

O lugar estava estranhamente aquecido. Estava vazio, com exceção de várias teias de aranha. Os vaga-lumes o iluminavam bem o bastante para que eu conseguisse ver o outro lado.

O caminho parava em uma porta: uma porta secreta.

9

Coloquei a mão na maçaneta da porta. Estava quase abrindo quando um rato passou na minha frente. Saí correndo na mesma hora, mal conseguindo conter o grito de surpresa. Saí tão rápido que nem lembrei que estava de salto, e dessa vez não me importei com o barulho que eles iriam fazer.

Cheguei no meu quarto com o coração acelerado e minha respiração rápida.

O que foi aquilo?

Troquei de roupa e coloquei meu pijama. Deitei-me arrependida de ter falado daquela forma com meus pais e de ter *quase* os desobedecido, coisa que eu não gostava de fazer.

Acabei pegando no sono.

Acordei às 7h.

— Que sonho esquisito.

Saí do quarto de pijama e fui direto para o quarto dos meus pais. Eu não deveria ter falado com eles daquele jeito. Bati na porta do quarto deles e entrei.

— Papai e mamãe, quero conversar com vocês...

— Estamos aqui, pode falar — falou papai.

— Sobre ontem... Eu não deveria ter falado daquela forma. Vocês me perdoam? — Meu tom era arrependido e olhei para baixo.

— Claro que nós a perdoamos, filha — papai disse com um pequeno sorriso no rosto. — Só não faça mais isso, tudo bem?

— Tudo bem. Perdão mesmo. Amo vocês.

— Também a amamos, filha — respondeu mamãe.

Naquele momento pareceu que um peso enorme foi levantado de meus ombros.

Às 9h, olhei pela janela e vi que o carro de Kyle ainda não estava na garagem, ou seja, ele ainda não tinha voltado da festa. Um pouco preocupada, mandei uma mensagem para ele.

Lyra:
Bom dia, vizinho.
Tudo bem?

Uma hora mais tarde, e ele ainda não tinha respondido. *Será que está tudo bem?* Ocorreu-me outro pensamento: *e se ele estiver com alguma garota? Mas o que eu tenho a ver com isso, né? Somos só amigos.*

Estava lendo um livro na minha cama quando escutei um carro chegando. Era Kyle. Após cinco minutos, ele me mandou mensagem.

Kyle:
Bom dia, vizinha. Bem e você?
Você fez muita falta na festa.

Lyra:
Bem também.
Já estava com saudades, é?

Kyle:
Claro, é impossível não sentir saudades da minha desastrada preferida!

Lyra:
Como foi a festa? O que teve lá?

Kyle:
Foi incrível! Foi estilo festa do pijama. Comemos hambúrguer, batata frita, smore's, fondue. Tomamos energético e refrigerante. Ficamos assistindo a filmes, jogando cartas e cantando.

Lyra:
Que legal!
Vou fazer umas coisas aqui e depois conversamos.

Eu sabia que não teria drogas, bebidas alcoólicas nem nada assim. Pareceu mesmo ter sido legal, e eu queria tanto ter ido, com certeza teria me divertido bastante.

Porém, peguei-me pensando: *como assim, "minha" desastrada preferida? Será que... Não, Lyra, deixe de paranoia.*

Cansada – mesmo sem saber o porquê depois de uma noite completa de sono – e um pouco enjoada, decidi pular o café da manhã.

Dessa vez, quem fez o almoço foi Louyse, o que significava que eu lavaria a louça. Louyse fez bolinhos de arroz, lasanha e salada Caesar. Como ainda estava meio enjoada, não comi muito, apenas dei umas mordiscadas.

— Hoje vamos conhecer mais dois shoppings. Sairemos daqui a uma hora e meia — anunciou papai.

— Hoje não posso sair, papai. Tenho prova amanhã e preciso estudar — contei com um tom triste.

— Tudo bem, filha. Caso a gente coma, eu trago para você. Estude e arrase na prova amanhã — disse papai erguendo um dedão.

Estava no meu quarto estudando para a prova quando mamãe e papai entram.

— Estamos saindo, filha — papai avisou.

— Fique com o celular ligado e qualquer coisa me mande mensagem. Cuidado, viu? — pediu mamãe.

— Pode deixar — respondi mandando um beijinho, apesar de chateada por não poder me juntar ao passeio.

Estudei por mais uma hora, sem interrupções, até que escutei minha barriga roncar bem alto.

— Que fome! Vou ver o que tem para comer. — Pensei alto, colocando a mão sobre a barriga.

Desci as escadas e fui até a cozinha. Abri a geladeira e vi que tinha sobrado lasanha do almoço, então peguei um pedaço e coloquei no micro-ondas para esquentar.

Enquanto comia, lembrei-me do sonho que tivera na noite anterior, por isso larguei a lasanha e segui o mesmo caminho do sonho, mesmo que eu soubesse que havia sido apenas um sonho.

Andei pelo corredor, procurando pelo sótão com uma lanterna apontada para o teto. Não tínhamos sótão, por isso que tinha a certeza de que fora apenas um sonho.

Para a minha surpresa, lá estava ele: a marca do sótão no teto. Peguei o cabo do rodo e puxei a escada. Cheguei lá em cima, e era o mesmo sótão, com várias teias de aranha.

Andei até o outro lado e vi que havia mesmo uma porta lá, contudo com algo que me passara despercebido: a porta secreta tinha um símbolo de dois oitos cravados no centro dela, o mesmo que via nos sonhos que tinha uma vez por ano, desde os meus sete anos.

Foi nesse momento que percebi que o sonho não fora um sonho.

A porta tinha um aspecto envelhecido, como se estivesse ali havia muito tempo, esperando alguém abri-la. Era cercada por um arco rico em detalhes dourados; nele, flores foram desenhadas – suas pétalas eram feitas de pedras preciosas, seus miolos de diamantes, suas folhas eram todas em verde, tão brilhantes como uma esmeralda. No centro, o mesmo símbolo do sonho que parecia dois oitos juntos, um deitado e outro em pé; nas pontas do oito deitado, havia um risco, e, na parte debaixo do oito em pé, um semicírculo.

Eu estava assustada.

Como ninguém nunca viu essa porta antes?

Segurei a maçaneta, que era toda dourada com diamantes, e a girei.

10

Uma luz ofuscante brilhou com tanta força que meus olhos arderam. Se pudesse, colocaria meus óculos escuros ali mesmo, mas não estava com eles.

— Que lugar mágico é este? — murmurei, encantada.

Era um mundo diferente do meu, repleto de grama e vales verdejantes, animais que nunca tinha visto, pássaros de todas as espécies e cores, vaga-lumes, árvores frutíferas não existentes no meu mundo, flores que davam pérolas, borboletas cintilantes e cachoeiras brilhantes como o cristal. O chão parecia ser feito de conchas reluzentes.

Como poderia haver um lugar tão lindo assim? Se bem que "lindo" não era a melhor palavra; não existiam adjetivos fortes o bastante para fazer jus àquele lugar.

Olhei para cima e não vi o céu azul com nuvens com o qual estava acostumada. Era um céu sem sol, ainda que estranhamente luminoso, com uma mistura de cores marcantes, como o pôr do sol, e tão claras e delicadas, como o arco-íris.

Os passarinhos faziam a festa nas árvores, pareciam estar cantando, ecoando uma perfeita melodia.

Percebi, enquanto andava, que uma luz vinha em minha direção.

— Seja bem-vinda ao Lugar Secreto.

Assustei-me, pois me dei conta de que era a mesma voz que escutara no dia anterior.

— Quem é você? — perguntei, admirada.

— Me chamo Luz.

— É "a Luz" ou "o Luz"?

— A Luz — respondeu.

— Então... você é a voz que tenho escutado?

— Sim, sou eu mesma.

— Por que me chamou? Por que estou aqui? Por que tem o mesmo símbolo do meu sonho?

— Vejo que você tem muitas dúvidas. Sanarei todas elas, mas primeiro venha, deixe-me lhe mostrar o lugar.

Um pássaro branco como a neve pousou no meu ombro e falou comigo — não falava meu idioma, e sim outro que, embora desconhecido, eu conseguia entender:

— Você é a escolhida.

— Eu entendi a língua do pássaro. Como isso é possível? — perguntei.

— Aqui nós somos amigos dos animais. No seu mundo, Lyra, há muitos animais ferozes, mas aqui eles são dóceis. Você também pode ser amiga deles — disse Luz, dando gargalhadas.

Luz era de fato uma luz, não tinha rosto, contudo assumia o formato de uma mulher com vestes compridas como um véu. Ela tinha cor do sol, no entanto era quente de uma forma acolhedora e protetora.

— Que incrível. Quando criança, eu fazia de tudo para entender a língua dos animais, e agora eu posso — comentei com um sorriso que ia de orelha a orelha. — Por que o pássaro me disse que eu sou a escolhida?

— Porque você é a minha escolhida — disse Luz.

— Qual é a história deste lugar? Qual é sua história? Por que estou aqui? — perguntei, ansiosa pelas respostas.

— Seus pais chegaram em casa e estão à sua procura. Pode voltar sempre que quiser, aqui também é sua casa. Contarei tudo depois, está bem?

— Como sabe disso? — perguntei um pouco assustada.

— Não fique amedrontada, você saberá das coisas em breve.

O que eu não tinha percebido até aquela hora era que o imenso lugar era iluminado por ela.

Olhei para meu relógio e notei que já estava lá havia três horas.

O quê? Passou tão rápido.

Saí correndo do Lugar Secreto e fui até a cozinha.

— Lyra, cadê você? Chegamos! — mamãe gritou.

Meu pai estava na cozinha vendo minha lasanha pela metade, já gelada.

— Cheguei. Estava... Esqueça. Estou aqui — disse, ofegante.

— Parece que estava correndo. O que foi? — perguntou Louyse.

Apenas olhei para ela e não disse nada.

— Não conseguiu comer tudo? — perguntou papai levantando uma sobrancelha.

Mudei de assunto:

— Vocês já entraram no sótão?

— Sótão? Que sótão? — Louyse perguntou.

— Nós não temos sótão, filha — falou papai, meio desconfiado.

— Temos, sim. Vou mostrar para vocês. Venham comigo — disse, já com a lanterna acesa.

Andei pelo corredor, apontando a lanterna para o teto, apenas para descobrir que onde deveria estar a entrada do sótão não havia nada.

Como?

— Você deve ter se confundido, filha. Acontece — papai e mamãe falaram juntos.

— Gente, nossa irmã está lelé — disse Louyse, rindo de mim.

Será que eu estou tendo alucinações? Será que tinha algo na lasanha? Mas todos estão bem...

É, tinha chegado a hora de acreditar.

O que havia visto era real. A porta secreta existia, e apenas eu sabia sobre o Lugar Secreto.

11

— Lyra, seu celular está despertando tem mais de uma hora — disse Lenah tirando minhas cobertas.

— Mais cinco minutinhos — pedi, sonolenta.

— Que horas é a prova? — perguntou Lenah

— Nove. Agora me deixe dormir por mais cinco minutos.

— O quê?! — gritou.

Caí da cama com o susto que tomei.

— O que foi, sua doida?

— São 9h45, você está *atrasada*.

Droga.

Não podia ser. Quarenta e cinco minutos de atraso? Já era.

— E agora, Lenah? Me ajude! — berrei.

— Se arrume rápido e converse com o professor. Quem sabe ele deixa você fazer segunda chamada? — sugeriu.

— E qual seria minha desculpa? "Perdão, professor, me atrasei porque estava dormindo"?

— Hum... — Lenah estava pensando. — Ah, fale que aconteceu um imprevisto, motivos pessoais.

— Pode ser uma boa. Vou me arrumar — falei, já pegando a minha roupa. — Não vai hoje?

— Não, meus professores cancelaram a aula de hoje.

— Ah. Você vai perder eu cantando? — perguntei.

— É hoje?

— Sim, hoje é a comemoração do Dia Dos Namorados. Vai ter correio elegante.

— Beleza. Depois eu peço para o papai me levar.

Fiquei pronta em três minutos: uma calça jeans skinny, camiseta branca e um All Star branco. Levava na mochila a roupa que usaria para cantar com a banda de Britty na comemoração.

Entrei no carro e fui para a faculdade voando. Sei que não podia, mas ia fazer o quê?

Abri a porta da sala e só estava o professor, o que indicava que a prova já tinha terminado.

— Bom dia, professor. Tudo bem? — disse, educada.

— Bom dia, Lyra. Tudo, sim, e você?

— Tudo, professor. Tem como eu fazer a segunda chamada da prova? Aconteceu um imprevisto, motivos pessoais.

— Eu até que deixaria, mas só posso com um atestado ou algo do tipo. Você tem?

— Não tenho, professor. E a minha nota? — perguntei, cabisbaixa.

— Sem atestado não posso ajudar. Sinto muito, Lyra — ele falou com tristeza no olhar.

— Tudo bem, então. Obrigada mesmo assim. Tenha um bom dia.

E agora? Já era, está acabado. O que eu vou fazer? Tudo culpa minha e do meu sono.

Encontrei Kyle nos corredores.

— Ei, está tudo bem? Por que não foi fazer a prova? — perguntou, preocupado.

— Não estou nada bem. Me atrasei e não vou conseguir fazer a segunda chamada. Estou lascada — disse com vontade de chorar.

— Não chore. Eu vou tentar arrumar um jeito de ele deixar você fazer a prova — respondeu Kyle coçando a testa.

— Obrigada, mas acho que não vai rolar.

— Pense positivo. Pense em coisas que você gosta — falou Kyle, abrindo um sorriso.

— Em coisas que eu gosto? Tipo...? — perguntei com cara de interrogação.

— É só pensar em mim — falou, convencido, piscando para mim, e saiu.

Fiquei com as bochechas ruborizadas. Ainda bem que ele não viu.

"É só pensar em mim"? O que foi isso? Estou com paranoias ou... Não, não. Esqueça.

Além da prova, a única obrigação pelo resto do dia era a comemoração do Dia dos Namorados, sendo assim, sem aulas. Pelo menos para minha turma.

Passamos o resto da manhã ensaiando. Quando deu 12h30, fui ao vestiário feminino e troquei de roupa. Usaria um lindo vestido vermelho estilo romântico e um scarpin preto. De maquiagem, um delineado gatinho, rímel e um batom vermelho. No cabelo eu fiz ondas e o deixei solto, partido no meio. E, por fim, os acessórios: uns anéis dourados e um bracelete com detalhes em formato de folhas, um brinco pequeno dourado e um colar dourado com pingente de folha.

— Como estou? — perguntei para Britty.

— Uau! Você está linda — ela disse, maravilhada.

— Obrigada! — agradeci, envergonhada.

Era comum que todos se arrumassem para aquele evento, como se estivessem indo a um encontro.

Eu, Britty, Anna, Tiffany e Jess saímos juntas do vestiário. Estava me sentindo estranha, todos paravam pelos corredores para nos ver.

Para, gente, eu sou tímida. Mentira, continuem.

Não que eu tivesse deixado de ser tímida, contudo sabia que a timidez estava indo embora aos poucos.

Estava mexendo no celular enquanto caminhava e acabei esbarrando em Kyle. Ele me olhou de baixo para cima. Fiquei vermelha.

— Você está... maravilhosa — elogiou com um sorriso envergonhado. — Não que você já não fosse, né?

— Obrigada — respondi, sem graça. Ele também estava muito bonito com o blazer preto e a gravata vermelha. Quem nos visse acharia que estávamos combinando, como um casal. — Você está magnífico e muito elegante — completei, tentando não olhar para seus olhos.

— Obrigado — agradeceu, sem graça também. — Você vai cantar, né?

— Sim.

— Estarei lá na frente. Saiba que sou seu fã número um. — Ele tentava não olhar em meus olhos. Dei uma gargalhada. Por mais estranho que fosse, aquilo me deixara confortável e confiante para cantar. — Já que estamos aqui... essa é uma boa oportunidade para cham...

Kyle foi interrompido por Jess:

— Vamos, Lyra. Está na hora — falou, empurrando-me.

— Conversamos depois da apresentação, tudo bem? — perguntei.

— Ok. Arrase! E se estiver nervosa, pode olhar para mim. Estarei torcendo por ti e não desgrudarei os olhos de você — ele disse.

Lembrei, de repente, que o correio elegante seria feito durante a apresentação. O organizador falaria no microfone para quem era o correio e a mensagem, mas não quem enviava.

Subi ao palco muito nervosa. Tinha muita gente a espera das mensagens. Estava tranquila em relação a isso, pois sabia que não receberia nenhum, até porque nunca havia recebido um em toda a minha vida.

Cantamos cinco músicas; todas elas cantei olhando para Kyle. Nunca tinha percebido que seus olhos possuíam uma beleza intensa e hipnotizante.

— Um correio elegante para Lyra Lahyers da faculdade de Música: seus olhos são tão brilhantes quanto as estrelas.

Quê? Eu recebido um? De quem? Deve ser engano.

— Venha aqui pegar seu bilhete, Lyra Lahyers.

Fui toda desnorteada pegar aquele bilhete.

Cantamos mais uma música antes de eu receber outro bilhete:

— Outro para Lyra Lahyers: sem você eu me sinto incompleto — o organizador continuou. Cantamos mais duas músicas antes de o organizador falar: — Pelo visto tem muita gente atrás de Lyra Lahyers, hein? Eita, e desta vez é um convite: você aceita sair comigo, desastrada?

Espere. Kyle acabou de me chamar para sair? Só ele me chama de "desastrada".

Meu coração gritou. Não consegui nem cantar direito de tão nervosa que estava e não consegui olhar para Kyle. Estava com muita vergonha.

Após o correio elegante acabar e eu terminar de cantar, Kyle apareceu com um algodão-doce.

— Tome, para você. Um algodão-doce para um doce de pessoa — ele disse com uma risada.

— Onde você viu essa? — perguntei em meio às gargalhadas.

Que brega...! Fofo, mas brega.

— Foi ruim, né? Essa peguei da internet.

— Obrigada pelo algodão-doce — falei, meio sem jeito.

— E aí, qual a sua resposta para o meu correio elegante? — disse ele, ansioso pela resposta.

— Eu aceito — disparei, envergonhada.

Kyle deu um saltinho de alegria.

— O que achou dos meus outros correios elegantes?

— Foram você? — perguntei.

— Sim, fui eu.

— Quer dizer que você se sente incompleto sem mim, é? — perguntei rindo um pouco.

— Sim, exatamente isso — respondeu olhando nos meus olhos.

Fiquei corada e não consegui falar nada.

Anna apareceu, chamando-me. Nunca havia ficado tão feliz por alguém interromper uma conversa.

— Venha aqui, Lyra. — Anna me chamou. — Você arrasou hoje. Podemos gravar o vídeo? — ela perguntou.

— Sim, claro. É só me falar o dia, o horário e o local que eu me organizo — respondi.

— Certinho, então. Vou indo. Tchau! — Anna disse acenando para mim.

Acenei de volta.

Aproveitando o caminho, fui para o vestiário feminino colocar a roupa com que estava antes.

Após isso, fui andar pela faculdade para tomar um pouco de ar fresco. Vi Benjamin e uma amiga dele, Sarah Kenston, conversando. Quando me viram, Benjamin ficou me observando, olhando em meus olhos. Dessa vez não tive vergonha e o encarei de volta. Ela fez alguma pergunta para ele, que eu não consegui ouvir, e ele respondeu. O que eles não sabiam era que eu sempre fora ótima em leitura labial.

E o que ele respondeu, olhando em meus olhos, foi: "É ela".

12

Não parava de pensar no que Benjamin falara. Eu, o quê? A curiosidade estava me matando. Será que eu tinha me enganado?

Assim que cheguei em casa, todos me elogiaram, e, por mais surpreendente que parecesse, ninguém me perguntou sobre os correios elegantes que recebera.

Fui lá fora regar as plantas.

— Desse jeito as plantas vão morrer afogadas — Kyle comentou com uma risada.

Estava tão distraída que nem percebi ter feito uma poça d'água.

— Opa — falei coçando a cabeça.

— Aconteceu algo? Parece estar distraída — disse ele.

— Só preciso descansar — disse olhando para as plantas.

— Eu a conheço, Lyra. Tem algo tirando sua paz. O que é? Sabe que pode contar comigo.

— Certo. Na verdade, não é nada de mais, só fiquei pensando. Hoje, após eu sair do vestiário, fui tomar um pouco de ar fresco e... Conhece Sarah Kenston?

— Sim, conheço de vista. Por quê?

— Ela e Benjamin estavam conversando. Sarah fez uma pergunta para ele. Sou ótima em leitura labial, mas não consegui ver o que ela perguntou, porque colocou a mão na frente. Porém, vi a resposta dele.

— E qual foi?

— Benjamin respondeu olhando para mim: "É ela" — contei, pensativa.

— Aquele... — resmungou Kyle e se segurou para não xingar.

— O que foi? — perguntei, um pouco surpresa com a reação dele.

— Fique longe dele, de verdade. Parece estar planejando algo — disse ele com fúria no olhar. Comecei a ficar com medo; medo de verdade. — Não precisa ficar com medo. Vou proteger você de qualquer mal. Eu a protegerei com todas as minhas forças — disse Kyle, puxando-me para um abraço.

O abraço me trouxe conforto e alívio. Por um momento, esqueci todos os meus problemas; era como se estivéssemos só eu e ele no mundo. Meu coração acelerou, e eu já sabia o que aquilo significava.

Como ele sabia sempre o que eu estava pensando e sentindo? Sentia-me muito transparente perto dele, ainda que de uma forma que me fazia me sentir segura.

— Aproveitando que estamos aqui, o que acha de sairmos para tomar um sorvete? — ele perguntou.

Senti que ele estava tentando afastar minhas preocupações.

— Topo. Vamos.

Fomos para uma sorveteria bem perto de casa, que dava para ir a pé. Mesmo assim, eu não via a hora de voltar para casa e ir para o Lugar Secreto conversar com Luz.

Ficamos conversando e rindo bastante por umas duas horas. Agora entendia o que as pessoas queriam dizer ao falarem que o tempo passava rápido quando se estava em boa companhia.

— Obrigada, Kyle, por me acolher quando cheguei aqui, por me fazer companhia, por me abraçar no momento em que nem eu mesma sabia que precisava e por ser quem você é na minha vida.

Kyle ficou me observando por quase dois minutos.

— E quem eu sou na sua vida? — ele perguntou enfim.

Sua pergunta fez com que eu sentisse borboletas no estômago. O que estava acontecendo comigo?

— Oi, gente — disseram um pessoal que estudava conosco, interrompendo-nos.

— Olá! — eu e Kyle respondemos juntos.

— Podemos nos sentar com vocês?

— Claro. — Foi Kyle quem respondeu.

— Eu preciso ir, tenho que resolver umas coisas em casa — falei.

A verdade era que eu queria ir embora para me encontrar com Luz. Precisava saber mais sobre a história dela e daquele lugar.

— Ah, não, Lyra. Fique mais um pouco — pediram.

Devido à muita insistência, aceitei ficar lá mais um pouco. Passou tão rápido que me esqueci completamente de Luz.

Depois de uma hora, nós nos despedimos de todos. Eu e Kyle fomos embora juntos, já que seguiríamos o mesmo caminho.

— Você ia me dizer algo? — perguntou Kyle.

— Não — respondi dando uma de desentendida.

— Certeza?

— Aham.

Passamos a caminhada da volta em silêncio. No momento, encontrava--me envergonhada e confusa demais para puxar assunto, e acredito que ele também estava da mesma forma.

O silêncio parecia um caminho sem fim, até que chegamos em casa.

— Tchau. Obrigada por hoje — falei com um sorrisinho tímido.

— Eu quem deveria agradecer por... Boa noite.

Subi para meu quarto com a cabeça fervendo de pensamentos desorganizados. O que tinha quase acontecido na sorveteria? O que Kyle ia me dizer? O que Benjamin faria comigo? Eu sabia que, com Benjamin, tinha que ficar atenta; tomaria todos os cuidados necessários. Esses pensamentos estavam me deixando maluca.

Conversaria com Luz nem que tivesse que ficar acordada a noite toda.

13

Olhei em volta para me certificar de que ninguém me vigiava. A barra estava limpa. Subi para o sótão e passei pela porta secreta. Ainda ficava admirada com aquele lugar. Como se acostumar a tanta beleza?

Empolgada, fui correndo conversar com Luz.

— Estava à sua espera — Luz disse sem se virar para mim.

— Oi, Luz. Como sabia que eu estava aqui? Cheguei sem fazer barulho.

— Senti a sua presença.

— Como você faz isso? Me ensina? — pedi fazendo cara de convincente.

— Existem coisas que não podem ser ensinadas, apenas aprendidas a partir de nossas experiências — disse Luz se virando para mim.

Estava prestes a fazer uma pergunta quando vi várias crianças sorrindo, bem alegres. Algumas dançavam e outras pegavam pedras coloridas nas margens da cachoeira.

— Por que elas estão tão felizes? — perguntei.

— Veja.

Ela apontou o dedo na direção delas.

— Ver que elas estão brincando? — perguntei tentando adivinhar.

— Aquela criança que acabou de cair. Ela foi ajudada por outra, mesmo sendo rivais na brincadeira. Isso se chama pureza. A criança é pura demais para se virar contra o outro. Muitos dizem que crianças são inocentes demais, que elas não têm noção do mal. De fato elas não têm, pois acham que todos são como elas. O problema está no mundo, e não nas crianças – disse ela rindo das piruetas das crianças.

O que Luz tinha dito fazia completo sentido. Deveríamos ter coração de crianças; no entanto, não o temos, porque a maldade do mundo transforma nossos corações em pedras.

– E por que as crianças e esses adultos que acabaram de chegar estão tão felizes? – repeti.

– É porque descobriram a verdadeira felicidade – disse em um tom suave.

– E qual é a verdadeira felicidade?

Luz deu uma gargalhada.

– Você irá descobrir caso *se* permita descobrir.

– Por que o tempo passa tão rápido aqui?

– Porque o tempo voa quando estamos aprendendo – ela disse.

– Aprendendo o quê? Eu, hein!

Comecei a rir bem alto.

– Do que você está rindo? – perguntou Luz, curiosa.

– É que acho engraçada a forma como fala. É legal. Você parece que fala em enigmas – disse gargalhando.

– Concordo com você, falo muito em enigmas mesmo – disse Luz, rindo junto comigo.

– Acho que vou indo, foi ótimo hoje – falei com um sorriso no olhar. – Voltarei depois da minha aula.

– Estarei esperando, minha querida – disse ela em um tom alegre.

– Até mais tarde.

Estava muito cansada, mas o tempo em que eu e Luz ficamos conversando fora tão bom que todo o cansaço valeu a pena.

Desci as escadas para ir ao quarto. Prestes a colocar o pijama, vi que o sol já tinha nascido; claro como estava, já não deveria ser tão cedo assim.

– Nove horas? Quê? – falei bem alto. – Droga, vou ter que passar um corretivo nas olheiras.

Apenas troquei de blusa para não ficar óbvio que havia passado a noite em claro. Apliquei uma maquiagem bem forte na região das olheiras para ver se amenizava minha cara de cansaço.

Como Lenah não tinha aula, saí correndo de casa e, por coincidência, vi que Kyle também estava saindo.

— Bom dia. Acordei atrasado hoje — ele disse.

— Bom dia.

— Você não dormiu, né?

— Como sabe? — perguntei.

— Eu a conheço e parece estar cansada.

— Estou mesmo, mas depois eu descanso — disse em um tom preguiçoso. Vi que Kyle estava indo a pé, por isso perguntei: — Onde está seu carro? Vai a pé?

— Ele está na oficina desde ontem.

— Entre aqui então, eu levo você.

— Não se preocupe, é bem perto — ele disse.

— Pare com isso. Entre logo.

Apontei o dedo para o banco. Ele entrou no carro e fomos juntos para a faculdade.

Estava no meio da aula quando a professora a interrompeu:

— Lyra Lahyers, tem um professor na porta querendo conversar com você.

Gelei na hora.

Fui até lá e era o professor cuja prova eu faltara.

— Você poderá fazer a prova hoje pela tarde, tudo bem? — ele disse em um tom manso.

— Claro, professor. Muito obrigada! Só uma pergunta, o que fez o senhor mudar de ideia? — perguntei, curiosa.

— Às quatro horas da tarde, na sala 607 — disse ele com um sorriso, ignorando minha pergunta.

O que será que o fez mudar de ideia?

Tentei pensar, porém acabei decidindo não ligar muito para isso – pelo menos faria a prova e não ficaria sem nota.

Estava mais distraída com as palavras de Luz sobre a verdadeira felicidade. Não que ela tivesse dito algo de errado, era só que... Eu não parava de pensar nisso. Como assim, "se" eu me permitisse? Será que eu não me permitia ser feliz? Será que eu tinha que sair mais com meus amigos e minha família? Será que precisava de mais dinheiro? Alegrar os outros ou ser famosa para isso?

Eu estava tão ocupada tentando achar a resposta que nem tive tempo de comer.

– Está pensativa de novo. O que foi? – perguntou Kyle olhando para sua comida.

– Kyle, o que é felicidade para você? – perguntei.

– Que pergunta é essa, do nada? – Apenas o olhei, aguardando sua resposta. – Bom... É meio difícil de responder a essa pergunta. Mas, para mim, felicidade é estar ao lado de quem amamos, é passar tempo com a família e amigos.

Se for isso, eu sei o que é a verdadeira felicidade. Porém, o que ela quis dizer com "se" eu permitir?

Gritei por dentro.

Estava me afogando em meus pensamentos, então me levantei e fui comprar um chá-mate gelado. Enquanto esperava na fila, percebi pelo canto do olho que Benjamin estava me observando mais uma vez. Evitei contato visual. Fiquei desconfortável, não por estar sendo observada por um maluco, mas pelo que Kyle me falara. Nunca fui de acreditar no que as pessoas falavam, porém, nesse caso, era absurdo.

Será que ele é um psicopata que quer me matar?

Após pegar meu chá, voltei para a mesa em que Kyle estava com medo de ser sugada por aqueles olhos.

Fui fazer a prova, já estava na hora. Não estava difícil, eram apenas cinco questões dissertativas; achei que tinha ido bem.

Quando enfim saí da sala, Kyle me abordou:

— Lyra, queria... é... chamar você... para sair.

Seu olhar era tímido. Ele tinha me chamado no evento do Dia dos Namorados, porém eu achara que tinha sido brincadeira. Na verdade, achara que era sério, só não assim.

Lerda como sou, respondi:

— É para eu responder agora?

Ele apenas me olhou e começou a rir.

— Sim, essa era a intenção.

— Mas você não me perguntou nada, só falou que "queria". Se "queria", é porque não quer mais — falei rindo alto, mais da minha lerdeza do que da situação.

— Certo, Lyra. Você quer sair comigo amanhã à noite? — perguntou ele debochando.

— Aceito, Kyle.

É um encontro? Ou eu estou alucinando?

Não. Não é imaginação. É mesmo um encontro!, gritei nos meus pensamentos. Por fora estava plena, porém surtava por dentro.

Eu tinha um encontro e não fazia a mínima ideia do que vestir.

14

Cheguei em casa ainda meio descrente com o que havia acontecido. No entanto, fui forçada a voltar ao presente com o grito de Lysa:

— Eu consegui! Eu entrei! Fui aprovada! — Todos olhamos para ela, esperando que explicasse. — Minha querida família... Se sentem aqui — pediu batendo a palma da mão no sofá.

— Conte logo. — Louyse pediu; estava impaciente.

— Calma, deixe todos se acomodarem. — Ela cruzou as pernas. — Estão preparados?

— Estamos.

— Antes de nos mudarmos, eu disse que, quando fosse aprovada, contaria a vocês o curso que escolhi. Eu pesquisei bastante antes e durante um período trabalhei como assistente para conhecer melhor a profissão. Eu me identifiquei muito e me apaixonei...

— Pare de mistérios — pediu Lenah rindo, impaciente.

— Família, serei enfermeira. Fui aprovada em primeiro lugar para enfermagem na Universidade de Ymouv — contou Lysa, radiante.

— Que incrível! — comentei, eufórica.

— Onde fica Ymouv? — Foi papai quem perguntou.

— É perto, a duas horas daqui. Poderei vir visitá-los todo fim de semana.

— Eu estou muito feliz por você, mas por que não tentou na universidade daqui? — O tom de Louyse era um pouco triste.

— Assim que abrirem as inscrições para transferência, eu vou pedir e venho estudar aqui — Lysa garantiu. — Lá tem alojamento para os estudantes, como a maioria das universidades.

— Quando você tem que ir fazer a matrícula? — Lenah perguntou.

— Amanhã de manhã, entre sete e dez horas — disse Lysa, entusiasmada.

— Eu e sua mãe vamos com você — disse papai, contente.

— Eu também quero ir — pediu Louyse.

— Lenah e Lyra irão ficar, já que vocês têm aula. Tudo bem? — mamãe perguntou.

— Por mim, sim — falei.

— Por mim também — Lenah concordou.

— O que acham de a gente pedir pizza para comemorar? — sugeri.

— Acho uma ótima ideia — mamãe disse.

Pedimos três pizzas, uma de frango com requeijão, uma de calabresa e a outra de brigadeiro.

Estava muito feliz pela conquista de Lysa, sempre soubera que ela conseguiria. Com certeza seria uma enfermeira maravilhosa.

Depois de comermos, fui até o quarto de Lenah e bati na porta.

— Posso entrar?

— Pode, sim — respondeu.

Lenah estava sentada na cama, lendo um livro sobre a mente humana.

— Eu quero contar uma coisa — anunciei em um tom de nervosismo.

— O que é? — ela perguntou, curiosa.

— Eu tenho um encontro.

— Você tem um o quê? — perguntou Lenah, espantada.

— Um encontro. Fale baixo, ninguém sabe ainda — quase sussurrei.

— Não acredito!

— Pois é, minha irmã, nem eu acredito — disse rindo baixo.

— É com Kyle, certo? — perguntou.

— Como você sabe?

— É óbvio.

— Sério?

— Sim.

Ela riu.

— Nossa — falei, surpresa; e se todo mundo soubesse?

— E eu sei que você gosta dele.

— Eu nunca disse isso.

— Não precisa dizer, seus olhos contam por você. Eles brilham quando fala dele — explicou, tentando disfarçar o riso.

— Talvez eu goste um pouquinho — admiti rindo.

— Você precisa de ajuda com a roupa?

— Sim, preciso. Eu não faço ideia.

— Quando vai ser?

— Amanhã à noite.

— Eu a ajudo amanhã. Pode ser?

— Pode, sim. Obrigada, mana. Não conte para ninguém — pedi, fazendo um sinal de silêncio.

— Você não vai contar para a mamãe? — Lenah perguntou levantando uma sobrancelha.

— Vou, mais tarde eu conto.

Joguei um beijo para ela e saí de seu quarto. Mais cedo ou mais tarde, teria que contar para a mamãe.

Depois de uma hora, resolvi falar.

— Mamãe, preciso contar uma coisa.

Ela cerrou os olhos.

— O que você aprontou?

— Nada.

Comecei a rir.

— O que é?

— Então, sei que é uma coisa meio... Como posso dizer...? Meio nova, principalmente para uma mãe... É...

— Você tem um encontro com quem, Lyra? — perguntou mamãe segurando o riso.

— Como a senhora adivinhou?!

— Eu também já fui jovem e falei a mesma coisa para minha mãe. — Ela riu. — Enfim... Com quem? O nosso vizinho?

— Sim, Kyle me chamou para sair. Vai ser amanhã às dezenove.

— Hum... Não se esqueça de ativar a localização do celular, nem de atender minhas ligações, nem de responder minhas mensagens...

— Pode deixar. Obrigada. Não conte para ninguém, por favor — pedi tentando fazer cara de fofa.

— Seu segredo está guardado comigo e com o mundo. Brincadeira. É o nosso segredo. Agora, se vocês quiserem namorar... Já sabe.

— Sei, sim, mamãe. Amo você.

Fiz um coraçãozinho com as mãos e saí.

Eu não parava de pensar em como o dia seguinte seria e no que faríamos.

— Tenho que contar tudo para Luz! — falei alto, empolgada.

Fui para o Lugar Secreto e me encontrei com Luz no grande gramado verdejante. Eu estava eufórica.

— Luz, você não sabe o que aconteceu.

— O quê, minha querida? — ela perguntou, curiosa.

— Eu tenho um encontro. Não é demais? — gritei.

— Que máximo! — disse ela, empolgada. — Conte-me mais.

— Então... O meu vizinho, que também estuda comigo na faculdade, me chamou para sair. É um *encontro* — falei, empolgada.

— E qual é o nome dele? — ela quis saber.

— Ele se chama Kyle.

Ela deu um sorriso fechado.

— Como sua família está? — perguntou Luz.

— Eles estão bem. Outra novidade, Lysa foi aprovada para enfermagem na Universidade de Ymouv — contei com um sorriso no rosto.

— Sua irmã é muito inteligente, hein? — ela disse, impressionada. — É uma universidade muito difícil de passar.

— Como sabe? — perguntei.

— Eu sei de muitas coisas — ela disse em um tom meigo.

— Você é tipo uma vidente? Tem superpoderes?

— É muito mais do que isso — disse ela, sorrindo.

— Se você fosse me dar um conselho hoje, qual seria? — perguntei olhando para a paisagem.

— Nem tudo é o que parece ser — ela disse olhando para mim.

Deitei-me no gramado e fiquei olhando para o céu. Sentia como se estivesse no centro do universo, eu poderia ter todas as constelações que quisesse. Enquanto isso, Luz fazia tranças em meus cabelos.

Estava quase dormindo quando Luz falou:

— Acho melhor você voltar, daqui a pouco seus pais irão procurar por você.

— É verdade. Aqui é tão bom que nem dá vontade de ir embora. Fico feliz com um lugar que permita que eu me sinta assim. Voltarei mais tarde.

— Tome cuidado para não escorregar em uma poça d'água em frente ao seu quarto. Fique de olhos bem abertos e não se esqueça das coisas que falei. Continuarei esperando — ela disse, acenando para mim, jogando-me um beijo aconchegante.

15

Mamãe, papai, Lysa e Louyse já tinham ido para Ymouv. Lysa estava muito empolgada, e eu ficava muito feliz por ela. Sentia que as conquistas da minha família eram uma vitória minha também.

Deitei-me na cama, imaginando como seria a noite.

Será que vai rolar um beijo? Eu nem sei como se faz isso. Com certeza Kyle vai estar bem cavalheiro hoje, tenho que me vestir como uma verdadeira dama.

Já que só estávamos eu e Lenah em casa, resolvi colocar uma música bem alta, para que todos da rua escutassem também. Estava com uma sensação diferente, como se o mundo estivesse colorido. Meio brega, né?

Comecei a dançar no ritmo da música e fiz o rodo do banheiro como meu par. A janela estava aberta, e escutei as risadinhas de umas menininhas que passavam pela rua, mas não estava nem aí – estava feliz e inspirada.

Comecei a me arrumar cedo, em torno das 16h, porque odiava me aprontar com pressa. Ondulei o cabelo com *babyliss*, ainda com a música alta. Só nesse processo com o cabelo demorei mais de uma hora e meia.

Com o cabelo pronto, fui para a maquiagem. Na pele, usei primer, base, corretivo, pó compacto, blush e iluminador. Nos olhos, fiz um esfumado dourado simples com um delineado básico e passei um batom mate nude.

Estava quase pronta.

Olhei-me no espelho e quase não me reconheci. Estava linda naquele vestido preto e justo de manga longa, com o scarpin preto de verniz que

Lenah me emprestara. Usaria uma clutch preta. De acessórios, coloquei um par de brincos franja dourada e um anel no indicador da mão direita.

— Lenah! — gritei.

— Já estou indo.

— Você acha que eu estou arrumada demais? — perguntei, preocupada de verdade.

— *Caraca!* Você está perfeita. Confesso que esses sapatos ficaram melhores em você do que em mim.

— A maquiagem está muito pesada? Fiquei estranha com este salto alto? Estou...

— Ei, calma. Você está perfeita. Fique tranquila — disse Lenah rindo.

— Estou me sentindo esquisita. Nunca fui a um encontro antes — falei olhando-me no espelho.

— Vai dar tudo certo.

Escutei alguém bater à porta.

Era ele.

— Entre. Quer um copo d'água? — Escutei Lenah oferecer.

— Não, muito obrigado — Kyle respondeu.

— Lyra já vai descer — ela disse em um tom agradável.

Fui dar uma última conferida no espelho. Estava deslumbrante e com muito medo.

Inspirei bem fundo e comecei a descer as escadas. A primeira coisa em que reparei foi como Kyle estava formoso em seu smoking preto. Estávamos combinando.

Cheguei perto dele e estava sem reação. Fiquei muda de repente. Antes que pudéssemos falar algo, Lenah nos expulsou:

— Eu tenho um compromisso agora e preciso trancar a casa. Tenham um ótimo encontro — ela disse com um sorriso no olhar.

— Obrigado. Vamos? — Kyle disse. *Então é mesmo um encontro?* Antes que pudéssemos chegar em seu carro, Kyle pediu: — Espere só um minutinho. — Os sapatos da minha irmã eram bonitos, embora não muito confortáveis. — Para você — ele disse me dando um lindo buquê de rosas vermelhas.

— O-obrigada — falei, ruborizada, cheirando as pétalas de aroma doce.

Olhei para os olhos dele e percebi que estava realmente apaixonada.

Kyle abriu a porta do carro para eu entrar.

Hum... cavalheiro.

— Aonde vamos? — perguntei fazendo cara de curiosidade.

— Sem *spoilers* — ele disse fazendo mistério.

— Ah, para. Quero saber já! — disse com uma risada.

— Sem *spoilers* — repetiu, rindo também. Ele ligou o som do carro e colocou uma música que eu não conhecia; era muito bonita, falava sobre o amor. — Gostou da música? — perguntou.

— Sim, muito.

— Finja que estou cantando para você — ele disse.

— Por que você mesmo não canta para mim? — perguntei encarando-o.

Ele apenas riu e continuou dirigindo.

— Estamos chegando — ele comentou.

Kyle parou o carro, desceu, abriu a porta para mim e entregou as chaves para o manobrista.

O restaurante era muito chique por fora. Entramos e fomos guiados até a nossa mesa. Dentro, havia lustres e um dueto que tocava piano e violino.

A mesa era composta por vários talheres de variados tipos e funções, taças e pratos. Ainda bem que assistia a filmes de princesas, pois poderia colocar em prática o que aprendera.

O garçom nos entregou o cardápio, e escolhemos uma tábua de frios e canapés de entrada, paella de frutos do mar de prato principal e creme brûlée de sobremesa. Kyle pediu sugestão de vinho para o sommelier, que nos indicou um rosê.

— Este restaurante é muito fino — comentei observando cada detalhe.

— Também achei — disse ele.

— Nunca tinha vindo aqui? — perguntei.

— Não. Sempre quis vir, mas estava esperando por um momento especial — Kyle falou e abriu um sorriso.

Conversamos e rimos bastante. Minha risada não era muito delicada, por isso chamamos bastante atenção.

— Eu amo isso em você — Kyle comentou.

— Isso o quê? — perguntei.

— Sua risada. Você ri sem medo de chamar atenção. Ela é espontânea, assim como você — Kyle disse olhando em meus olhos.

O que vou dizer após esse elogio inusitado?

Não consegui dizer nada, fiquei apenas olhando para aqueles olhos hipnotizantes.

O garçom chegou com a conta, quebrando o silêncio confortável.

Saímos do restaurante e entramos no carro. O caminho de volta para casa foi bem curto.

— Obrigada por hoje, eu me diverti muito — comentei, concentrada em seus olhos.

— Eu também me diverti como nunca — disse ele se aproximando de mim.

Estávamos tão perto que podia sentir sua respiração em meu rosto.

Kyle se aproximou mais, quase encostando os lábios nos meus, mas virei o rosto.

— Está ficando tarde. De novo, muito obrigada por hoje — falei tentando disfarçar minha vergonha.

— Vai lá — falou ele, também envergonhado.

— Até mais.

— Até.

Peguei o buquê que tinha ganhado e entrei em casa.

— Menina, conte-me tudo — disse Lenah, eufórica. Ainda estava sem reação com o que tinha quase acontecido. — Terra chamando Lyra...

— Oi, cheguei — falei.

— Eu nem tinha percebido. — Ela foi irônica.

— Vou trocar de roupa — avisei, subindo as escadas.

— Volte aqui, quero saber de tudo.

Ela foi atras de mim. Contei tudo a ela. Bom, quase tudo.

— Você está escondendo algo — Lenah falou, cerrando os olhos.

— Por que diz isso?

— Porque eu a conheço desde que nasceu. Conte logo.

— Está bem, nossa. Quando chegamos aqui, quase nos beijamos. Mas virei o rosto — admiti apertando os olhos.

— Vocês quase o quê? Caramba! — ela disse me batendo com uma almofada.

— É isso mesmo que você entendeu — falei, jogando-me na cama.

— Por que virou o rosto? — Lenah perguntou.

— Porque na hora eu tive a sensação de que algo me dizia para não o beijar.

16

Não consegui dormir muito bem porque tive um sonho. Nele, eu era pequena, parecia que tinha uns três anos. Estava brincando em um lindo jardim, conversando com várias borboletas, até que chegou alguém e me abraçou. Parecia até um abraço materno. Quando me virei para ver seu rosto, eu acordei.

Fui lavar meu rosto com a água bem gelada, para ver se acordava de vez.

Chequei a página da universidade e vi que chegaria uma nova aluna de transferência, que por acaso ficaria na minha turma.

Aprontei-me mais rápido do que o de costume. Estava vestindo um conjunto de moletom rosa e tênis brancos. Prendi o cabelo em um rabo de cavalo alto e coloquei um brinco de argola pequeno.

Entrei no quarto de Lenah e vi que ela ainda estava debaixo dos cobertores.

— Mana, você está bem? — perguntei.

— Pode ir para a faculdade, eu não vou hoje — ela disse se enfiando mais em seu cobertor.

— Por quê? Aconteceu algo?

— Eu estou com muita cólica, já tomei remédio e nada — disse ela apertando a barriga.

— Quer que eu fique aqui com você?

— Não precisa, vou aproveitar e descansar.

— Eu vou indo. Qualquer coisa você me ligue, tá?

— Tá, vai lá. Obrigada.

Dei um beijo em sua bochecha e saí de seu quarto.

Estacionei o carro e vi que o de Kyle também estava lá. Parei para pensar em como olharia para ele depois do nosso quase beijo. *Espere aí que eu vou ali mudar de país.*

Consegui avistar a aluna transferida de forma rápida, pois estava perdida, assim como eu no meu primeiro dia de aula. Como uma boa "veterana", fui lá ajudá-la.

— Olá. Quer ajuda?

— Oi. Quero, por favor — disse ela sorrindo. — Estou perdida, hoje é meu primeiro dia. Vim de transferência.

— Eu entendo. — Também sorri. — Eu cheguei de transferência há pouco tempo, então entendo bem.

— Você faz o quê? — ela perguntou.

— Faço Música, assim como você.

— Como você sabe? — ela perguntou com curiosidade em seu sorriso.

— Você está na página da faculdade. A propósito, me chamo Lyra Lahyers. É um prazer conhecê-la.

— Prazer em conhecer você também. Eu me chamo Clair Deloon — ela disse em um tom simpático.

Eu conheço esse nome de algum lugar.

— Seu nome parece familiar — falei, pensativa.

— E ele é — falou, rindo. — Os meus avós amavam Debussy, então deram o sobrenome Deloon para a família. Foi minha avó quem escolheu meu nome.

— Eu amei. Uma bela homenagem. Venha, estamos na mesma turma. Você pode se sentar comigo. — Eu e Clair nos demos muito bem, sentia que seríamos ótimas amigas. – O pessoal daqui é bem legal, você irá gostar deles – continuei na tentativa de acalmá-la.

Era nítido que estava nervosa. Quem não ficaria em seu primeiro dia de aula em uma universidade nova, com pessoas que nem conhece?

Ela deu um sorrisinho.

Chegamos na sala de aula.

– E aí, vizinha? – disse Kyle.

– Esse é Kyle, meu... nosso colega de classe.

Fiquei confusa. Não sabia muito bem como apresentá-lo.

– Olá, me chamo Clair Deloon. Prazer em conhecê-lo.

Clair tinha mais ou menos a minha altura, cabelo liso preto e olhos cinza.

No horário de almoço, ficamos conversando e descobrimos que tínhamos muitas coisas em comum.

– Quem é aquela? – Clair perguntou.

– Sarah Kenston – respondi.

– Ela parece ser legal – ela disse.

– Parece mesmo. – Sarah realmente parecia ser legal, ela tinha semblante de boa pessoa. – Você canta? – Mudei de assunto.

– Não, apenas toco violino e piano.

– Sério? Eu acho violino lindo. Em casa tem um piano, um dia você poderia ir lá para você tocar e eu cantar. Seria incrível – disse com um sorriso.

– Seria mesmo – concordou sorrindo.

Eu não estava com fome, por isso não comi nada.

Fiz um tour para mostrar a faculdade para Clair.

– Já sabe a cor do cadeado que irá colocar aí?

– Estava pensando em dourado, essa cor me traz aconchego. O que acha? – ela perguntou.

– Ótima escolha – disse sorrindo, fazendo "joia" para ela.

Escutei o toque de mensagem do meu celular e percebi que era de um número desconhecido. Na mensagem dizia algo parecido com uma resposta a alguma questão.

Deve ser engano.

Voltamos para a aula.

Eu e Kyle acabamos quase não conversando, já que fiquei o tempo inteiro com Clair, e isso foi bom, pois não saberia como conversar depois do nosso quase beijo.

Mandei uma mensagem para Lenah para ver se estava tudo bem. Ela disse que sim e que sua cólica estava passando.

— Lyra, você pode nos dizer qual a resposta para essa questão que a colega acabou de fazer? — o professor me perguntou.

Ferrou, estava mexendo no celular. E agora?

— Claro. Qual era mesmo a pergunta?

Por mais mirabolante que parecesse, a resposta estava naquela mensagem que havia recebido mais cedo do número desconhecido.

Quem me mandara aquela mensagem? E como sabia que isso aconteceria?

Estou ficando maluca.

17

Nas últimas semanas, minha vida se resumira a trabalhos exacerbados, matérias acumuladas, zilhões de perguntas sem respostas, noites em claro, ansiedade atacada, cansaço, sono acumulado e saúde mental danificada.

Estava me sentindo incompleta de certa forma, só não sabia o porquê.

Fazia tanto tempo que não via Luz que nem lembrava mais a última vez que fora para o Lugar Secreto. Devia fazer uns dois meses. Andava ocupada demais com meus compromissos, e não sobrava tempo para ir vê-la.

Nesse meio-tempo, eu e Kyle estávamos saindo mais. O que antes era uma dupla virou um trio com a chegada de Clair.

Kyle não comentara nada sobre nosso quase beijo, estava tão envergonhado quanto eu.

Clair e eu nos aproximáramos muito, ela se tornara minha melhor amiga. Sabia que nos conhecíamos havia pouco tempo, contudo uma amizade não se define por isso, e sim pela grandeza da cumplicidade e confiança que se tem na pessoa.

Era sábado de manhã, e, para variar, não dormira. Parecia que algo me bloqueava, assombrava-me. Várias coisas sem explicação aconteceram, como sonhos repetidos, mensagens que logo em seguida aconteciam e sensações bizarras.

Será que estou me tornando uma lunática?

Mais algumas horas se passaram e ainda continuava deitada em minha cama, olhando na mesma direção desde madrugada.

— Filha, Clair está aqui! — mamãe gritou lá de baixo.

— Peça para ela subir, por favor — falei.

Clair sempre vinha em casa e estava acostumada com a minha aparência de zumbi.

— Oi, amiga! Bom dia! — disse ela, empolgada.

— Oi. Bom dia — falei, meio desanimada.

— Que desânimo é esse? Bora levantar, anda — disse ela, puxando meus cobertores.

— Não consegui dormir.

— De novo, amiga?

— Sim.

— O que anda acontecendo com você? — ela perguntou, preocupada.

— Não sei, sinto como se estivesse correndo, mas não conseguisse chegar a lugar algum.

Eu olhava fixamente para o espelho.

— Você já tentou conversar com alguém em que confia, que abraça, que acolhe? Alguém que escuta sempre você?

Lembrei-me de Luz, daquele calor abrasador e amigo, daquele lugar em que me sentia em casa. Precisava vê-la com urgência. Não sabia o tamanho da saudade que sentia até Clair falar aquelas palavras.

— Na verdade, não. — Precisava ir lá, e isso seria agora. — Amiga, fale para minha mãe que você trouxe comida para mim e que você que fez. Por favor — supliquei.

— Você precisa comer.

— Eu sei, e vou, só tenho que fazer algo antes. É muito importante — insisti.

— Ok. Promete que vai comer?

— Prometo.

— Me avise quando comer, está bem?

— Aviso, sim.

— Então... tchau — disse ela acenando.

— Ei, amiga — chamei antes que Clair pudesse sair. — Muito obrigada por tudo. Amo muito você.

E fiz um coração com as mãos.

— Também amo você.

Mandei uma mensagem para a minha mãe avisando que dormiria mais um pouco e coloquei uma roupa mais apresentável para ir ver Luz. Peguei a chave da porta do meu quarto e o tranquei por fora para dar a impressão de que estava lá caso alguém aparecesse. Saí de fininho, checando se não havia ninguém no corredor. Subi as escadas e lá estava: a porta secreta que dava no lugar mais lindo e aconchegante.

Ao entrar, senti o ar puro e natural que não existia no meu mundo.

Olhei ao redor e percebi que tinha me esquecido do quanto o Lugar Secreto era sublime.

Percebi de longe que alguém conversava com Luz. Cheguei mais perto para tentar ver, porém esse alguém tinha saído.

— Lyra, minha querida. Quanta saudades eu senti de você — disse Luz, correndo para me abraçar.

— Oi, Luz — disse em um tom choroso.

— Como você está? — perguntou ela, ainda me envolvendo em seus braços.

— Estou bem.

— Tem certeza de que está bem? Posso sentir sua tristeza daqui.

— Não. Não estou nada bem — confessei, começando a chorar.

— Conte-me. O que houve? O que a aflige?

— Estou cada vez mais perdida em meus pensamentos, tenho muitas perguntas para lhe fazer. Minha saúde mental está cada vez pior.

— Eu sei que você tem muitas dúvidas.

— Por que estou aqui? Por que *só* eu posso ver essa porta? Por que ando tendo o mesmo sonho e por que parece que já vivenciei aquilo?

— Em relação ao porquê de estar aqui, terá que descobrir sozinha, ainda que não tão sozinha assim — continuou. — Venha, irei lhe mostrar um lugar. — Luz me levou para um vale com diversas árvores, cada uma exibindo um símbolo e um nome. — Veja. Não foi apenas você que descobriu a porta secreta, não foi só você quem passou por ela e você não está aqui em vão.

— E... E quanto ao meu sonho? Nele, eu tenho uns três anos, em um lugar que não conheço e alguém me abraça por trás. E todos os outros? — perguntei com sede de respostas.

— Eu sabia que teria que contar mais cedo ou mais tarde... Chegou a hora. — Luz inspirou bem fundo, e isso de alguma forma me assustou. — Não foi um sonho, e sim uma lembrança. Você vivenciou aquilo. Não acha engraçado que não se lembre de nada do que aconteceu antes dos seus sete anos? Tem uma razão para isso.

— O que está querendo dizer?

— Era eu quem a abraçava. Aquele abraço materno pertencia a mim. Você já esteve aqui, e é por isso que, desde que passou por aquela porta secreta, sentiu como se estivesse em casa. Você *está* em casa, meu bem. Aquele abraço não apenas parecia materno, ele *era* materno.

— Como assim? — perguntei com lágrimas nos olhos.

— Fui eu quem dei vida a você. Sou sua verdadeira mãe.

— Mãe? Do que você está falando? Eu sou a cara de Laura Lahyers, minha mãe. Como você explica isso?

— Eu mudei sua aparência para que você pensasse que ela era sua mãe. Laura, na verdade, é ruiva, com sardas no rosto e olhos castanhos. A aparência dela é a minha verdadeira aparência.

— Certo. Se de fato você é minha "mãe", por que me abandonou? — questionei com fúria no olhar.

— Eu nunca a abandonei, sempre estive com você. Precisei fazer isso para protegê-la.

— Me proteger? De quem? Abandonar mudou de nome agora?

Lágrimas ferozes escorreram por meu rosto.

— Sim, protegê-la, filha. Do traidor. Ele queria matar você. Então arrumei um jeito de mantê-la a salvo. Não tive escolha. Preferi a acompanhar de longe a vê-la morta — ela disse chorando; suas lágrimas eram douradas.

— E você preferiu que minha vida inteira fosse uma mentira?

— Claro que não, mas era isso ou vê-la morrer. Fiz isso porque a amo.

— Eu... Eu p-preciso ir — disse e saí correndo em direção à porta.

Precisava sair daquele lugar.

Entrara ali em busca de respostas e saí com mais dúvidas.

Estava me afogando em meus pensamentos, soluçando de tanto chorar.

18

Como que olharia para minha mãe sabendo que ela não era minha mãe? Eu não queria, não podia. Minha vida inteira tinha sido uma mentira. Queria dizer que a minha festa de sete anos fora meu primeiro momento com eles e que, antes, estava com Luz no Lugar Secreto? *Isso não fazia sentido!*

Precisaria de um bom tempo para absorver tudo o que havia acontecido antes de voltar para lá.

Fiquei sentada na minha cama na mesma posição por mais de uma hora.

— Filha, já acordou? Está tudo bem? — perguntou mamãe batendo na porta.

— Pode entrar, mamãe.

Ela entrou e se sentou na beirada da minha cama.

— O que aconteceu, minha filhinha? — Seu tom era preocupado.

— A senhora quer me contar algo? — perguntei.

— Sobre o que, filha?

— Sobre maternidade. Não sabe nada sobre isso?

— Que pergunta aleatória é essa? Você está pálida.

— Certeza de que não sabe de nada?

— Filha, se quiser conversar, saiba que estou aqui.

Mamãe colocou minha cabeça em seu colo e começou a fazer uma trança em meu cabelo. Isso me fez lembrar de Luz.

— Mamãe, vou descansar de novo, estou muito cansada.

Passei o dia inteiro deitada na cama, não desci em momento algum.

À noite, tomei a sopa de legumes que papai tinha feito para o jantar e que Louyse levara para mim.

Mandei uma mensagem para Clair avisando que havia comido.

Kyle tinha me mandado mensagem, mas não estava com cabeça para conversar com ninguém. Queria ouvir apenas meus pensamentos, que estavam desalinhados.

Resolvi dormir e tive outro sonho.

Dessa vez foi diferente. Nada de árvores com símbolos nem lembranças. Estava em um lugar com várias pessoas. Umas choravam, outras brigavam entre si e algumas pareciam felizes por fora, mas destruídas por dentro. Abri a boca para falar algo e uma nuvem dourada saiu por meus lábios, como um raio de sol. Assim que a nuvem tocava as pessoas, elas se alegravam, e as que estavam acabadas por dentro ficavam com uma luz interior.

Acordei assustada.

Que sonho esquisito foi esse?

Eu amava domingos. Para mim, sempre fora um dia de alegria e união, contudo parecia que *aquele* domingo estava frio e amargo. Então decidi passar o dia estudando para a semana de provas.

Kyle me mandou mensagem de novo, perguntando se eu estava bem.

Depois eu respondo.

— Será que mamãe ou papai sabem disso? — Pensei em voz alta. — Não é possível, é? Se eles soubessem, por que não me contariam? Quem é o traidor de quem Luz falou? Será que está entre nós? Será que me conhece? E se ele souber que estou viva? E se ele quiser me matar?

Sentia-me em uma areia movediça; a cada nova pergunta, mais me afundava.

Clair me ligou por chamada de vídeo.

— Oi, amiga. Como você está? — ela perguntou.

— Oi, amiga. Nada bem.

— Quer conversar?

— Queria, mas é uma história longa e complexa.

— Sou uma ótima ouvinte e não vou julgar você, nem mesmo se a história parecer a mais louca e inacreditável de todas.

— Vou contar, mas amanhã. Depois da aula, você vem aqui em casa, e eu conto tudinho — disse rindo, tentando amenizar a situação.

— Combinado. O que você estava fazendo?

— Estudando, e você?

— A mesma coisa. Estou exausta. Quero férias — disse ela fingindo estar chorando.

Também quero férias, só que dos meus problemas e pensamentos.

— Também quero, amiga — falei.

— Vai lá estudar. Beijo.

— Beijo.

Preparei-me para dormir, o dia seguinte seria longo.

Espero que amanhã seja um dia melhor.

19

Acordei determinada.

O dia seria melhor do que o anterior. Faria de tudo para conseguir colocar meus pensamentos em ordem, mas, para isso, precisaria ficar um pouco sozinha.

Queria deixar de ir à aula, entretanto lembrei que teria revisão para uma prova, então não podia perder.

Peguei um vestidinho liso azul-bebê e uma jaqueta jeans. Coloquei uma sapatilha e assim estava pronta.

Olhei-me no espelho e disse:

— Hoje vai ser um dia incrível.

Lenah já estava pronta, esperando-me na sala para irmos.

— Estou com saudades de Lysa — disparou Lenah.

— Eu também — disse.

— Quando ela tiver completado o primeiro ano de enfermagem, poderá fazer transferência para cá — ela falou.

— Um ano é tanta coisa — falei em um tom tristonho.

— É mesmo, mas passa rápido — ela respondeu, colocando uma música animada.

Chegando na faculdade, recebi uma mensagem de Clair.

Clair:

Não vamos ter aula. Os professores vão fazer uma reunião de emergência.

Lyra:

Sério? Deviam ter avisado antes.

Clair:

Pois é, também acho! Palhaçada.

Já que eu não teria aula, aproveitaria para ficar um pouco sozinha. Fui até um lugar escondido da faculdade. Era muito bonito, repleto de pássaros a cantar e um banco.

Sentei-me e percebi que havia uma pequena flor morta.

Certeza de que ela era encantadora quando estava viva.

Inspirei tão fundo que minhas narinas arderam.

Estava concentrada em fazer com que os meus neurônios funcionassem.

Fechei os olhos e comecei a cantar de repente. A voz saiu tão natural como o sol nascente em uma manhã de verão. Pela primeira vez, cantei com a alma, e não da boca para fora, sem intenção alguma de chamar atenção.

Terminei de cantar e senti alívio em minha alma.

— Você se enche de luz ao cantar — disse Benjamin. Abri os olhos, assustada. Só consegui me levantar do banco, dando alguns passos para trás.
— Não precisa ter medo de mim, não sou esse monstro que todos dizem. Não sou psicopata, pode ficar tranquila — ele disse em um tom calmo.

É exatamente isso que os malucos e os psicopatas dizem. É melhor eu ir embora logo antes de acabar parando nos noticiários da televisão.

Dei apenas um sorrisinho forçado e fui embora, com pressa de chegar a algum lugar movimentado.

Ao sair, percebi que aquela florzinha morta ganhara vida, como se alguém tivesse plantado outra em seu lugar, só que não havia ninguém lá comigo, com exceção de Benjamin. E ele não faria uma bondade dessas.

Dei de ombros e fui para a biblioteca estudar um pouco.

Passei quase uma hora estudando, parando apenas ao receber uma mensagem.

Kyle:

Preciso conversar urgente com você.

Fiquei surpresa e bem curiosa. O que seria?

No fim, passei a maior parte do horário de "estudos" pensando sobre Luz e no que ela havia me contado. Estava na hora de eu encarar a verdade e aceitar que tinha duas mães.

Após refletir bastante, percebi que eu me rebelar contra a verdade não resolveria nada, mesmo que doesse profundamente. Eu tinha sido gerada por Luz.

Mandei uma mensagem para Clair avisando que estaria muito ocupada, desmarcando sua ida à minha casa.

Estava muito curiosa para saber o que Kyle queria me falar, mas isso poderia esperar. Precisava voltar para o Lugar Secreto. Necessitava conhecer melhor minha mãe.

Comi um sanduíche natural na faculdade, já que não queria almoçar.

Chegando em casa, fui tomar um banho ligeiro.

— Tomou banho de gato, é? — disse Louyse, assustada.

— Estou com pressa. Minhas provas estão chegando e eu preciso estudar — disse, expulsando-a de meu quarto.

Como todos sabiam que precisava estudar, ninguém me chamava para nada, por isso podia ir ver Luz tranquila.

Esperei uns dez minutos antes de abrir a porta do meu quarto e ir para o sótão.

Lenah mandou mensagem para mim.

Lenah:
Não queria incomodar só para avisá-la, mas eu, papai, mamãe e Louyse viemos ao shopping fazer compras. Não a chamei porque sabia que você não ia querer.

Lyra:
Você me conhece muito bem, *love u*!

Bem melhor assim.

Fui correndo para o Lugar Secreto.

Chegando lá, ela me esperava de braços abertos.

— Oi — falei.

— Oi, querida — respondeu ela.

— Me perdoe por ter corrido daquele jeito. Eu precisava absorver o que você me contou.

— Tudo bem, eu entendo. Sei que necessitava disso — disse ela sorrindo. Luz me levou para uma montanha que dava acesso à vista infinita daquele mundo. — Está vendo isso tudo?

— Sim.

— Pertence a mim. Fui eu que fiz este lugar.

Ela olhava para a magnífica paisagem.

— Você é a rainha deste lugar?

— Sim. E você é a herdeira.

— He-herdeira? Tipo... a princesa? — perguntei, abismada.

— Isso mesmo. — Ela soou orgulhosa.

— Eu tenho uma pergunta.

— Diga-me.

— O que o pássaro quis dizer com "Você é a escolhida"? — perguntei, curiosa.

— Que você de fato é a escolhida. Escolhida para liderar — Luz respondeu olhando em meus olhos.

— Liderar o quê? Não sei nem liderar minha própria vida. Não estou pronta para isso — falei rindo dessa resposta maluca.

— Ainda não. Contudo, estará em breve — disse Luz, confiante.

— Eu tenho tantas perguntas para lhe fazer — confessei, empolgada.

— Sei disso. Sua cabeça deve estar a mil.

Caminhamos um pouco pela floresta, embrenhando-nos entre as árvores coloridas com folhas tão macias como veludo. Aproveitei para contar o sonho que tivera, no qual saíra uma nuvem dourada de minha boca.

— O seu sonho tem um significado — Luz revelou.

— Sério? Qual? — perguntei.

— Esforça-te que as respostas tu acharás — ela disparou.

— Lá vem você de novo... — disse gargalhando.

— O que tem eu? — ela perguntou.

— Falando em enigmas.

— É meu jeito. — Ela riu. — Venha, quero lhe mostrar o Elbhan.

— O que é Elbhan?

— É um livro mágico. Nele você encontra histórias e conselhos, e ele também a alerta sempre que necessário.

— Que incrível! — falei, espantada.

— Você pode perguntar tudo para ele e receberá respostas. Porém, já vou lhe avisando, às vezes elas estão implícitas.

O livro era tão cintilante quanto um diamante e se situava em uma pedra, no centro de um lago encantador.

Cheguei perto, com receio.

— Fique tranquila, ele não morde. Só é sincero demais — Luz disse dando risadas.

— Olá, Elbhan — falei.

— Oi, princesa.

"Princesa"? Isso soava meio estranho, ainda mais quando se referia a mim.

— Algum conselho para mim? — perguntei, preocupada com a resposta.

— Claro que sim, sempre tenho.

— E qual é?

— Tome cuidado. Quem a persegue a conhece.

O que isso quer dizer? Ele está se referindo a quê?

— Ele também fala em códigos? — perguntei, frustrada.

— Eu avisei.

Como não adiantaria nada perguntar o que aquilo significava, coloquei os pés na água e fiquei brincando com ela. A água daquele lago era a mais refrescante de todas.

Um tempo depois, eu e Luz fomos passear mais, e voltamos para o monte coberto de árvores. Havia algo que não tinha reparado antes: uma árvore igual à dos meus sonhos, com o mesmo símbolo.

— É ela — falei, espantada, apontando o dedo para a árvore.

— Ela o que, querida?

— A árvore que aparece nos meus sonhos desde os sete anos.

— Ah, sim. Ela está aí desde que nasceu, nunca mudou.

— Por que ela está da *mesma* forma como nos meus sonhos? Com galhos secos que parecem estar sufocando-a e quase sem folhas? — perguntei.

— Ela está assim porque não vive de água e sol.

— Ela vive de quê?

— Você descobrirá.

Encostei as mãos na árvore, e parecia que ela estava gritando por socorro, como se de fato estivesse sendo sufocada.

— Luz, quando me contou... aquilo tudo, me disse sobre um tal de traidor. Quem é ele? — perguntei com curiosidade no olhar.

— Sente-se, vou lhe contar o que aconteceu.

Sentei-me em uma pedra confortável como uma almofada. Esquisito, né?

— Estou pronta.

— Eu e ele éramos muito próximos, não o considerava um súdito, e sim meu melhor amigo. Tudo mudou quando ele quis roubar o trono. Ele fazia de tudo para ser melhor do que eu. Espalhava mentiras sobre mim, querendo convencer a todos de que aquilo era verdade, de que eu me achava a tal só por ser rainha. Infelizmente, muitos acreditaram nele, se virando contra mim. Em consequência disso, fui obrigada a fazer algo que não queria: fechar a porta secreta para ele e seu povo, bloqueando-os de entrar aqui. Fiquei muito entristecida, mas com o tempo a ferida foi cicatrizando. Quando eu a criei, o traidor ficou sabendo, ainda não sei como, e me ameaçou. Foi por isso que fiz o que fiz. — Luz tinha um brilho triste em seu olhar. Agora entendia o medo que ela sentira. — Toda mãe quer ver seu filho bem, mesmo que ela não assuma.

— E onde o traidor está?

— Onde você menos espera — Luz respondeu alertando-me. — Não precisa ficar assustada, estou com você em todos os momentos, cuidando de ti.

Dei um abraço nela.

— Eu preciso ir. Obrigada por tudo. Hoje foi incrível — disse dando um imenso sorriso.

Luz acenou para mim.

Fui contemplada com uma formosa melodia de quedas d'água ao sair.

Fora tão divertido e esclarecedor no Lugar Secreto que esquecera que Kyle queria falar comigo.

Ao olhar o celular, vi que havia cinco chamadas perdidas e dez mensagens dele.

Mandei mensagem.

Lyra:

Oi.

Perdão, estava ocupada.

Kyle:

Tudo bem.

Podemos conversar agora?

Lyra:

Conversamos amanhã após a aula, pode ser?

Estudei muito, preciso descansar.

Kyle:

Combinado.

20

Estava em um lugar cheio de tesouros; lá, uma montanha de ouro acomodava um grande baú em seu cume. O baú estava aberto, e, dentro dele, estava o meu coração. Quando estava distraída, apareceu um ladrão, que tentou roubar o baú. Ao fundo, quase como um eco, sua risada horripilante soou.

Acordei atormentada, a risada ainda ressoando em minha cabeça.

— Que pesadelo horrível! — Lembrei-me da história que Luz contara sobre o traidor. — Será que ele está me vigiando? Será que está me seguindo? Será que me conhece? — perguntei-me.

Balancei a cabeça tentando expulsar aquelas ideias.

Fui lavar o rosto e me aprontar. Naquele dia teria uma prova. Estava preparada? Não mesmo.

Peguei um pão de queijo para comer de café da manhã, pois queria chegar um pouco mais cedo para ver se estudava mais.

— Lenah, vamos! Não posso chegar atrasada hoje, tenho prova no primeiro horário — gritei.

— Já estou indo.

Por pouco que não chego atrasada. Pois é, meu plano de estudar antes da prova havia falhado.

Olhe o tamanho dessa questão, é quase uma redação. A verdade era que não sabia se tinha me saído bem. O meu dia seria resumido em provas e mais provas.

No horário de almoço, fui estudar na biblioteca depois de devorar um hambúrguer, que estava na promoção, e confesso que não estava muito bom. Era por isso que estava barato.

Nas provas da tarde me saí muito bem, gabaritei, e, para comemorar, comprei um fondue de morango e banana. Eu merecia, vai?

Kyle queria conversar comigo e eu estava bem nervosa. Não fazia ideia do que poderia ser.

Saí da faculdade em busca dele. Procurei em todos os lugares e não o achava, até que escutei sua voz chamar meu nome ao longe:

— Lyra!

Olhei para o lado e o vi na calçada. Atravessei a rua olhando para aqueles olhos harmoniosos. Eles eram unicamente sedutores. Estava no meio da rua quando quase fui atropelada por um caminhão se não fosse por...

— Benjamin?

Ele me puxou para trás, fazendo-me cair em cima dele.

Kyle correu em minha direção, chamando-me com desespero.

— Lyra? Você está bem? — Kyle perguntou.

— Estou bem — disse olhando para os meus joelhos ralados.

— Saia de perto dela! — Kyle falou, empurrando Benjamin antes de me ajudar a levantar.

— Tire suas mãos imundas dela! — disse Benjamin, colérico.

— Senão o quê? — Kyle o provocou.

— Quer mesmo saber?

Benjamin soltou uma risada irônica.

— Diga! Senão o quê?

Kyle o empurrou.

— Senão conto seu segredinho para ela — disse Benjamin, furioso.

Kyle afastou as mãos dos meus ombros. Que segredo seria?

De todo modo, eu deveria agradecer a Benjamin; se não fosse por ele, talvez eu estivesse morta agora. Querendo ou não, ele tinha salvado minha vida.

— Fiquem calmos. Eu estou bem, e é isso que importa.

Antes que qualquer outra palavra pudesse ser dita, Kyle atendeu um telefonema e saiu correndo.

Lenah veio em minha direção.

— Mana? O que aconteceu? Por que está com os joelhos sangrando? — ela perguntou, preocupada.

— Eu estou bem. Quase fui atropelada.

— Vou levar você para o hospital — decidiu.

— Não precisa, sério. Estou bem — insisti tentando convencê-la.

— Vamos logo.

O médico fez a avaliação e disse que estava tudo bem. Ele receitou alguns anti-inflamatórios e analgésicos. A enfermeira fez um curativo em meus joelhos e em seguida fui liberada.

— Viu? Eu disse.

Lenah deu de ombros e fomos para casa com ela dirigindo.

Entrei na sala e vi que estavam todos aflitos. Lenah havia contado o que tinha acontecido para Louyse, que contara para o mundo inteiro. Já sabia que passaria as próximas duas horas falando estar tudo bem e que precisava *apenas* descansar.

Subi as escadas bem devagar, com ajuda do corrimão, para o meu quarto.

Tomei banho e o machucado ardeu.

Quando me deitei para descansar um pouco antes do jantar, Kyle me mandou mensagem.

Kyle:
Oi. Como você está?

Lyra:
Estou bem.

Kyle:
Ufa! Fico aliviado em saber disso. Perdão por ter saído daquela forma. Meu pai passou mal e foi parar no hospital, mas agora ele já está bem. Me encontra na frente da sua casa às 20h?

Lyra:
Sim, claro. Até lá.

Estava tão curiosa para saber o que Kyle tanto queria me dizer que o tempo pareceu não passar. Faltando cinco minutos, vesti uma bermuda para deixar os joelhos livres e esperei dar o horário para descer.

Fui para a frente de casa e vi que Kyle estava lá, com uma aparência meio séria. O que seria?

— Oi — disse Kyle.

— Oi. Como está seu pai? — perguntei.

— Está bem.

— Que segredo? — Fui direto ao ponto. — De que segredo Benjamin falou?

— É sobre isso que quero conversar com você.

— Pode falar, estou aqui — disse, séria.

— É meio... Não sei como vou falar isso — disse Kyle se perdendo em suas palavras. — Bom... isso está aqui dentro há muito tempo. Desde que a vi pela primeira vez, me encantei pelo seu jeito atrapalhado e belo de ser, e, quando a conheci melhor, eu me apaixonei. — *Eita.* Por essa eu não esperava. Porém, não podia negar, também gostava dele. — Eu queria saber se... Como vou dizer...? Caramba, ensaiei mil vezes, mas não sai. — Gritei internamente. *Bora, peça logo.* — Não era para ser assim. É só que... queria saber se... se você aceita namorar comigo.

— Eu não sei o que dizer. É... Bom... eu aceito, também sinto isso por você. — Minhas bochechas queimaram. Kyle deu um salto de felicidade. —

Mas tem uma coisa – continuei. – Para estarmos namorando, você vai ter que conversar com meus pais. Eles sempre foram a favor de relacionamentos à moda antiga. São muito conservadores.

– Isso não será um problema – disse ele, contente. – Irei no sábado à noite. E garanto que levarei a sobremesa – disse me puxando para um abraço.

– Se prepare que eles são bem rígidos – comentei com uma risada.

– Estou preparado – respondeu gargalhando.

Entrei em casa e fui correndo para o meu quarto com cara de boba, suspirando.

– Tenho que contar para Luz – disse, risonha.

Ela era minha mãe, todavia ainda não conseguia chamá-la assim. De forma bem rápida, sem ninguém perceber, fui até o Lugar Secreto. Cheguei lá com um sorriso que ia de orelha a orelha e contei tudo nos mínimos detalhes para Luz.

Quando terminei de contar, sua face, que era de alegria, transformou-se em preocupação e infelicidade.

– Que cara é essa? Acabei de contar uma notícia fantástica: o cara de quem eu gosto me pediu em namoro! – repeti para ver se ela mudava de expressão, no entanto continuou a mesma.

– Esse é aquele Kyle? Seu vizinho? – ela perguntou.

– *Sim*, ele mesmo.

– Não sei se gosto dele – disparou.

– Mas *eu* gosto, é isso que importa – falei, um pouco brava.

– Ele não é a pessoa ideal para você. – Ela foi direta.

– Como você sabe? – perguntei enfrentando-a.

– Falei o que penso.

– Hum... – disse sem olhar para ela.

– Tome cuidado. Nem tudo é o que parece ser – Luz disse.

– Preciso ir. Tchau. – Fui ríspida.

Virei as costas e saí, sem esperar que ela falasse alguma coisa. Eu queria namorar Kyle, e assim eu faria.

21

Já era sexta-feira à noite. A semana parecia ter passado voando só porque estava ansiosa para Kyle conversar com meus pais sobre nós.

Fiz hidratação no cabelo, que ficou muito sedoso. Escolhi uma minissaia jeans e uma blusa ciganinha preta para usar no dia seguinte.

Dormiria bem mais cedo que o de costume, pois não queria ter nada de olheiras. Peguei o pijama mais confortável que tinha e fui dormir.

Demorei a adormecer.

Tive mais um sonho.

Eu via meus pais e minhas irmãs ao longe, além da barreira que nos separava. Parecia que eles estavam gritando, conseguia ver as veias saltando em seus pescoços, entretanto não conseguia escutá-los, já que uma música tocava muito alto. Eles estavam desesperados, apontando para algo atrás de mim, mas eu não conseguia me mover — meus pés estavam presos.

Acordei atônita e assustada. Minha cabeça estava confusa.

Será que era o traidor que estava atrás de mim? Ou será que era algum carro que ia me atropelar? Por que existia aquela barreira entre mim e minha família?

Precisava contar para Luz, contudo isso teria que esperar. Estava sem tempo naquele dia, e ainda teria que ir ao mercado comprar as coisas para o jantar.

Contei para minha família que Kyle conversaria com eles a respeito de nosso relacionamento à noite. Eles ficaram um tanto desconfiados, porém era compreensível: eu nunca tinha namorado antes.

No jantar serviria espaguete à carbonara, e Kyle levaria a sobremesa.

Fui ao mercado e peguei macarrão, bacon, ovos, queijo parmesão e vinho branco.

Meu dia seria definido em arrumação.

Seria um jantar, claro, entretanto pedi para Kyle chegar um pouco mais cedo para podermos conversar com mais tranquilidade. Por isso, comecei a me aprontar antecipadamente, até porque era eu quem faria o jantar, assim, quando ele chegasse, já teria meio caminho andado.

Todos, com exceção de Lysa, estavam na sala à espera do vizinho.

Escutei a campainha tocar. Tinha chegado a hora.

Ao ver Kyle, senti uma mistura de emoções. Ele estava deslumbrante como sempre.

Mamãe foi a primeira a cumprimentá-lo.

— Olá, Kyle. Sente-se — disse mamãe o guiando até o sofá.

— Olá, senhor e senhora Lahyers — disse Kyle.

— Seja bem-vindo. Fique à vontade, mas nem tanto assim — disse papai e apertou a mão de Kyle, rindo.

Conhecia papai, e essa risadinha não significava humor algum.

Louyse e Lenah desceram só para dizer "oi" e subiram de novo, pois íamos conversar agora.

Meus pais estavam apenas à espera de Kyle começar a conversa, afinal era por isso que ele estava ali.

— Então... eu vim aqui para conversar com os senhores a respeito de nosso relacionamento.

Ele me deu um olhar inseguro.

— E...? — mamãe disse fazendo um sinal para ele continuar a falar.

Engoli em seco.

E o quê? É isso.

— E... eu quero fazer a filha de vocês feliz — ele continuou.

— Você acha que consegue fazer isso? — papai quis saber.

— Sim — Kyle respondeu sem hesitar.

— Você sabe que o propósito do namoro é o casamento, certo? — mamãe perguntou, levantando uma sobrancelha.

— Claro, com certeza. Quero um relacionamento sério com a filha de vocês.

— Certo. Lyra aceitou? — papai perguntou.

— Aceitou, sim — ele disse olhando profundamente em meus olhos.

— Certo — papai e mamãe disseram juntos, meio sérios.

O jantar estava pronto, então os chamei:

— Venham comer.

A mesa estava posta com louças delicadas e nossas taças bico de abacaxi.

Senti-me desconfortável durante todo o jantar, ninguém abria a boca para falar nada.

— Isso está delicioso. — Kyle quebrou o silêncio.

— Está incrível mesmo, mana — Lenah concordou.

— Arrasou. — Mamãe disse e deu um sorriso.

Louyse encheu Kyle de perguntas, tive pena.

Peguei a sobremesa que Kyle trouxera, um pudim de queijo com calda de goiabada. Acredite, estava delicioso.

Na hora de ir embora, Kyle se despediu de todos e me chamou lá para fora.

— Ei. Acho que seus pais não gostaram muito de mim — ele disse com tensão nos olhos.

— Fique tranquilo — falei dando-lhe um abraço.

Entrei em casa e me deparei com papai e mamãe sentados no sofá com expressões sérias.

— Filha, sente aqui. Queremos conversar com você a respeito de Kyle — mamãe disse.

— Estou aqui.

— Bom... Eu tive uma sensação estranha, como se ele carregasse algo obscuro — disse papai.

— Também senti a mesma coisa. Eu não gostei muito dele — mamãe disse em um tom calmo; senti uma pontada de raiva crescer dentro do meu ser.

— É você quem o namora, porém não tenho como dizer que aprovo o relacionamento de vocês — disse papai, sincero.

— Eu vou namorar ele. Eu gosto dele. — Fui honesta.

— Certo, filha. Somos seus pais e queremos ver você bem, mas sinto que ele não é a pessoa ideal para você — mamãe disse.

Aff. O que deu nesse povo de falar que ele não é a pessoa certa para mim?

— Como disse antes, não aprovo o relacionamento de vocês, e, se eu fosse você, seguiria o conselho de um pai que a ama — disse papai.

Agora entendia a revolta das personagens de seriados. Agora, sim, eu sabia por que elas faziam loucuras para provar a seus pais que eles estavam errados.

Sem perceber, fiquei carrancuda, de mau humor, querendo que todo mundo me deixasse em paz.

— Que cara feia é essa? — mamãe quis saber.

— A única que tenho. — Notei que falei alto, com arrogância.

— Se você está brava, não posso fazer nada, mas eu exijo respeito, escutou? — ela disse, brava.

Eu explodi:

— Quer saber de uma coisa? Eu tenho vinte anos e vou namorar, *sim*, quem eu bem entender. Outra coisa, não sei nem por que tive a ideia idiota de pedir a opinião de vocês. Como vocês mesmos disseram, eu sei o que faço da vida. Não preciso de suas aprovações, afinal sou eu quem vai namorar Kyle, não vocês — disse, sendo insensível.

Revirei os olhos e saí bufando, correndo para o meu quarto.

Vou fazer isso dar certo para provar para eles que estão errados. Eu gosto dele e ele de mim. É recíproco.

22

Nos últimos dias, fora bem difícil olhar para os meus pais e saber que eles não me apoiavam.

Desde que começara a namorar Kyle e a postar vídeos cantando, meus seguidores multiplicaram. Ao todo já eram quase quinhentos mil. Na faculdade, éramos conhecidos como "o casal da música". Eu gostava, ainda que às vezes isso me irritasse, porque não conseguíamos ter privacidade.

Já estávamos namorando havia duas semanas e nunca nos beijáramos. Não fora por falta de oportunidade, mas, sempre que ia beijá-lo, sentia aquela sensação esquisita, como se me falasse para não o fazer.

Naquele dia, daria uma entrevista para o jornal da Universidade de Bibville. Tinha certeza de que iam falar sobre meus seguidores e meu namorado.

— Mana, você está bem? Está quieta — Lenah perguntou.

— Estou bem — falei, seca, olhando para frente, já que estava dirigindo.

— Se você diz. Em relação a Kyle...

— O que tem ele? Vai falar que não aprova nosso relacionamento também? — interrompi.

— Confesso que não gostei dele, mas não ia falar isso. Só queria dizer para você ouvir os conselhos do papai e da mamãe. Eles são mais velhos do que a gente, já vivenciaram coisas que nem imaginamos e, de todo modo, se você concorda ou não com a opinião deles seu dever é respeitá-los *sempre* — Lenah disse.

Balancei a cabeça e preferi ficar quieta.

As férias estavam cada dia mais próximas. Eu ansiava muito por essa raridade.

Estava na aula quando meu celular vibrou. Dei uma olhada pela barra de notificações e percebi que era uma mensagem de outro número anônimo.

Anônimo:
Se prepare para pagar o preço.

Lyra:
Quem é?

Anônimo:
Alguém que quer ver você MORTA.

Fiquei exasperada.

Anônimo:
Que cara de assustada é essa?
Quer chamar atenção?
Ah, é, você *vive* querendo chamar atenção.

Quem quer que fosse, estava me observando e não estava para brincadeiras.

— Amiga — Clair chamou. — O que aconteceu? Parece que viu assombração.

Antes que pudesse responder, recebi outra mensagem.

Anônimo:
Acho melhor você não contar nada para sua amiguinha, senão ela morrerá com você.

— Amiga? — repetiu.

— Oi. Estou bem. Fique tranquila. — Tentei soar convincente.

— Me conta o que aconteceu? — pediu, preocupada.

— Não é nada, de verdade — insisti com um sorriso forçado.

Anônimo:
Isso mesmo, um sorriso engana fácil as pessoas.

Virei a cabeça de um lado para o outro à procura de quem estava mandando as mensagens para mim, porém todos prestavam atenção na aula.

Anônimo:
Quer chamar mais atenção, Lyra Lahyers?

Comecei a ficar tonta de repente. *Eu tenho que sair daqui o mais rápido possível.*

O número anônimo me mandou outra mensagem.

Anônimo:
Nem adianta mostrar para a polícia, eles não resolverão nada. Não se esqueça: você não pode contar a ninguém. NINGUÉM. Quem souber morrerá.

O pânico começou a correr por minhas veias.

O que eu vou fazer agora?

Minha cabeça estava a mil, ficando cada vez mais tonta.

Como vou sair dessa, sendo que não posso envolver ninguém? Nada de polícia, família, amigos, namorado. Não quero ver ninguém que eu amo morrer. Não posso envolver Luz também... E agora?

23

Sentia-me impotente, sem saber o que fazer. A cada dia que passava ficava mais apavorada com as mensagens anônimas. O medo se tornava cada vez mais parte da minha rotina.

Naquele dia, eu e Kyle iríamos fazer um piquenique, então, a pé mesmo, fui ao pequeno mercado que tinha perto de casa. Comprei algumas frutas, salgadinhos e bolos. Na volta para casa, percebi estar sendo seguida por uma pessoa em roupas pretas e uma faca na mão.

Comecei a andar mais rápido e, quando vi, já estava correndo, querendo apenas chegar a algum lugar depressa. Enfim alcancei Kyle, que lavava o carro.

— Kyle, Kyle!

— O que aconteceu? Por que está com a respiração acelerada? — Kyle perguntou, assustado.

— Tinha alguém me seguindo.

Kyle olhou ao redor e não havia ninguém.

— Fique tranquila, está tudo bem agora. Eu vou ligar para a polícia — ele disse e me abraçou.

— Não. Por favor, não ligue — implorei.

— Por quê? — indagou.

— O homem já fugiu, eles não irão resolver nada.

Estava apavorada.

Será que era a mesma pessoa das mensagens?

Antes de entrar em casa, Kyle ficou conversando comigo por uns quinze minutos para tentar me distrair, mas a cada minuto o pavor aumentava.

Fui arrumar a cesta para o piquenique e senti meu celular vibrar; gelei ao ver que o perseguidor e o autor das mensagens eram a mesma pessoa.

Anônimo:
Gostou do susto de hoje?

Lyra:
Quem é você e por que está fazendo isso?

Anônimo:
O susto de hoje foi apenas o começo.
Se prepare, princesa.

"Princesa"? Os únicos que sabiam disso eram os habitantes do Lugar Secreto e Luz. Então era ele, o traidor. Ele sabia quem eu era e queria me matar.

Eu preciso pensar em algo sem envolver alguém.

Recebi outra mensagem.

Anônimo:
Ah, esqueci de lhe falar uma coisa: seu querido namorado já era. Você o colocou nisso e agora o tirarei do mapa. Em outras palavras... irei matá-lo.

Eu precisava descobrir quem estava por trás dessas ameaças e perseguições antes que fosse tarde demais. Estava tão desorientada que me esqueci de colocar algumas coisas na cesta.

Peguei um remédio para enxaqueca. A situação não estava me permitindo dormir à noite, causando-me fortes dores de cabeça.

— Vou chegar tarde em casa hoje — avisei.

— Às nove horas, quero ver você aqui em casa. É perigoso ficar até tarde na rua — papai disse com um ar de preocupação.

— Eu já falei que vou chegar *tarde* — falei revirando os olhos.

— Vinte e duas horas, então, no máximo — ele falou.

Fingi que nem escutei e saí.

Entrei no carro de Kyle e fomos para o parque.

— Pronta para se divertir? — ele me perguntou rindo.

— Sim! — respondi, animada.

Estávamos sentados na grama, assistindo juntos ao pôr do sol, quando lembrei que esquecera algo no carro.

— Segure para mim, por favor. Vou pegar os brigadeiros que fiz — eu disse entregando meu celular para Kyle.

Fui até lá e peguei, eles pareciam estar deliciosos.

— Seu celular não para de vibrar — avisou ele, um pouco seco.

— Deixe eu ver quem é — falei pegando-o de sua mão.

Havia três mensagens do número anônimo.

Anônimo:

Não tem medo de deixar seu namorado sozinho?

Corajosa de fazer isso, mesmo sabendo que vou matá-lo.

De qualquer jeito, ele morrerá, você contando ou não sobre as ameaças.

— Quem é? — ele perguntou.

— Ninguém.

— É sobre o quê? — perguntou.

— Nada de mais.

— Nada de mais? — repetiu, desconfiado.

— Sim, nada de mais.

— Me deixe ver então — respondeu rindo, desafiando-me.

— Não — falei rindo de nervoso.

Mas ele conseguiu ver um pedaço da conversa.

— "Você contando ou não"? O que isso significa, Lyra? — ele falou, bravo.

— Já falei que não é nada. — As palavras soaram nervosas para meus próprios ouvidos.

— Você por acaso...? Não é possível. Você está me traindo? — Kyle disse, agressivo.

— O quê? — gritei. — Está ficando maluco?

— Acho que estou — ele respondeu.

— Você não confia em mim?

— Eu *quero* confiar, mas como se *minha* namorada não confia em mim o bastante para me contar as coisas? — ele disse, enfurecido de uma forma que nunca vira antes.

Entretanto, sua voz ficou ecoando em minha cabeça. Eu estava errada.

— Você está correndo perigo — contei com preocupação em meu olhar.

— Como assim? — ele perguntou baixando o tom. Contei toda a história para ele e ainda mostrei as mensagens. — Eu não vou deixar ninguém machucar você — garantiu.

Olhei no relógio; eram 20h.

— Acho melhor irmos — falei.

— Ainda não. Vou levar você a um lugar muito irado.

Dobrei o pano em que estávamos sentados. Pelo canto do olho, vi um vulto passar. Virei-me rapidamente, assustada, e vi que era apenas uma criança com uma fantasia de morcego.

Entrei no carro e percebi que ali, com Kyle, era o único lugar em que estava de fato segura.

— Aonde vamos? — perguntei, curiosa.

— Para um lugar em que você pode montar e fazer seu próprio drinque. Tipo um laboratório, só que de bebidas.

— Parece ser divertido — falei.

Na entrada havia quatro araras com jalecos de diversos tamanhos e uma estante bem alta com outros acessórios, como amarrador de cabelo, óculos de proteção, touca e máscara.

Olhei para frente e vi um grande aviso:

É permitida apenas a entrada de clientes com todos os acessórios. Pessoas com cabelo grande devem prendê-lo, e as com cabelo curto devem utilizar touca.

— Para que tudo isso? — perguntei.

— Para sermos os cientistas malucos.

Eu estava ridícula daquele jeito, não parecia uma cientista de jeito nenhum. Estava mais para... astronauta.

Lá dentro era esfumaçado. As bebidas eram todas com gelo seco para dar um efeito especial, luzes branca e azul-claras, fazendo com que as bebidas se destacassem. As mesas eram estilo bancadas de laboratório mesmo, e as cadeiras do mesmo jeito.

Havia várias substâncias, das quais não sabia o nome, que poderiam ser misturadas na bebida.

Kyle fez o drinque dele. Peguei o canudo e provei, estava ótimo. Como não gostava de nada com álcool, pedi para ele fazer um para mim da mesma forma.

Eu teria tomado o drinque que Kyle fizera se não fosse por eu ter vomitado.

— Você está bem? — Kyle perguntou.

— Estou. Quero ir para casa — eu disse.

Não sabia o porquê daquele enjoo de repente.

Já era uma da manhã quando chegamos em casa.

— Obrigada por hoje, mas eu preciso ir — falei, meio desorientada.

— Fique bem. Qualquer coisa, me ligue — ele disse evitando olhar em meus olhos.

Entrei em casa de fininho para não acordar ninguém.

Cheguei em meu quarto aliviada por não ter feito barulho algum.

Estranhamente, o enjoo desapareceu assim que entrei em meu quarto.

— Que bizarro — resmunguei.

Fui fechar a janela e vi a pessoa de roupas pretas lá fora me observando. Fechei a janela e as cortinas o mais depressa possível.

Quando fui olhar de novo, a pessoa havia sumido.

Comecei a ficar apavorada. A pessoa agora sabia onde eu morava. Ninguém estava a salvo, muito menos minha família, mesmo sem eu ter contado nada para eles. Minha casa agora não era mais segura.

Tinha que arrumar algum jeito de mantê-los a salvo, nem que eu precisasse morrer para isso.

24

Era um daqueles dias nublados que me faziam refletir.

Lembrei-me de quando chegara ali, achando, na maior inocência, que tudo seria um harmonioso mar de rosas. Nunca imaginara que seria perseguida, ameaçada e que eu mesma colocaria a vida das pessoas que amo em risco.

Mudara bastante desde que chegara em Bibville.

Fazia dois meses e alguns dias que não via Luz, por dois motivos: estava sem tempo e por conta das ameaças. Não colocaria sua vida em risco.

Naquele dia, eu e Kyle completávamos dois meses de namoro. Por algum motivo, não conseguia me sentir tão feliz. Sentia-me aprisionada, com receio. Supus ser por conta da situação.

Por conta das ameaças, e coisas de casal também, Kyle tinha a senha do meu celular e de todas as minhas redes sociais. Eu não tinha as senhas dele, não sei por que, só que isso não me interessava.

Em comemoração, iríamos a um restaurante, de modo que escolhi uma roupa bem elegante e usaria uma maquiagem mais elaborada. Comprara um vestido vermelho bem fino, que ficava um palmo acima dos joelhos.

Analisei-me e estava maravilhosa. Senti-me poderosa naquela roupa, como nunca.

Mandei uma mensagem para Kyle avisando que já estava descendo.

Quando abri a porta, ele estava com uma sacola na mão. Olhou-me de cima a baixo e perguntou:

— Você vai com esse vestido? E essa maquiagem?

— Sim.

Será que ele não gostou?

— Ah, você fica tão linda ao natural. E eu trouxe um vestido para você usar hoje — ele falou.

Peguei a sacola e vi que era um vestido longo com mangas longas na cor preta. Subi, troquei de roupa, tirei minha maquiagem e usei apenas um gloss.

— Agora, sim, está perfeita — elogiou.

Dei um sorrisinho falso e entrei no carro.

O restaurante era lindo, mas o meu humor fez com que eu o visse como deplorável.

A garçonete, ao nos trazer o suco, derrubou-os sem querer em Kyle.

— Você está cega? — Ele fez escândalo.

— Perdão, senhor — disse ela limpando seu blazer.

— Saia! Você está piorando as coisas. Por isso não cresceu na vida — disse ele, arrogante.

— Moça, pode ir. Muito obrigada. Peço perdão por ele, não está em um bom dia — falei tentando amenizar a situação.

Ela me deu um sorriso fraco.

— Deem-me licença — ela disse, cabisbaixa.

— Licença nada, pague pelo terno. Ah, já sei! — Deu uma risada irônica. — Não tem dinheiro para isso, né?

— Kyle, já chega — falei.

O gerente do restaurante chegou e deu uma bronca na garçonete.

— Peço desculpas pelo inconveniente, senhor.

— Deveriam demitir funcionários desastrados assim — ele disse revirando os olhos.

— Acabamos de fazer isso, senhor. Os sucos são por conta da casa hoje — o gerente disse.

Kyle deu um sorrisinho orgulhoso.

— Não precisava fazer aquilo. Acidentes acontecem — falei, com pena da garçonete.

— Sim, acontecem, mas não é todo dia que o filho do presidente de uma das maiores empresas do mundo vem aqui.

Filho do presidente de uma das maiores empresas do mundo? Quê?

Fiquei pasma. Namorávamos havia dois meses e eu não sabia disso.

— Por que não me contou? — perguntei.

— Achei que já tivesse percebido que sou uma ilustre influência. Por que acha que todos gostam de mim na faculdade? Por que acha que tenho milhares de seguidores nas redes sociais? — perguntou.

— Entendi.

Ele começou a rir.

— Outra coisa, aqueles seguidores que conseguiu desde que chegou aqui não foi porque você canta bem, e sim por minha causa. Você só ficou famosa devido a mim — ele disse, grosseiro. Senti-me tão inferior, como se Kyle tivesse crescido cinco metros. — Meu pai uma vez conseguiu acabar com a carreira de um funcionário que o desafiou. Hoje nem temos notícia dele — falou rindo, como se aquilo fosse uma coisa boa.

— Isso não é legal.

— Foi bem feito, vai? — disse Kyle gargalhando. Comi mais um pouco do risoto em vez de responder. — Você terá tudo o que quiser assim que se casar comigo. Seremos "o" casal. Você nunca precisará trabalhar, pois tudo se resolve com dinheiro — ele disse, convencido.

— Você está maluco? Como pode falar uma coisa dessas? — perguntei com irritação. — Como pôde falar daquele jeito com a garçonete?

— Não disse nada além da verdade. Não sei por que você ficou nervosa desse jeito, sendo que está com uma pessoa rica — ele disse.

Só revirei os olhos. Para mim, aquela noite já tinha acabado.

Quando ia falar algo, recebi outra mensagem anônima.

Anônimo:
Acho melhor você ir conferir sua casa.

— Kyle, precisamos ir. Agora — falei, já pegando minhas coisas.

Chegando lá eu vi que a casa estava pegando fogo.

Liguei para os bombeiros e depois entrei em casa para salvar minha família, mas não havia ninguém.

Recebi outra mensagem.

Anônimo:
Achou que eu estava brincando, princesa? Eles estão comigo. Fique tranquila, cuidarei bem deles.

Lyra:
Você disse que não mexeria com a minha família se não contasse nada a eles.

Anônimo:
Pois é. Eu menti.

25

Meu coração parecia queimar junto com a casa. Estava furiosa. Queria matar quem estava por trás das mensagens anônimas. Podiam fazer qualquer coisa comigo, mas não com a minha família. Estava disposta a ir ao fim do mundo se precisasse para pegar e matar aquele miserável com as minhas próprias mãos.

Enquanto os bombeiros apagavam o incêndio, recebi outra mensagem:

Anônimo:
Ficou com raivinha, princesa? Que pena.
Eu vou matar você.

Lyra:
Não se eu matar você primeiro.

Anônimo:
Quem pensa que é?

Lyra:
A princesa, como você mesmo disse.

Recebi um vídeo.

Abri apenas para ver minha família. Eles estavam amarrados, vendados e machucados, como se tivessem sido espancados. Eu não tinha saída, teria que envolver Luz nisso. Se havia alguém que conhecia melhor o traidor, era ela. Contudo, como iria ir para o Lugar Secreto se minha casa estava pegando fogo? Teria que pensar nisso o mais depressa possível.

Liguei aos prantos para Clair.

— Amiga, preciso de ajuda — falei chorando.

— Amiga? O que aconteceu? — ela perguntou, angustiada.

— Minha casa está... — Estava tão apavorada que não consegui terminar a frase.

— Eu já estou indo para aí — disse Clair.

Ela chegou em menos de seis minutos. Saiu correndo de seu carro e foi ao meu encontro, abraçando-me.

— Vai ficar tudo bem — ela me disse.

Não conseguia dizer nada, apenas soluçava de tanto chorar.

— Eu preciso encontrá-los — falei num fio de voz.

— Amiga, o que aconteceu? Me conte.

Ela me passou uma garrafa d'água.

Contei quase toda a história para ela, que voltou a me abraçar.

— Amiga, é um momento delicado, mas você tem que descansar.

— Eu não preciso descansar, preciso achar minha família. E se aquela pessoa das mensagens os matar? — eu disse, atordoada.

— E como você vai fazer isso? — Sua voz estava calma e leve.

— Eu tenho uma coisa em mente, é só que...

Como eu contaria a ela sobre Luz?

— Tive uma ideia. Venha para minha casa, lá você pode descansar e pensar melhor. Tudo bem?

— Amiga, você não entende que estará correndo perigo? — eu disse, perdida em meus próprios pensamentos.

— Isso não vai mudar muita coisa. Estou em perigo há muito tempo — ela disse.

— Por que diz isso? — perguntei.

— Em casa eu conto.

Os bombeiros ainda estavam lá, tentando conter o fogo. Kyle também estava, apenas observando.

— Vá descansar na minha casa — Kyle disse.

— Não precisa, vou para a casa de Clair — falei.

— Certo, pode ir. Eu aviso quando eles terminarem — ele falou com um tom calmo.

— Vou esperar.

— Perdão pela forma como falei com você mais cedo, no restaurante — ele disse olhando em meus olhos; parecia arrependido.

— Não é para mim que você tem que pedir desculpas, e sim para aquela garçonete. Ela não tinha nada a ver com o seu orgulho — falei virando o rosto em direção à casa.

— Eu sei, e já consertei isso. Liguei para o gerente do restaurante e pedi para readmiti-la.

Apenas olhei para ele, ignorando-o. Não fazia sentido a maneira como ele se comportara, era como se fosse outro. Enfim, ele havia pedido perdão e, mesmo que não tivesse falado em voz alta, eu o havia perdoado.

Enquanto Clair segurava minha mão, um filme passou por minha cabeça. Se acontecesse algo com minha família, nunca me perdoaria pela forma como falara com eles, pela forma como tinha os desobedecido e sido rebelde. Faria de tudo para fazer a coisa certa.

O medo estava me consumindo, afogando-me. Ainda estava pensando em um jeito de conversar com Luz.

Meu corpo estava presente, porém minha mente estava em outro lugar.

Clair me despertou de meus devaneios:

— Pronto, eles terminaram. Vamos para minha casa.

Entrei em seu carro, que cheirava a gloss de morango.

Paramos em uma conveniência para comprar algumas coisas.

— Tadã! — ela disse, fazendo surpresa, entregando-me uma fatia de bolo de laranja com recheio de doce de leite, o meu preferido.

— Só você mesmo para me fazer rir em uma hora dessas — disse rindo. Eu era muito grata por ter Clair em minha vida. Minha confidente, minha conselheira e minha melhor amiga. Ela me fazia feliz até em momentos apavorantes e agoniantes como aquele. — Que delícia de bolo, mas nenhum supera o de Lenah.

Meus olhos voltaram a se encher de novo.

— Ela está bem. Nada de ruim irá acontecer com ela — Clair disse com convicção.

— Como tem tanta certeza disso? — perguntei.

— Porque sinto.

Estávamos a caminho da casa de Clair quando me veio a preocupação:

— E seus pais? Não irão achar ruim?

Chegamos.

— Relaxa. Eles não moram aqui — ela disse.

— Eles moram onde?

— Em um outro lugar.

A casa de Clair era composta por um quarto todo rosa e uma sala emendada com a cozinha.

— Amiga, tenho que contar algo. Talvez você me ache louca com o que vou lhe dizer, mas...

E se ela me achasse doida?

— Não precisa me dizer nada, amiga. Eu já sei o que vai dizer e acredito em você — disse ela me olhando com ternura.

— Como assim? Eu nem falei nada...

— Venha.

Ela me guiou para seu sótão e... Ela também tinha uma porta secreta.

— Desde quando você...?

— Eu nasci no Lugar Secreto. Quando lhe disse que meus pais não moram aqui, estava falando sério. Eles moram no reino governado pela rainha Luz — ela disse.

— Então você sabe que...

— Que você é a princesa? Claro. Todos tínhamos esperanças de que você retornasse, e você voltou. Você vai ser uma grande líder.

Fiquei boquiaberta. Ela sabia e mesmo assim sempre me tratara como uma pessoa normal.

— Desde quando você sabe?

— Desde sempre. Você não se lembra de mim, mas brincávamos juntas. Éramos amiguinhas. Amávamos caçar borboletas cintilantes juntas.

Caiu uma lágrima de meu olho.

— Me perdoe por não me lembrar de você. Eu queria, mas tenho poucas lembranças de antes dos meus sete anos.

— Ei! Está tudo bem. Eu voltei por você. Queria que pudéssemos ser amigas outra vez, então resolvi fazer o que fiz, pois sentia que, de alguma forma, nos reencontraríamos, e aqui estamos, melhores amigas. Não me arrependo de nada. Eu amo você, minha melhor — ela disse chorando, dando-me um abraço.

— Também amo você — confessei sem conter minhas lágrimas.

— Agora vamos parar com a choradeira. Vamos para o Lugar Secreto.

26

Luz estava com os braços abertos. Corri em sua direção, quase derrubando-a.

— Estava com saudades de você — ela me disse.

— Eu também.

Clair nos interrompeu:

— Olá, majestade — disse ela, fazendo reverência.

— Olá, querida Clair. Que bom ver vocês juntas de novo! — ela disse com um meigo sorriso.

— Também fiquei feliz por isso — Clair concordou.

— Eu preciso da sua ajuda, Luz — falei.

— Claro. O que aconteceu? — Expliquei tudo a ela. — Eu sabia que isso ia acontecer — falou.

— Sabia?

— Sim. Isso é só o começo. Quero que saiba que não importa o que aconteça, você tem que ser forte.

— O que quer dizer? — Fiquei preocupada.

— Que em todo momento estarei ao seu lado.

— Estamos protegidas aqui? — perguntei.

— Sim. Quem a persegue, a ameaça e quem sequestrou sua família foi o traidor. Ele não pode entrar aqui, exceto se alguém daqui abrir a porta para ele. Então, Lyra e Clair, tomem cuidado. Vocês podem abrir a porta e deixá-lo passar, por isso fiquem atentas para que não aconteça. Seu dever como princesa, Lyra, é manter seu povo a salvo – ela disse com franqueza.

– E como vou saber se ele estiver perto? – perguntei.

– Você terá que deixar os olhos bem abertos.

– Ficarei de olho – falei com preocupação, já que não conhecia a aparência do traidor. – Amiga...

Virei-me para Clair.

– Oi? – ela respondeu.

– Por que você disse que está em perigo há muito tempo? – perguntei, curiosa.

– Porque eu sempre fui muito amiga da sua mãe. O traidor tentou recrutar minha família para seu exército. Eles recusaram, e ele ficou furioso. Eu e minha família sempre acreditamos no caráter da rainha, sabemos que ela é só amor e justiça. Ele odeia qualquer um que a siga – ela disse com tristeza no olhar.

– E não tem medo de ele conseguir matar você? – perguntei.

– Na verdade, não. Se ele me matar, tudo que fiz antes valeu a pena: cada segundo aqui com você, com minha família e com a rainha. Se eu morrer antes que consigam derrotá-lo, é porque já cumpri meu propósito – ela disse com ternura. Comecei a chorar com as belas palavras de Clair. – Majestade, como conseguiremos libertar a família de Lyra? – Clair perguntou.

– Ele quer entrar aqui para roubar o trono e ter o controle de tudo, então usaremos isso a nosso favor – ela disse.

– Como? – perguntei tentando adivinhar seu plano.

– Bom... é você quem está sendo ameaçada e perseguida, por isso usaremos você como isca – Luz me disse.

– Eu não sou forte como ele – admiti, triste.

– Como não? Você é minha filha, é mais forte do que pensa. Você herdou o dom real.

– Qual dom?

– Você ainda não descobriu porque não buscou o bastante – explicou. – Fique tranquila, você ainda não precisará dele.

Luz me explicou todo o plano. O medo vinha, porém a sede de justiça era maior.

— Antes de irmos, quero que saiba que, se algo acontecer comigo, não é para você ficar triste nem se lamentando. Certo? Serei eternamente grata por tê-la conhecido. Nunca desista dos seus sonhos e do seu propósito. Eu a amo muito, minha melhor amiga — Clair disse chorando.

— Eu também amo você. E sempre serei grata por ter você em minha vida.

Era nítido o medo em seu olhar.

Luz virou para mim e disse:

— Você está preparada?

— Sim, estou.

27

Eu e Clair saímos do Lugar Secreto e fomos até a minha casa. Ela estava irreconhecível, não parecia mais tão aconchegante como antes.

Clair me deixou "sozinha" na porta de casa e saiu.

Recebi outra mensagem.

Anônimo:
Eu não sei quem é mais corajosa: você por ficar sozinha, ou sua amiga por deixá-la sozinha.

Lyra:
Onde você está?

Anônimo:
Em um lugar de onde eu a vejo, mas você não me vê.

Ao ler isso, escutei uma explosão. Era o carro de Clair. Saí correndo em direção ao seu carro, apenas para encontrá-lo em chamas.

— Psiu!

— Amiga.

Eu a abracei.

— Fale baixo. Ninguém pode saber que estou escondida.

Voltei para a casa com lágrimas nos olhos e comecei a gritar ao vento:

— Por que você fez isso?!

Anônimo:
Você envolveu sua querida Clair, então...

— Você não deveria ter feito isso.

Anônimo:
Você iria fazer o quê? Você não sabe do que eu sou capaz.

— Apareça! Ande! É tão covarde que não dá as caras? — Esperei um minuto e nada. — Está com medo de quê? Não é você quem diz que é mais forte que eu? Duvido! — eu disse, enfurecida.

Anônimo:
Olhe ao redor.

Olhei em volta tremendo de medo, mas não havia nada... Até que escutei passos correndo em minha direção. Era ele com uma faca na mão.

Saí em disparada, correndo em direção à casa de Clair. Não saberia como correr mais rápido. Meus pés ardiam com o impacto no chão.

Cheguei na casa dela e tentei não deixar o pânico falar mais alto; ainda assim, não importava o que eu fizesse, minha respiração estava cada vez mais rápida.

Tranquei a porta. Fiz uma pausa e respirei fundo antes de ir olhar pela janela para ver se o despistara, porém ele surgiu de repente, quebrando o vidro. Com um sobressalto, corri até a cozinha e peguei uma faca, querendo ter uma forma de me proteger no caso de ele me atacar.

Ele vinha até mim. Sem pensar muito, corri em direção ao sótão, apenas para me ver sem saída. O traidor estava na minha frente, com a faca apontada para meu pescoço.

— Eu disse que a pegaria, princesa. Você é ingênua ou o quê? Era isso mesmo que eu queria. Me trouxe aqui e agora posso passar pela porta, roubar o trono de sua mãezinha e fazer com que todos se curvem diante de mim. — Ele soltou uma risada maléfica e continuou: — Antes de matar você, nada mais justo do que Luz vê-la morrer. O sofrimento será maior, assim que é bom – disse ele, rindo mais alto ainda.

Sua voz era horripilante e sua risada era igual à do horrível ladrão que, em meu sonho, queria roubar o baú com meu coração.

Ele me agarrou, colocando o braço em meu pescoço, apontando a faca para minha jugular.

Íamos passar pela porta se não fosse por Luz, Clair e alguns soldados aparecerem.

– Solte a minha filha! – Luz ordenou, mais dourada que o de costume.

– Só a soltarei quando ela estiver morta.

Ele me apertou com mais força.

– Ela não irá morrer, mas você vai. Não se atreva a encostar mais um dedo nela. Você ouviu?! – Suas palavras estavam carregadas de ira.

– Vou fingir que não – ele disse.

Luz lançou labaredas de fogo pelas mãos, acertando a faca, que caiu longe, só que isso não o impediu. Ele usou as mãos para me enforcar. Estava já sem fôlego, perdendo a consciência, quando escutei um grito que vinha dele.

Ele me soltou e comecei a tossir, tentando recuperar o ar perdido.

– Eu falei para não encostar nela! – Luz gritou, lançando cada vez mais bolas de fogo.

Ele tinha se ferido.

– Ainda não é o fim, sua... sua... – ele disse, lutando para não gritar mais de dor.

Sem terminar a frase, ele sumiu, deixando apenas sua faca para trás.

– Você está bem, filha?

Luz correu em minha direção.

– Eu... Eu... – Tentei falar.

Estava sem forças, com dificuldade para respirar. Desmaiei.

28

— Filha. — Escutei uma voz bem de longe. Estava com fortes dores na cabeça. Tentei abrir os olhos, que estavam pesados demais. Na sexta tentativa, consegui. — Filha. — Mamãe me abraçou. — Fiquei tão preocupada com você.

— Mamãe? A senhora está bem? Foi tudo um pesadelo?

— Estou bem, mas infelizmente não foi um pesadelo, aconteceu de verdade — ela disse com lágrimas nos olhos.

— Cadê o papai, Lenah, Lysa e Louyse? — perguntei.

— Eles estão bem, em choque ainda pelo que aconteceu, porém estão se recuperando.

Ela me olhou com compaixão. Olhei em volta e percebi que estávamos no Lugar Secreto.

— Vocês estão aqui? Aqui mesmo? — eu perguntei, perplexa.

— Sim, filha. Estamos mesmo aqui, neste lugar lindo. Surreal, né? — ela me perguntou, admirada.

— Como vocês estão aqui? Quem salvou vocês?

— Uns soldados e seu líder — ela me disse.

— E quem eram?

— Eu não vi seus rostos, contudo, se você um dia achá-los, agradeça-os por nós — ela falou com um imenso sorriso.

— Claro, vou perguntar para... — *Luz. Onde ela está?* — Tinha mais alguém com vocês? Uma mulher que brilha como o sol?

— Está falando da rainha Luz? — ela perguntou.

— Sim, ela mesmo. Vocês a conheceram?

— Ela está cuidando de seu pai e suas irmãs.

Ela me olhou com aqueles olhos ternos.

— Onde? — perguntei.

— No palácio.

Palácio. Já estivera ali muitas e muitas vezes, mas nunca o tinha visto. A rainha Luz era minha mãe, e eu, a princesa, porém nunca tinha visitado, de fato, a minha casa.

Mamãe me conduziu para o palácio de forma tão sutil e rápida que era como se ela conhecesse aquele lugar muito bem, melhor do que eu.

— A senhora parece que conhece este lugar tão bem — comentei com um ar de curiosidade.

Ela apenas me olhou e deu um sorrisinho.

O caminho era longo, estreito, porém muito bonito. A cada passo, os pássaros cantavam uma melodia diferente. Aquele lugar era simplesmente encantador.

— Chegamos — mamãe falou indicando com as mãos.

— Uau!

Que lugar esplêndido é este?

Era o castelo mais glorioso de todos, superava qualquer um do meu mundo, até o mais bonito ficava ofuscado perto dele. Estava situado no meio de um lago, que brilhava como cristal. Para chegar até ele, era necessário passar por uma ponte, cujos corrimões eram de ouro com diversas pedras preciosas.

Mamãe estava admirada, mas sua expressão não era de quem o via pela primeira vez.

Será que mamãe já veio aqui outras vezes?

Ao passar pela ponte, senti uma brisa — era um ar fresco, puro. Ao mesmo tempo, o vento levava alguns respingos da água do lago, e ela era, de fato, muito cintilante. O som do lago era harmonioso como uma orquestra. Após atravessar a ponte, olhei para cima. A construção era muito alta, e em seu topo havia uma safira azul, refletida no lago.

Ao entrar, os guardas fizeram reverência para mim. Como não sabia o que fazer, disse "Oi" – para piorar, paguei um mico ao dizer "Sejam bem-vindos" a eles; não sabia onde colocar minha cara, mas enfim... Vivendo e aprendendo? Sim, porém pagando alguns micos também.

Mamãe, ao ver minha gafe, deu uma gargalhada, e eu continuei rindo sem parar.

Na entrada, três pérolas enfeitavam a parede e um imenso tapete vermelho guiava os visitantes para a sala do trono, que era rica em detalhes dourados e vermelhos.

Na outra ponta do tapete, encontravam-se dois tronos; Luz estava acomodada em um, ao passo que o outro era ocupado por uma coroa, que parecia esperar havia muito tempo por alguém que a usaria.

Na parede atrás de Luz, havia uma pintura dela, e, atrás do outro, uma pintura minha – não parecia a Lyra de agora, e sim a do futuro, como se alguém tivesse tido uma visão de como eu seria dali a algum tempo. Na pintura, eu estava com um lindo vestido branco e uma coroa repleta de diamantes. A coroa era bem diferente da que estava em cima do trono vazio, como se fosse outra.

– Bem-vinda ao lar, querida – Luz me disse em um tom alegre.

– Obrigada! Este castelo é muito formoso – respondi com um brilho nos olhos.

– Filha... – mamãe começou. – Tenho algo para contar, mas não quero que fique aborrecida comigo.

– Tudo bem, mamãe, pode me falar – eu disse, já suspeitando o que ela iria dizer.

– Eu conheço Luz desde os seus sete anos.

– A senhora já sabia que eu era daqui? – perguntei.

– Sim. A partir do momento em que pousei meus olhos em você, percebi a doçura e inocência em seu lindo sorriso. Luz investigou muito para encontrar uma família que cuidasse bem de você e que nunca a abandonasse. Foi quando ela me contou a história de que o traidor mataria você se ficasse aqui. Não consegui dizer "não" para aqueles olhinhos meigos. Eu a recebi de braços abertos e a acolhi. Você e sua história me fizeram olhar as coisas de outra forma. Eu aprendi muito com você – ela disse sem desviar os olhos dos meus.

– Então sabia disso tudo e não me contou? – Percebi que ela abaixou a cabeça com a minha pergunta. – Fique tranquila, eu entendo. Obrigada por tudo e por tanto. Amo você.

– Também amo você – ela me respondeu docemente

– Cadê o papai e minhas irmãs? – perguntei.

– Eles estão nos melhores aposentos do palácio, estão sendo bem cuidados. Clair lhe mostrará o caminho – Luz falou.

Clair surgiu de repente, derrubando-me ao me abraçar.

– Amiga! – ela gritou.

– Oi. Opa! – disse ao cair. Começamos a rir uma da outra. – Que saudade.

– Eu também estava, princesa – ela disse rindo.

– Ah, pare com isso! – gritei rindo mais alto ainda.

– Venha, vou levá-la até seu pai e suas irmãs.

Os aposentos reais eram divinos.

– Papai! Lenah! Lysa! Louyse! – gritei e corri em disparada na direção deles.

– Oi! – eles gritaram de volta.

– Como é extraordinário ver que vocês estão bem.

Abracei todos os mesmo tempo.

– Só os machucados que doem, mas de fato estamos bem – papai disse com um sorriso.

Alguém bateu à porta.

– Hora de trocar os curativos – uma mulher com asas falou.

Ela era linda, parecia um ser místico, uma fada. Ela trocou os curativos com tanta rapidez que quase não percebi.

– Acho melhor deixá-los descansar, alteza – ela disse.

– É verdade – falei.

– *Alteza* – disse Louyse gargalhando.

A fada fez reverência e saiu.

— Por que está rindo? Ainda não sabe? — perguntei.

— Sei, mas nunca vou me acostumar com isso. Bem que eu sempre soube que era estranha mesmo — ela disse me dando tapinhas.

— Ha-ha, engraçadinha — falei, jogando a almofada em seu rosto.

— Ai! Meus ferimentos ainda doem — disse ela forçando choro.

— Opa. Desculpe. Esqueci.

— Só a desculpo se trouxer um croissant de chocolate para mim — ela disse fazendo cara de deboche.

— Vou ver o que posso fazer. — Dei um beijo em sua testa. — Durmam bem.

Saí de seus aposentos e acabei esbarrando em um soldado.

— Perdão, princesa — disse ele.

— Não foi nada — eu disse, contudo, como era a princesa, resolvi aproveitar a situação. — Mas... Por conta disso, pague quarenta flexões — disse em um tom sério, tentando segurar a risada. Ele se agachou. — É brincadeira.

— Ufa, ainda bem. — Ele também riu. — Com licença, princesa.

Ele fez uma reverência e saiu.

Soldado legal aquele.

— Amiga, a rainha está chamando — disse Clair, empurrando-me.

— Você sabe do que se trata?

Ela apenas cerrou seus olhos e caiu na gargalhada.

Luz estava ainda sentada em seu trono.

— Filha, precisamos fazer algumas coisas daqui em diante. Você terá que manter seus olhos bem abertos no seu mundo, já que o traidor escapou.

— Farei isso. — Olhei para minha pintura e perguntei: — Por que essa pintura parece ser eu no futuro?

— Porque é de fato você no futuro. Quem a pintou foi uma pessoa com o dom da visão.

Fiquei boquiaberta. Deveria se legal e apavorante ao mesmo tempo saber o futuro.

— Por que a coroa da pintura é diferente da que está em cima do trono?

— É a mesma coroa. Venha, sente-se em seu trono, vou lhe contar uma coisa.

Fui até meu trono e me sentei nele. Era muito confortável, não reclamaria se por acaso algum dia precisasse ficar sentada ali por horas.

Luz pegou a coroa e a colocou em minha cabeça. Ela coube perfeitamente, como se fosse feita sob medida.

— Essa coroa sempre foi e sempre será sua, princesa Lyra, minha filha. Está vendo que essa que está na pintura está repleta de diamantes e a que está em sua cabeça, não? — ela perguntou. Concordei. — A cada coisa boa que você fizer, cumprindo seu propósito e usando seu dom para a coisa certa, um diamante surgirá em sua coroa.

Fiquei pasma.

— Quer dizer que farei tantas coisas boas que minha coroa será pesada de tantos diamantes? — perguntei.

— Sim, e lembre-se: as coisas podem mudar se você não cooperar — ela disse olhando em meus olhos.

Mais tarde, fiz um tour pelo castelo, tentando não me lembrar daquela risada horrível do traidor.

Havia uma galeria cheia de fotos minhas, desde quando era apenas uma bebê, até meu último momento feliz. Isso me fez refletir sobre suas palavras, que ecoavam em minha mente: "Eu nunca a abandonei, sempre estive com você". Ela realmente nunca havia me abandonado, era eu quem não era sensível à sua presença. Mesmo de longe, acompanhava-me, impedindo-me de fazer coisas incoerentes.

Luz de fato era minha mãe e me amava mesmo com todos os meus erros. E mesmo que para mim isso fosse inexplicável, ela nunca me abandonaria, não importando o que acontecesse.

29

Eu estava em minha antiga casa, olhando-me no espelho. Estava absolutamente linda. De repente, apareceu outra de mim, só que em minha casa atual. Eu me observei no espelho, porém meu reflexo estava tão fraco que era como se eu estivesse desaparecendo aos poucos.

Acordei confusa, tentando decifrar o que aquele sonho queria dizer.

Estava belíssimo lá fora, repleto de flores se abrindo, assim como na primavera.

— Bom dia, princesa. Pronta para voltar? — Clair perguntou.

— Bom dia. Na verdade não. Queria poder morar aqui para todo o sempre — falei, bocejando.

— Quem sabe um dia isso aconteça, né? — ela disse em um tom misterioso.

— É, quem sabe.

— A rainha Luz e sua família estão esperando você para tomarem o café matinal — ela disse com um belo sorriso.

— Já vou. Só irei...

— Suas roupas estão no guarda-roupa. Não se esqueça de colocar a coroa — interrompeu.

— Obrigada, amiga.

O meu guarda-roupa era repleto de vestidos, um mais formoso do que o outro. Havia apenas do dia a dia, que, na minha opinião, eram tão perfeitos que poderia usá-los em qualquer ocasião.

Peguei um vestido amarelo midi com estampa floral, calcei sapatilhas brancas e coloquei minha coroa. Estava parecendo mesmo uma princesa.

Sentei-me à mesa um pouco extensa. Luz estava na ponta e eu, ao seu lado.

— Bom dia, alteza — Louyse disse, tirando sarro.

— Bom dia, irmã da alteza. E a todos — respondi, rindo.

— Estávamos à sua espera para comer — Luz falou com um sorriso estonteante.

Eram tantas opções do que comer que só aquela refeição por dia bastava. Não saberia explicar o que comi. Era um pão roxo delicioso, com uma geleia azul que tinha gosto de mirtilo e um suco transparente com rosas. Não me lembrava de ter comido algo tão saboroso antes.

— Filha, eu e sua mãe queremos conversar com você após o café da manhã — papai disse.

— Certo. Já estou terminando.

Que bom que eles queriam conversar comigo, iria aproveitar para tirar algumas dúvidas.

Terminei meu café da manhã e fui me encontrar com eles na estufa.

A estufa era a mais perfeita de todas, repleta de espécies que nunca havia visto: tulipas arco-íris, rosas de vidro, margaridas de pérolas, girassóis de cristal e outras que não consegui distinguir.

— Oi. Estou aqui — falei, ainda perplexa com a beleza daquele lugar. — Antes de me falarem o que queriam dizer, eu tenho algumas perguntas para vocês.

— Pode perguntar — papai e mamãe falaram juntos.

— Sei que foi um momento traumatizante, mas preciso que vocês respondam minhas perguntas. Como o traidor conseguiu os pegar?

— Bom... — mamãe começou. — Nós estávamos na cozinha fazendo doce, Lenah estava descansando e Louyse, estudando para o vestibular quando recebemos uma mensagem anônima. Ela dizia que nossa filha não estava mais longe de casa. Na hora não entendemos, por isso paramos para pensar, e a única que estava longe era Lysa. Tentamos ligar para ela, mas ia direto para a caixa postal, e foi aí que começamos a ficar bem preocupados. Ficamos inquietos, sem saber o que fazer. Não tínhamos notícias de Lysa e isso estava nos deixando aborrecidos. Depois de quase uma hora, recebemos outra mensagem, que dizia algo como: "Sempre achei lindo ver o fogo queimando as coisas, principalmente lares". Achamos que poderia ser uma ameaça, então fomos para o andar de cima, para o seu quarto, e vimos que estava pegando fogo. De forma estranha, as chamas se alastraram muito rápido. Chamamos suas irmãs para sairmos de casa. Quando saímos, escutamos uma risada monstruosa que vinha de dentro da casa e depois nós apagamos. Me lembro apenas de ter acordado em um cubículo escuro. Eles bateram na gente e nos amarraram.

Ela mostrou os pulsos marcados.

— E a senhora viu o rosto do traidor? — perguntei.

— Não, só suas roupas. Eram pretas, tipo uma túnica, e em sua mão esquerda havia uma faca.

— Por que vocês desmaiaram? Tem alguma explicação lógica para isso?

— Recordo-me de respirarmos a fumaça que o fogo emitia, e ela tinha um cheiro esquisito, como se tivesse sido misturada com alguma substância mortal — papai disse apertando seus olhos.

Ao que contavam a história, percebi a raiva penetrando em meus ossos. Iria encontrá-lo e faria com que pagasse por ter feito aquilo com minha família.

— Vocês se lembram de algo mais? — perguntei.

— Eu lembro. Alguém mantinha o traidor informado. Não me recordo de já ter escutado aquela voz antes, mas ela era bem grave — papai disse.

Fiquei confusa, porém prossegui com minhas perguntas:

— E como foi quando resgataram vocês?

— O traidor saiu e ficaram apenas algumas pessoas que obedeciam às suas ordens, acho que dez. Escutamos um estrondo que vinha da frente. Eram os soldados do exército da rainha Luz. Foi o general quem nos tirou de lá, nos desamarrou e nos disse que ficaria tudo bem e que nos levaria para um lugar seguro; foi assim que chegamos aqui. Antes de sairmos, vimos que os soldados estavam lutando com espadas e golpes contra os seguidores do traidor – papai falou olhando para a mamãe.

– E vocês viram o rosto desse general e dos soldados? Para eu agradecê-los pessoalmente – perguntei. – Mamãe já disse que não viu seu rosto, mas o senhor conseguiu, papai?

– Também não consegui ver, porém me lembro de sua voz – papai revelou.

– E como era? – perguntei, curiosa.

– Não sei falar isso, não – ele disse rindo.

– Obrigada, papai e mamãe. Minhas perguntas acabaram, eu acho. Enfim... o que queriam falar comigo?

– Então, filha, é algo meio chato e delicado de se falar – mamãe começou. – Estamos preocupados com você.

– Por quê? – perguntei.

– Você não percebe que mudou por completo depois que começou a namorar Kyle? – mamãe falou em um tom sereno.

– Na verdade, percebi, sim. Mas foi para melhor. – Percebi que ficaram sérios. – Não?

– Não, filha. Você está muito diferente – papai disse.

– Que feitiço ele jogou em cima de você para não estar percebendo? Não entende que está se afundando? Ele mudou você – mamãe me falou como se estivesse alertando-me de algo.

– Não sinto que estou afundando. Por que não ficam felizes por mim, por eu ter achado alguém que me ama do jeito que eu sou? – eu disse tentando segurar o choro.

– Se ele a amasse mesmo do jeito que é, não teria falado daquela forma com você sobre o vestido e a maquiagem – papai disse fazendo uma expressão de quem queria matá-lo por ter dito aquilo.

– Eu vou provar para vocês que ele me ama e que é uma boa pessoa.

Eu não queria parecer fraca perto deles, então engoli o choro e saí dali.

Ao me virar, sem que eu permitisse, as lágrimas caíram.

30

Era hora de voltarmos para casa. Papai alugou um apartamento que ficava um pouquinho longe, mas não tínhamos outra opção.

— Luz, como poderei voltar? — perguntei.

— Eu abrirei uma nova porta para você — ela disse, sorridente.

— Obrigada por ter nos acolhido — mamãe disse abraçando Luz bem forte.

— Não foi nada. Vocês podem vir aqui quando quiserem, sempre serão bem-vindos — Luz falou.

— Tchau, Luz — falei, acenando e a abraçando. — Daqui a pouco eu volto, hein?

— Continuarei a esperando de braços abertos.

Luz sempre dizia que me esperaria. Eu a amava. A forma como ela tratava a todos era incrível, um amor imensurável e inexplicável. O mais engraçado era que ela continuava me amando mesmo com todos os meus defeitos, erros e jeitos.

Despedimo-nos dela, e Clair foi conosco.

Foi tão esquisito sair do Lugar Secreto e voltar para o meu mundo, parecia que o sentimento de medo vinha à tona de novo. No Lugar Secreto me sentia protegida, acolhida, amada, confiante e escolhida. Ali eu me sentia como só mais uma pessoa sozinha em meio à multidão fria.

Clair fez uma expressão estranha e paralisou.

— O que foi, amiga? — perguntei, tentando analisá-la.

— Uma sensação ruim — ela disse.

— Como assim?

— Sei lá, amiga. Não sei explicar, me veio uma sensação esquisita agora. Deve ser porque o traidor está solto, nos perseguindo e querendo nos matar — Clair disse com a preocupação nítida em seu rosto.

— Vai dar tudo certo, fique tranquila — falei, mesmo não tendo certeza.

— Eu não me preocupo se o traidor me matar, porém fico pensando no sofrimento da minha família. Todos sabem que o sofrimento é para quem fica, e não para quem vai. De qualquer forma, se isso acontecer, é porque chegou minha hora e porque consegui cumprir meu propósito — ela falou com um sorriso.

— Por que está dizendo isso? — perguntei já com o choro preso em minha garganta.

— Não sei. Acho que é porque estou com medo — ela disse, rindo.

— Você sabe que a amo, né? — falei dando soquinhos em seu ombro.

— Sei. Também amo você.

Clair, eu e minha família fomos para nossa nova casa, que era mais segura. O prédio tinha quinze andares, e nós moraríamos no quinto andar — nem alto, nem baixo demais. O apartamento tinha uma sala, uma cozinha, quatro suítes — que foram distribuídas entre nós; eu dividiria com Louyse, Lenah ficaria sozinha e uma ficaria vaga. Eu sempre tive claustrofobia e medo de altura, então um prédio não era uma ideia tão boa assim, pelo menos para mim.

— Lysa, como vai fazer em relação à faculdade? — Louyse perguntou.

— Eu vou continuar indo, só que tomando *bem* mais cuidado — ela respondeu com uma careta.

— Falando nisso, como foi sequestrada? — perguntei. Depois que fiz a pergunta, percebi que tinha soado meio insensível. — Se não quiser falar sobre isso, tudo bem.

— Não tem problema. Estava em casa, fazendo compras on-line enquanto esperava minha comida chegar, quando recebi uma mensagem que dizia que estavam esperando na porta. Eu achei que era minha comida, por isso a abri. Deveria ter tomado mais cuidado... É por isso que devemos sempre estar atentos ao nosso coração, porque eu senti que não deveria abrir, mas fui contra eu mesma, achando ser bobeira da minha cabeça. Assim que abri, vi apenas uma pessoa toda de túnica preta com uma faca na mão esquerda. Essa pessoa deu uma risada cruel e disse: "Peguei você". Vi uma fumaça saindo dele, e, sem perceber, eu a inalei e desmaiei. Acordei no mesmo lugar escuro que mamãe, papai, Lenah e Louyse estavam. Foi aterrorizante. O som do chicote fica ecoando em minha mente.

— Farei de tudo para que vocês nunca passem por isso novamente — falei, pensando em algo para mantê-los sempre a salvo.

Estava indo pegar algumas coisas que conseguimos resgatar de nossa casa quando me lembrei de Kyle.

— Ele deve estar superpreocupado com o meu sumiço. — Pensei em voz alta.

— Ele quem, menina? — perguntou Lenah, assustada com minha fala repentina.

— Kyle — respondi.

— Ah, nossa, que susto.

Meu celular estava descarregado, então não fazia ideia de quantas mensagens ou ligações perdidas eu teria dele.

Fui a uma loja de eletrônicos, que ficava perto dali, e comprei um carregador. Coloquei o aparelho na tomada e liguei meu celular. Fiquei assustada com a quantidade de ligações perdidas e mensagens.

Kyle:

Quer conversar?

Você está bem?

Não quer conversar comigo?

Se não quiser é só falar, não precisa ignorar.

Essas eram só algumas das mensagens que tinha recebido, fora as quinze chamadas perdidas.

Liguei para ele.

— Oi — falei.

— Resolveu falar comigo?

— Meus pais tinham sido sequestrados, esqueceu? Desculpe por não ter lhe dado a atenção merecida — disse, cínica.

— E como eles estão? — ele perguntou, como se tivesse se arrependido de ter forçado a barra.

— Estão melhor agora, obrigada por perguntar — disse, nada agradecida.

— Onde você está?

— Em casa. Eu ligo mais tarde. Tchau — falei querendo encerrar logo aquela conversa.

Desliguei sem esperar o "tchau" dele.

Aquilo estava me cansando de alguma forma. Ele não era o mesmo que conhecera quando chegara em Bibville.

— O que foi? Você parece cansada — Louyse falou me analisando.

— Estou bem — menti.

Não podia falar sobre isso com ela.

No meu quarto e de Louyse ainda não havia quase nada, apenas o essencial. Papai e mamãe disseram que só iriam comprar o que necessitávamos, pois essa casa era temporária.

Deitei-me pensando apenas em tirar um cochilo, mas acabei dormindo profundamente de tão exausta que estava.

31

Acordei assustada com o toque do despertador. Virei-me na direção do aparelho para desligá-lo e fiquei ainda mais apavorada ao olhar para a cama de Louyse e ver que ela não estava lá.

Comecei a chamá-la com o choro preso em minha garganta.

— Louyse! Louyse!

— Estou no banheiro. O que aconteceu? — ela gritou de volta.

— Nada, não. — Engoli o choro. — Não demore, preciso usar.

A verdade era que estava com tanto medo e tão traumatizada que andava me assustando com tudo.

Peguei o vestido novo que mamãe tinha comprado para mim e os tênis pretos que pegara emprestado de Lenah.

Passei pelo espelho do quarto e pensei: *que saudades de estar animada para ir à faculdade.*

Atrasadas, eu e Lenah fomos para a aula. Cheguei na sala e percebi que estavam todos em dupla. Estava me sentindo um peixinho fora d'água.

Com quem irei me sentar?

— Bom dia. Sente-se com Brandon — a professora falou.

Fui até ele e me sentei.

— Bom dia, Lyra — ele falou com um sorriso.

— Bom dia.

Sorri de volta, mesmo não estando de bom humor; afinal, ele não tinha nada a ver com isso. Fiquei dispersa a aula toda, pensando em mil e uma coisas, até que Brandon me interrompeu:

— Você vai ficar aí?

Olhei em volta e vi que éramos os únicos na sala.

Que louco. O tempo passou tão rápido.

— Ah, obrigada. Desculpe por ficar ausente na aula, não estava muito...

— Eu entendo, tudo bem — ele disse, interrompendo-me.

— Obrigada por entender — falei com um sorriso.

— Não foi nada. Nem em todos os dias estaremos felizes e sorridentes, e está tudo bem. Isso é coisa de gente — ele disse gentilmente.

Peguei meus livros e saí da sala.

Estava indo ao banheiro quando Kyle agarrou meu braço, empurrando-me para longe dos outros.

— Está maluco? — perguntei num berro.

— Eu? Maluco? Maluca está você! — ele gritou, apontando o dedo em direção ao meu rosto.

— O que eu fiz para você estar tão furioso? — perguntei antes de afastar seu dedo do meu rosto.

— Você acha que pode ficar por aí com outro cara?

— Você está vendo coisas ou o quê? Do que está falando? Ah, não... — Comecei a rir. — Está bravo porque me sentei com Brandon na aula?

— Eu não gostei disso.

— Eu me sentei com ele porque a professora mandou — expliquei dando um basta àquela conversa desagradável.

— Então, se ela falasse para eu me sentar com alguma garota, você ia gostar? — ele me perguntou.

— Normal, ué.

Que cara maluco.

— Ele estava olhando para você com outros olhos — ele falou, sério.

— O que eu podia fazer? Não posso mandar nos pensamentos dos outros — falei me virando.

Ele voltou a segurar meu braço, apertando-o.

— Nunca mais vire as costas para mim! — disse ele lentamente em um tom ameaçador.

— E se eu virar as costas, vai fazer o quê? — perguntei.

— Esqueceu que posso acabar com sua carreira que nem começou? — ele falou com provocação.

— Me solte — disse entre dentes.

— Senão o quê?

— Solte-a, seu babaca.

Virei-me e vi que era Benjamin.

— Ela é minha namorada, com licença — Kyle falou.

— E desde quando a pessoa que você diz que ama deve ser tratada desse jeito? — Benjamin disse em um tom calmo, mas afiado.

— O que você tem a ver com isso? — Kyle perguntou rindo.

Kyle estava apertando meu braço com mais força a cada palavra de Benjamin.

— Já disse para soltá-la.

Ele me soltou com tanta força que caí no chão.

— Já que se importa tanto, cuide dela — Kyle disse virando as costas e saindo, deixando-me caída no chão.

Benjamin correu em minha direção, ajudando-me a levantar.

— Você está bem? — ele perguntou, analisando-me para ver se estava machucada.

Eu estava machucada, só que era em um local que ele não podia ver.

— Estou bem, obrigada — agradeci.

Não estava nada bem, queria apenas sair correndo dali e chorar em algum lugar silencioso.

— Eu sei que não está. Por que continua com ele se a trata desse jeito? Isso não é amor, é possessão e obsessão.

— Eu não sei — falei, perdida em meus sentimentos. *O que eu estou fazendo aqui?* — Certeza que ele não está em um bom dia — eu disse tentando não olhar em seus olhos.

— Isso nunca foi e nunca será uma desculpa. Quando não estamos em um bom dia, apenas estar com a pessoa que amamos muda tudo. Basta seu sorriso para o dia se iluminar — ele disse de uma forma tão doce que suas palavras saíram como uma poesia.

— Bom... Preciso ir. Obrigada — disse querendo sumir.

— Não foi nada. Lyra — chamou. — Qualquer coisa, se isso acontecer de novo, e eu espero que não aconteça, dê uma joelhada nele. Você sabe onde.

Benjamin riu.

— Pode deixar. — Tentei segurar a risada, mas não deu. — Obrigada.

Kyle já não parecia o mesmo. Ele era arrogante comigo e jogava a culpa em mim quando as coisas davam errado. Era um comportamento que fazia com que eu me sentisse culpada, frágil e inferior. Não sabia como continuaria com ele. A cada dia que passava, sentia-me mais angustiada, asfixiada com a sensação de culpa, sufocada pelos meus ossos frágeis, presa em meus sentimentos confusos; e agora havia o medo de fazer algo indevido e ele acabar com os meus sonhos, impedindo-me de iniciar minha carreira como musicista.

Virei-me e consegui escutar a gargalhada de Benjamin ecoar. Por um momento não quis chorar, queria apenas colocar meus sentimentos e pensamentos no lugar, começando no porquê de ele ter feito aquilo comigo.

32

Eram 5h quando fui acordada pelo barulho de uma ambulância passando. Comecei a ficar tonta, senti um aperto forte em meu peito, como um pressentimento ruim, com medo de que algo pudesse acontecer com alguém que amava.

Fiquei me virando de um lado para o outro na cama. Não estava conseguindo dormir, e a cada minuto que passava aquele pressentimento aumentava.

Mandei uma mensagem para Clair.

Lyra:
Oi, está acordada?

Clair:
Oie, estou, sim. Por que está acordada?

Lyra:
Perdi o sono. Estou com um mau pressentimento.

Clair:
Deve ser por conta de tudo pelo que você passou. Fique tranquila. Deite-se e pense em coisas boas que conseguirá dormir.

Lyra:
Obrigada, amiga.

Clair:
Amo você, minha melhor amiga.

Lyra:
Também amo você, minha melhor amiga.

Fui à cozinha tomar água. Estava com o copo a meio caminho da boca quando, de repente, senti uma pontada aguda no peito, que me fez derrubar o copo no chão, espalhando-o em centenas de cacos. Fiquei paralisada, não entendia o porquê. Aquele sentimento horrível havia crescido.

Escutei passos correndo e percebi serem de todos.

— O que aconteceu? — mamãe perguntou, ofegante.

— Só derrubei o copo no chão. Me perdoem — eu disse, desorientada com a dor em meu peito.

— Pode voltar para o quarto. Você tem que acordar daqui a pouco para ir à aula. Está cansada. Deixe que eu limpo aqui — Louyse disse me lançando um olhar terno.

— Obrigada, maninha.

Voltei para o quarto com objetivo de seguir o conselho de Clair e dormir pensando em coisas boas, contudo a única coisa que ressoava em minha cabeça era a risada maldita do traidor.

Olhei para a janela e percebi que ainda estava um pouco escuro.

Estava nublado e frio.

Meu celular despertou, porém já estava acordada e pronta para mais um dia.

Eu e Lenah chegamos adiantadas na faculdade. Era melhor do que estarmos atrasadas.

As aulas da manhã passaram com uma rapidez impressionante.

Eu e Kyle nos sentamos muito longe um do outro. Que ele pensasse no que fizera comigo.

Na hora do almoço, estava tudo tranquilo e bem quieto, até que escutei um estrondo e todos começaram a correr e gritar. A única coisa que passou em minha cabeça era a localização de Lenah.

— Lyra, corra! — Lenah gritou assim que apareceu, empurrando-me.

— O que aconteceu?

— O traidor está aqui com alguns de seus seguidores — ela disse com a respiração acelerada.

— O quê? Eu tenho que voltar. Clair está na biblioteca!

Corri na contramão, empurrando os alunos. Precisava encontrar minha amiga o mais rápido possível. Ao chegar, notei que as luzes estavam quebradas, com exceção de uma, que apontava para uma mesa cheia de cadernos: os de Clair.

As cadeiras estavam todas jogadas no chão.

Estava prestes a mandar uma mensagem para ela quando recebi uma anônima.

Anônimo:
Eu avisei que ia matar sua amiguinha.

Lyra:
Onde você está?

Anônimo:
Saia da faculdade que você verá. Só não demore para dar adeus para sua querida Clair.

Fui para fora, notando que o céu ficara escuro de repente. O vento estava forte, como se anunciasse uma tempestade, criando um pequeno tornado de papéis rasgados, livros e objetos, ao passo que os pássaros tinham dificuldade para voar.

Encontrava-me quase no meio da rua quando escutei a risada horrenda do traidor. Olhei na direção de onde o som vinha, e vi dez pessoas ajoelhadas e amarradas quase no fim da rua, inclusive Clair.

Saí em disparada em sua direção.

— Saia daqui, Lyra! — Clair gritou.

Corri ainda mais rápido, mesmo sabendo que estava sozinha contra a equipe do traidor. Eles carregavam espadas e armas, que apontavam para os reféns.

— Enfim nos reencontramos, princesa — disse o traidor.

— Solte-os agora mesmo! — ordenei.

— Tudo o que eu quero é o trono, mas *você* e sua mãezinha não cooperam. É uma pena. Agora terá que ver sua melhor amiga morrer. Não há nada melhor do que ver você sofrer... Quem mandou não me dar o que quero?

Comecei a chorar.

Clair gritou, competindo com o som da ventania:

— Amiga, não lute agora, ainda não está na hora! Apenas me deixe ir, eu já fiz o que tinha que ser feito. Minha vida foi incrível por ter conseguido viver perto de você e de Luz, que me adotou quando minha mãe morreu. De alguma forma, você é minha irmã e sempre será. Não desista. Não será fácil, mas você consegue. Quando a saudade vier, lembre-se de nossos momentos juntas, dos nossos abraços, dos meus conselhos e das minhas broncas também. Eu amo você, minha melhor amiga.

Clair abriu um imenso sorriso segundos antes de o traidor pegar uma espada e a afundar no pescoço dela, fazendo-a cair em sua própria poça de sangue.

— *Não!* — O traidor e seus seguidores foram envoltos por uma fumaça negra, que os levou embora. — Eu também a amo, minha melhor amiga. — Abracei sua cabeça, manchando-me de sangue. — Amiga, acorde. Volte com seu sorriso, por favor, eu suplico.

Não pode ser verdade. Eu tenho que acordar deste pesadelo. Tem que ser um pesadelo...

Eu era a única em meio ao um lago de sangue, com minha melhor amiga morta em meus braços, que estavam frios como a neve.

Mais tarde, não saberia dizer quanto tempo depois, eu ainda estava na mesma posição, a rainha Luz e seus soldados ao meu redor. Estava vivendo o meu pior pesadelo: a morte de uma das pessoas que amava. De fato, aquele mau pressentimento estivera certo.

O que ecoava em minha mente naquele momento era: *a culpa é toda minha.*

Minhas forças se esvaíam, assim como meu coração.

Eu só trazia sofrimento, dor e morte para aqueles que amava. Talvez fosse melhor eu morrer, quem sabe assim evitaria outras tragédias.

Peguei uma arma, mirei em minha cabeça, porém, antes que eu pudesse apertar o gatilho, alguém a tirou de minha mão e me abraçou por trás, um abraço de consolo.

Virei-me e vi que era Luz.

— Você é poderosa. Por que não veio antes para salvar Clair? — questionei com ferocidade.

— Filha...

— Filha nada! Ela também era sua filha, mesmo que adotiva. Mas você não fez nada para salvá-la. Que tipo de mãe é você?! — Escutei sirenes. Virei-me e vi que Luz havia ido embora. — Vá embora mesmo. Me abandone! É só isso que você sabe fazer! — berrei, soluçando de tanto chorar.

Os paramédicos foram até mim para me examinar e determinar se eu estava ferida. O que eu tinha, entretanto, estava em meu coração, e não existia um cardiologista que pudesse ver ou tratar essa dor.

Meus pais chegaram e me levaram para casa. Todos perguntavam se eu estava bem ou se eu queria algo.

Queria, sim: morrer.

33

Estava anestesiada. Já fazia três dias que não comia. Sentia-me desolada, apática e derrotada. Não conseguia chorar. Ficava apenas deitada em minha cama quase todo o tempo, naufragando em minha profunda tristeza.

A cada quase trinta minutos alguém entrava em meu quarto para ver como estava.

Sorrir, para mim, sempre fora algo que saía com naturalidade, conseguia até mesmo quando não queria, contudo estava impossível, era como se os músculos do meu rosto estivessem congelados.

Não ia para a aula desde que Clair falecera. A faculdade ficara um dia de luto, depois voltaram como se nada tivesse acontecido. Meus pais tinham conversado com meus professores, que entenderam a situação, só que tinha que voltar na segunda-feira, já que era a última semana de aula antes das férias.

Kyle tentou me visitar para ver se eu me animava um pouco, mas não quis recebê-lo. Ele me tratava de qualquer forma e ficava achando que podia vir na minha casa falar comigo, até parece. Como se não bastasse o peso da culpa em meus ombros, tinha que lidar com esse relacionamento, que acabava comigo a cada dia. O mais engraçado era que eu sabia que ele me fazia mal, só que de alguma forma eu queria insistir, talvez para mostrar para os meus pais que eles estavam errados, ou por medo de ele acabar com minha "carreira", ou coisa pior. Parecia estar enfeitiçada, pois sabia de tudo isso e ainda queria continuar, mesmo que me causasse exaustão, baixa autoestima, culpa, fragilidade e insanidade mental.

Sentia falta de Luz, contudo o pensamento de "Se ela tivesse chegado mais cedo, Clair estaria viva" retumbava em minha cabeça.

Tinha acabado de voltar do banheiro quando escutei o apito de mensagens do meu celular. Estava com medo de ver.

E se for o traidor?

Desbloqueei meu celular e vi que era um número que não tinha salvo. Olhei pela barra de notificações.

Desconhecido:

Olá, como você está? Aqui quem fala é o general.

A rainha me contou o que aconteceu. Sinto muito.

Lyra:

Oi, vou ficar bem.

General:

Só mandei essa mensagem para ver como você estava.

Espero que fique bem logo e que você volte para cá.

Lyra:

Obrigada por perguntar.

Ainda bem que ele se identificara logo na primeira mensagem, caso contrário eu não teria respondido.

Como que ele conseguiu sinal dentro do Lugar Secreto? A não ser que ele não esteja lá, pensei, entretanto esse pensamento logo desapareceu.

Minha mente estava repleta de lembranças de Clair. Ela sorria para tudo; podia estar tendo um dia bom ou ruim, ela continuava feliz. Com certeza, ela tinha descoberto e vivenciado a verdadeira felicidade, a qual eu ainda não havia encontrado, ou, se tivesse, não tinha percebido. Minha cabeça estava cheia de dúvidas, porém eu tinha quase convicção da resposta de uma delas: Clair sabia que ia morrer? Ela vivia falando que, se morresse, tudo teria valido a pena.

Fui ao banheiro mais uma vez e me deparei com meu reflexo no espelho. As olheiras estavam tão aparentes que era como se tivesse brigado e levado socos nos olhos. Minha aparência estava devastada, parecia ter envelhecido cinco anos. Enquanto me observava, percebi algo de que não tinha me tocado antes: eu ainda estava viva, o que significava que ainda podia vencer o traidor.

Tomei um banho, lavei e penteei o cabelo, e coloquei uma roupa confortável.

Pela primeira vez desde que me tiraram da poça de sangue, abri a porta do meu quarto determinada a destruir e acabar com o traidor, mesmo que isso custasse minha própria vida.

34

Acordei assustada com o meu despertador. Em minha confusão, acabei caindo da cama.

Peguei o celular, entrei no contato de Clair e mandei uma mensagem de bom-dia. Era tão automático fazer aquilo que, por alguns instantes, esquecera-me de que nada do que tinha acontecido fora um pesadelo.

Fui até o guarda-roupa e peguei uma roupa bem quente, pois o dia estava frio. Minha melhor amiga amava o frio, e eu também... Agora não mais.

— Bom dia, querida — mamãe falou com um enorme sorriso.

— Bom dia — disse, tentando sorrir.

— Preparei um café da manhã especial.

Ela me entregou um prato.

— Obrigada, estou mesmo com fome.

— Que ótima notícia. — Sua voz soou empolgada.

Eu sabia que mamãe estava se esforçando para me ver sorrir, então fazia de tudo para ela pensar que estava bem, porém mamãe me conhecia e sabia ver além da superfície.

— Bom dia, princesa — Louyse disse rindo, bagunçando meu cabelo.

— Por favor, não me chame... — interrompi as palavras que saíam de meus lábios e respirei fundo, afinal eu era *mesmo* a princesa.

Terminei de comer e fui para a faculdade. Lenah já estava de férias.

Entrei na sala de aula e me senti minúscula sob todos os olhares. Eram de pena, e eu não gostei nada daquilo, era como se eu fosse uma coitadinha. Estar fragilizada não era o mesmo que ser fragilizada.

— Bom dia — Kyle disse e me puxou para um abraço.

Eu o empurrei de forma delicada, sem chamar atenção. Fazia tempo que não nos víamos, e ele vinha com papo-furado de bom-dia e um abraço?

— Bom dia — respondi, seca.

— Acho melhor você, a partir de hoje, ficar sempre ao meu lado para que eu possa protegê-la.

Revirei meus olhos internamente.

Proteger-me? Se ele quisesse me proteger, não teria me tratado daquela forma, deixando-me no chão sozinha com Benjamin.

— Está de brincadeira, né?

Não consegui conter a risada sem humor e parti em direção à minha carteira. Só ficaria ao lado dele para evitar certas situações constrangedoras.

Era insuportável olhar para a carteira vazia em que Clair costumava se sentar, então pedi licença e fui ao banheiro. Chegando lá, não consegui segurar o choro. Estava de olhos fechados enquanto as lágrimas rolavam, até que senti alguém me abraçar, e aí desabei de vez. Era um abraço consolador.

Abri os olhos e vi que era Sarah, amiga de Benjamin. Eu ia falar quando ela me olhou e balançou a cabeça:

— Não precisa dizer nada.

Ela me abraçou ainda mais forte.

Depois de alguns minutos cheios de lágrimas, virei-me e lavei o rosto.

— Obrigada por esse abraço — falei com o primeiro sorriso sincero em dias.

— Você tem um sorriso lindo, nunca pare de sorrir. Um dia, ele iluminará o dia e a vida de alguém — ela disse meigamente.

— Obrigada. Vou fazer o possível para rir mais.

— Sei que você já está passando por muita coisa, mas preciso contar uma coisa — Sarah disse.

— Pode falar. Seja o que for, não deve ser pior que perder a melhor amiga.

— Kyle não é para você. Ele não é quem você pensa.

— Eu sei, e agradeço por ter me falado, é só que não sei como acabar com isso — admiti, tensa.

As palavras ecoaram como se eu estivesse pedindo socorro.

— Eu vou pensar em algo — Sarah disse, pensativa.

— Vai me ajudar? Mesmo que um dia eu já a tenha julgado por ser amiga de uma pessoa com "péssima" fama?

— Claro, por que não? Devemos sempre ajudar...

Sarah não conseguiu terminar, porque Kyle a interrompeu com um pigarrear. Ele estava lá fora, vigiando a gente.

Paralisei. O medo percorreu todo meu corpo sob seu olhar. *E se ele tiver escutado a nossa conversa?*

Sarah percebeu meu pavor e tentou disfarçar:

— Devemos sempre ajudar aqueles que têm dificuldade, não é mesmo? Eu mando uma mensagem para você quando tiver tempo para a gente conversar sobre sua dúvida em ritmos.

Ela me entregou seu celular. Ao olhar para a tela, vi que estava desbloqueada, com uma mensagem no bloco de notas: "Qualquer coisa aperte o botão do miolo da flor do anel".

Fui para a lista de contatos e anotei meu número.

— Obrigada pela ajuda. Semestre que vem vou precisar desse conteúdo e não sei nada.

— Não se preocupe. Eu mando uma mensagem para a gente marcar de estudar.

Damos um aperto de mão, durante o qual Sarah me deu o anel de emergência, e nos despedimos, saindo do banheiro.

Kyle deu um sorrisinho falso para Sarah e a esperou sumir de vista.

— Por que não pediu ajuda para mim? — ele perguntou.

— Porque fiquei sabendo que ela é a melhor em ritmos.

— E você acredita no que falam? Esse povo mente demais — ele falou, grosseiro.

— Acredito, da mesma forma que acreditei em você quando me falou de Benjamin. Quer dizer que você também mente?

Ele me olhou profundamente, como se eu tivesse falado algo inapropriado.

— Vim ver como você está.

Ele baixou o olhar.

— Estou ótima, como pode ver.

Comecei a andar no mesmo instante em que Benjamin apareceu e passou pelo corredor. Senti um clima muito pesado.

— Preciso falar com você, Lyra — disse Benjamin, parando de repente.

— Agora ela não pode — Kyle disse, grosseiro.

— Posso, sim. — Quem ele pensava que era para mandar em mim? Estava farta disso. — Só vou pegar minha mochila.

Entrei na sala e pedi licença para o professor, dizendo que tinha que resolver um assunto pessoal. Como ele sabia da minha situação, liberou-me.

Os dois ainda estavam se encarando.

— O que você queria falar comigo, Benjamin?

— Tem que ser em particular.

— Particular com a minha namorada? — Kyle disse, bravo.

— Tudo bem, vamos — falei, já conseguindo ver a metafórica fumaça de raiva sair dele.

— Siga-me — Benjamin disse com uma expressão vitoriosa.

— Oi? — Kyle disse, incrédulo.

Saímos, deixando-o murmurar para as paredes.

Benjamin me levou para o centro da universidade, um lugar um pouco movimentado.

— Eu a trouxe aqui para conversar porque, depois daquilo pelo que você passou, achei que se sentiria mais segura e confortável perto de outras pessoas — explicou.

— Você leu meus pensamentos. Obrigada.

— Já fazia alguns dias que estava querendo lhe dar isto.

Benjamin me entregou uma carta.

— Que carta é essa? — eu perguntei, meio perdida.

Podia ser uma carta de término de namoro.

— Nós a achamos nos cadernos de Clair. Tem seu nome atrás.

Virei o envelope. "Para minha melhor amiga: Lyra Lahyers."

Foi quase como uma facada em meu coração. Se havia uma carta, era porque ela já sabia que iria morrer.

— Obrigada por me entregar.

— Leia quando estiver preparada — Benjamin falou em um tom que sugeria que ele sabia o que fora dito naquela carta. Assenti. — Sei que está desconfortável por estar com alguém que vê como um psicopata...

— Não vejo. Não mais. Hoje eu vejo que o psicopata não é você — interrompi.

— Fico feliz em ver que alguém não acredita mais nas mentiras de Kyle.

— *Nas* mentiras? — perguntei, assustada.

— Sim. Ele ama colocar as pessoas a favor dele e contra as que de fato são boas. Kyle consegue tudo o que quer e atrai olhares por todos os lugares que passa por ser rico e bonito. Só que quem vê aparência não vê o que importa de fato: o coração, o caráter. Foi assim que ele conseguiu conquistar a ex dele, com dinheiro e fama.

Fiquei pasma. Ele tinha uma ex?

— Ex-namorada? — perguntei.

— Sim. Você não é a primeira vítima dele. — Sua expressão mudou na mesma hora, como se ele se desse conta do que tinha dito. — Nossa, perdão se pareci insensível, é que alguém tinha que contar a verdade.

— Você não pareceu insensível. Por que eles terminaram?

— Eles foram para um parque aquático não tão longe daqui, sem ninguém, para comemorarem o segundo aniversário de namoro, só que, na volta, ela faleceu em um acidente de carro. Dizem que Kyle quase morreu. Só que eles andavam brigando muito, a ponto de ela querer terminar com ele, e isso é estranho. Então não acredito na história de acidente, acho que...

— Você acha que ele a matou? — perguntei com as sobrancelhas franzidas, assustada.

— Infelizmente sim. Minha intenção não era assustar você ao parecer um psicopata a observando, mas queria ficar de olho em você para que ele nunca a machucasse. Só que ele a feriu onde eu não consigo ver. — Seu tom era triste.

— E como você sabe disso tudo? Você a conhecia?

— Sim, ela era... minha irmã. Vê-lo fingindo ser alguém que não é, ainda mais com você, me irrita. — Ele olhava em meus olhos. — Sei que ele tem culpa no cartório, só não sei como provar.

— Sinto muito por sua irmã — falei com tristeza.

— Lyra, ele não é a pessoa que você pensa que é, nem é a pessoa certa para você. As atitudes dele não são de amor. Tome cuidado.

— Irei tomar.

Ele olhou para o anel de flor em meu dedo e disse com um sorrisinho:

— Vejo que Sarah já lhe entregou o anel.

— Como sabe dele?

— Um inventor conhece suas criações — ele disse.

— Foi você quem fez? — perguntei, admirada.

— Sim, eu mesmo. Fiz com a intenção de ajudar você se estiver em apuros — explicou com um olhar terno e um sorriso.

— Por quê? Por que se importa tanto comigo?

Ele apenas me olhou e disse:

— Preciso ir. Se cuide.

Eu sentia uma gratidão enorme pela vida de Benjamin. Irônico pensar que, quando chegara ali, achara que ele me mataria, sendo que, na verdade, seu objetivo sempre fora me proteger de Kyle.

Faltei a todas as outras aulas e fui embora da faculdade com pressa, sem querer encontrar meu "querido" namorado.

35

Estava em um lugar sombrio, deitada no chão em posição fetal, chorando, até que escutei uma voz muito familiar dizer:

— Volte para mim, eu a amo. Estou com saudades de você e de escutar sua voz. Sinto falta de nossas conversas e gargalhadas. Volte para casa. O Lugar Secreto e os meus braços estarão abertos para você. Volte enquanto há tempo, talvez amanhã seja tarde demais.

Acordei pensativa.

Recordei-me de quem era aquela voz: Luz.

Troquei de roupa e saí em disparada, esperançosa e empolgada para reencontrá-la.

Pela primeira vez, passei pela nova porta secreta. Ela era ainda mais linda, com mais flores e mais detalhes em dourado. Entrei no Lugar Secreto e estava mais claro que o de costume.

Meus cabelos voavam ao vento conforme corria em direção a Luz, que, como sempre, estava me esperando de braços abertos.

— Filha, que saudades! — Luz disse ao me envolver em um profundo abraço.

— Eu também senti sua falta, mamãe.

Eu estava aos prantos. "Mamãe"... Aquela palavra tinha saído da minha boca com tanta espontaneidade.

— Esperei tanto tempo para escutar isso de você — Luz confessou, emocionada.

— Me perdoe por não ter confiado em você e por tê-la culpado pela morte de Clair.

— Está tudo bem, filha — disse Luz acariciando meus cabelos.

— Está tudo tão difícil. Sinto como se estivesse em uma imensa tempestade, sem previsão de acabar.

— Você quer conversar? Estou aqui para escutá-la e aconselhá-la.

— Quero — falei, desesperada.

Luz apenas pegou minha mão e me guiou para um montanha. O caminho era tão íngreme que me fez cair. Fiquei impressionada com a facilidade de Luz subir a montanha.

— Eu não consigo. Chega — pedi ao cair pela terceira vez.

— Você consegue, basta acreditar — ela disse com um sorriso.

— Como consegue fazer isso de forma tão leve e fácil?

— Às vezes já subimos tantas montanhas que eram mais íngremes que outras se tornam fáceis de escalar — ela falou.

Com muita dificuldade, passando a acreditar que eu conseguiria chegar ao topo da montanha, chegamos lá. Estava com a respiração acelerada e o coração disparado.

A vista lá de cima era linda, como se aquela montanha fosse o centro do Lugar Secreto. De forma minúscula, dava para ver cada animalzinho, jardins, florestas, o nosso castelo e a infinita beleza daquele lugar.

— Esta montanha que acabamos de escalar é como a nossa vida: nela caímos e nos levantamos. É difícil de subir, porém, se persistirmos, conseguiremos, assim como você chegou ao topo. A vista daqui é linda, e é dessa forma que você verá sua vida quando conseguir passar por todas as dificuldades, lutos, dúvidas e ainda assim continuar viva e contente por cada conquista. No fim, você verá que cada lágrima valeu a pena, mesmo que elas tenham sido em consequência de tanta dor. Independentemente de qualquer coisa, a vitória é sua — Luz disse.

Chorei com aquelas belas palavras, que soaram como uma música.

Ela tinha razão: se eu persistisse e acreditasse, conseguiria vencer qualquer obstáculo.

Lá havia uma linda fonte que jorrava água pura e cristalina. Luz me deu um pouco. O sabor era incrível, era tão refrescante.

— Então esse é o sabor da vitória? — perguntei gargalhando.

Ela riu com a minha pergunta e disse:

— Isso não é nem um por cento dela.

— Já quero vencer.

— Você vai, basta se esforçar — Luz falou em um tom convicto.

Sentamo-nos em uma pedra com manchas brancas e começamos a observar a paisagem, que era de tirar o fôlego.

— Sabe, quando conheci Kyle, ele era um homem gentil e doce. Hoje ele é grosseiro e amargo. Desde que começamos a namorar, chegava em casa e ia direto para meu quarto, pois percebia o olhar de reprovação da minha família e por algum motivo me sentia envergonhada por isso. Agora eu me sinto vazia, oprimida, insegura, culpada, desanimada e farta de me sentir deste jeito — desabafei olhando para baixo. Era difícil conversar sobre isso com ela. Olhei para Luz, e ela estava bem atenta à nossa conversa, sem fazer nenhuma expressão de "Eu avisei", por isso continuei: — Eu estava tratando meus pais e minhas irmãs mal. Me tornei uma pessoa rebelde, que passou a desobedecer e mentir para eles. Comecei a usar roupas que não gostava só para agradar alguém que não se importa comigo. Parei de usar maquiagens, usar alguns sapatos... Resumindo, me tornei alguém que não sou apenas para me encaixar, para agradá-lo, ou para evitar que algo pior aconteça, como... — Não consegui terminar.

— Como... bater em você? — Luz fez uma cara de assustada. — Ele já levantou a mão para você?

— Antes eu achava que isso era impossível, até eu o ver com raiva. Do nada, Kyle aumenta a voz e quando está furioso dá socos na parede e aponta o dedo em direção ao meu rosto. Recentemente, ele me agarrou pelo braço e apertou tão forte que fiquei marcada. Quando pedi para me soltar, sua força era tanta que me fez cair no chão — contei com os olhos cheios de lágrimas.

— Eu sinto muito por você ter passado por isso — Luz disse com tristeza em cada palavra. — Sei que talvez já saiba disso, mas Kyle não é a pessoa certa para você, ele não é quem você pensa.

Suas palavras me fizeram pensar em Benjamin e Sarah.

— Eu sei. Você disse, assim como Benjamin e Sarah. — Ela me deu uma olhar e um sorriso imenso, como se eles se conhecessem. — Espere. Que cara é essa? Vocês se conhecem? — perguntei.

Luz deu uma risadinha.

— Sim. Eles também moram aqui. Inclusive, uma vez que você veio aqui enquanto eu conversava com alguém. Esse alguém era Sarah. Ela faz parte do exército.

Como nunca desconfiei?

— Uau. Deve ser incrível fazer parte do exército e lutar em prol do bem — falei, surpresa e admirada.

— Com certeza é. Um dia você me conta — Luz disse.

— Eu ouvi falar por aqui que você é a rainha do amor, da bondade e da justiça. É verdade?

— É, sim. Só existem dois lados: bem ou mal. Se uma pessoa é do bem, consequentemente ela tem amor, empatia, bondade e justiça em seu coração, fazendo com que ela faça parte daqui, e, mesmo que não saiba, um dia ela conhecerá a verdade, desse modo me conhecendo. No entanto, se a pessoa é amarga, alienada por poder e fama, rancorosa, orgulhosa, sem caráter e manipuladora, ela é do mal, e faz parte dos seguidores do traidor, cheios de ódio em seus corações.

— E se a pessoa tiver amor e ódio em seu coração? Ela está no meio-termo?

— Não existe meio-termo. É como água e óleo, não se misturam. Ser uma pessoa do bem não significa ser perfeita, sem cometer erros; é cair, porém se levantar, visando ser melhor a cada dia.

Luz me impressionava, ela possuía uma sabedoria que era de outro mundo.

— Você sabe de tantas coisas. Por que não me avisou mais vezes sobre Kyle? — perguntei.

— Não avisei? Tem certeza? E todos os seus sonhos? Os avisos de sua família, Benjamin e Sarah? Eu que mandei todos esses alertas. Veja a forma como ele a trata. A forma como ele a mudou. A forma como ele a separou da sua família. Nem você mesma está se reconhecendo. Quem ama não faz isso. Quem ama tem paciência, tem bondade, não tem ciúmes abusivos, não é o dono da razão, não é estúpido nem egoísta. Quem ama de verdade nos dá asas para voar, e não as corta, deixando-nos presas em uma gaiola. Quem ama de verdade fica feliz pelas conquistas do outro. Não guarda rancor, não é tóxico, e não faz você se afastar da família; pelo contrário, faz você se unir a ela como nunca. A quem não me conhece é impossível amar e ser justo, porque *eu* sou a rainha do amor, bondade e justiça. Tudo o que não vem de mim é veneno.

— Então... se Kyle é assim, ele é uma pessoa má. — Pensei alto.

— Não sou eu quem estou dizendo isso — Luz falou.

Mesmo que não tenha concordado comigo, suas palavras saíram como se eu estivesse certa em relação a isso.

— Nunca imaginei que passaria por isso — admiti, pensativa, lembrando-me de cada situação que vivenciara.

— Filha, você merece alguém que a ame a cada respirar. E que a cada amanhecer, essa pessoa venha a amá-la ainda mais. Essa pessoa virá para acrescentar na sua vida. Ela se casará com você, a apoiará em seus sonhos e irá vibrar de felicidade com suas conquistas. Vocês serão completos juntos. Assim como um soldado precisa da armadura e vice-versa, vocês precisarão um do outro, porque o amor é companheirismo e união.

Luz era mesmo a rainha do amor. Nunca havia escutado palavras tão belas quando se tratava dele.

— Obrigada por cada conselho. A verdade é difícil de aceitar, só que é menos dolorosa do que um coração partido. Com isso, eu percebi, de fato, que Kyle não me ama. Obrigada por abrir os meus olhos. Essas verdades me libertaram de uma corrente de mentiras e ilusões.

Eu a abracei.

Ficamos quase trinta minutos em silêncio. Estava pensativa demais para conversar, porém chegou um momento que aquilo começou a me incomodar.

— Vamos descer? O que acha de irmos ver como sua árvore está? — Luz perguntou.

— Achei uma ótima ideia! — exclamei, empolgada.

Descemos a montanha tão rápido que foi surpreendente.

— Você viu como foi mais fácil descer? — Luz perguntou.

— Sim — respondi.

Luz segurou a minha mão e disse:

— É assim na vida também. Quando estamos lá em cima, com os nossos objetivos realizados ou felizes, somos mais vulneráveis a descer. Então devemos tomar cuidado, sempre acreditar em pessoas que são mesmo confiáveis. Nunca dê ouvidos a falsas críticas construtivas, como: "Ah, falo isso para o seu bem". Mentira. Essas pessoas querem fazer com que você caia para ocuparem seu lugar.

— Me dê um pouco dessa sabedoria — implorei.

— Você já a tem. Só falta ativá-la — Luz disse me fazendo cócegas.

Estávamos na frente da minha árvore. Minha empolgação se transformou em interrogações.

— O que aconteceu com ela? — perguntei, assustada e cheia de dúvidas.

A árvore estava pior do que a última vez que a vira. Nela não havia nenhuma folha, apenas galhos secos. Todas as folhas forravam o chão.

— Infelizmente, minha querida, ela não foi regada da forma correta, e agora está quase morrendo. Seu dever é deixá-la viva, cheia de folhas — Luz me disse. — Lembrando que ela não vive de água e sol.

— Quanto mistério. E ela vive de quê?

— Você terá ajuda para descobrir. As respostas estão em seus sonhos.

— Em meus sonhos?

— Sim. Seus amigos a ajudarão.

Amigos... Eu nem tenho, mas acho que ela não sabe.

— E aquele papo de que eu sou a escolhida? Escolhida para quê?

Tinha tantas dúvidas que podia fazer uma lista.

— Bom... você é escolhida para liderar.

— Liderar o quê? — perguntei.

— Um grande exército.

— Um... um... grande o quê?

Escutei errado, não é possível.

— É isso mesmo que escutou. Você irá liderar e comandar um grande exército — ela falou.

— Para quê?

— Em breve darei mais informações. Pode ficar tranquila que continuarei aqui, como sempre estive e sempre estarei por você.

— Mas como? Eu não sei nem comandar meus estudos e minha vida, quem dirá comandar um exército. Não apenas um exército, e sim um grande exército — falei, desesperada.

— Fique calma, você será treinada.

— Quando?

— Ei, respire. Tenha calma. Será no tempo certo — disse Luz, rindo bastante.

Não consegui segurar a risada. Minha expressão de medo e desespero era a melhor.

— Bom, acho melhor eu ir. Já consegui o que queria: faltar à aula. Brincadeira. Mas tenho mesmo que ir. Obrigada por tudo, sou muito feliz por tê-la como mãe também.

— Amo você, filha — Luz disse.

— Também a amo, mamãe.

Saí do Lugar Secreto com o objetivo de descobrir meu dom, como fazer com que nascessem folhas na minha árvore e acabar com aquilo que me fazia mal: meu namoro com Kyle.

36

Peguei o celular e liguei para Kyle.

— Preciso falar com você. Me encontre na frente da minha casa daqui a três horas — falei.

— Oi para você tamb...

Desliguei. Estava impaciente com isso, queria logo acabar com esse relacionamento e me sentir livre de novo.

Olhei para minha escrivaninha e lá estava ela: a carta de Clair. Havia chegado a hora de lê-la. Seria difícil, entretanto me sentia pronta. Peguei o envelope branco e o abri, revelando as palavras escritas em dourado, como se ela tivesse escrito com ouro. Sua letra era linda.

Inspirei fundo e comecei a ler.

Oi, minha melhor amiga.

Se está lendo esta carta é porque já chegou a hora de eu partir. Sim, eu já sabia que isso aconteceria, então não precisa ficar se culpando, achando que foi sua culpa ou da rainha Luz.

Quero que saiba que guardei todos os nossos momentos em meu coração. Valeu a pena cada segundo que passei ao seu lado. Fique sabendo que meu sorriso foi sincero até o meu último segundo de vida. A cada suspiro meu, sentia orgulho de você. Sei que um dia será uma grande líder e, com o seu verdadeiro amor, irá reinar ao lado da rainha Luz.

O traidor está à solta e foi ele quem me matou, mas pode ficar tranquila, tenho a plena convicção de que no fim ficará tudo bem e venceremos. Sei que sou insubstituível (risos), contudo você fará amigos novos, aqueles que são de fato verdadeiros. Acredito que você deve estar cheia de dúvidas em relação ao por que de sua árvore estar quase morta — sim, eu a vi —, e as respostas estão em seus sonhos. Analise-os, busque, e aí saberá qual é seu dom real. Espero que fique bem logo, minha irmã do coração. Eu não gosto de despedidas, porém esta é uma.

Adeus.

Da sua melhor amiga que a ama muito,

Clair Deloon.

Eu a amava tanto que ler a palavra "adeus" fez meu coração se partir em milhares de pedaços. Era difícil pensar que nunca mais a veria, e a saudade vinha sem ser convidada. Sabia que a saudade só aumentaria a cada dia, contudo aprenderia a lidar com ela. Assim como tudo nesta vida passa, a dor de perdê-la também passaria.

Com lágrimas nos olhos, recordei-me de ela ter me dado meu bolo preferido quando meus pais haviam sido sequestrados e a minha casa, pegado fogo. Ela conseguia arrancar minhas risadas espontâneas, o que só minha família conseguia. Clair fazia diferença em minha vida nas mínimas coisas, como um bom-dia. Era doloroso não poder mais vê-la na faculdade nem tê-la fazendo trabalhos comigo. Ela sempre me dava um "tchau" e aquilo não me incomodava, porque tinha a certeza de que no outro dia ela estaria lá com sua alegria contagiante. Ver seu "adeus", entretanto, dava-me a certeza de que nunca mais escutaria sua risada radiante.

Enxuguei as lágrimas e lavei o rosto. Olhei para o espelho e disse:

— Agora chega de chorar.

Estava decidida a seguir, só que para isso eu precisava deixar que a dor da saudade se transformasse em belíssimas lembranças.

O tempo passou rápido e logo recebi uma mensagem de Kyle avisando que já estava na frente do prédio.

Desci sem nenhuma pressa, afinal não sabia como iniciar aquela conversa.

Agora entendia o porquê de aquela sensação horrível aparecer sempre que eu e Kyle íamos nos beijar: era Luz me incomodando para não o fazer. Isso fazia todo o sentido, o beijo era uma forma de amor verdadeiro, e não era isso o que tínhamos.

Após oito minutos, cheguei ao meu tão "sonhado" destino.

— Nossa, até que enfim. Estava vindo de tartaruga? — reclamou, grosseiro, como de costume.

— Estava, por isso demorei. — Fui sarcástica.

— O que você queria falar comigo? Antes... Comprei isto para você.

Ele me ofereceu um buquê de flores. Elas tinham uma aparência esquisita, como tivessem sido forçadas a amadurecer. As flores olhavam para mim como se estivessem pedindo socorro.

— Não quero flores. Quero terminar com você. Estou cortando tudo o que me faz mal, começando pelo nosso namoro — falei com firmeza abundante em meu tom.

— Ah, pare com isso. Cadê as câmeras? — ele falou, zombando de mim.

— Estou falando sério, Kyle.

— Mas como? Eu lhe dei roupas e bolsas caras, a levei a restaurantes finos, dei flores e fiz você ganhar fama — argumentou, revoltado.

— Exato, aí que está o problema. Você me deu tudo isso, menos o que era mais importante: amor. Você nunca me amou e para mim já chega, Kyle. Cansei. — As palavras saíram com mais facilidade do que imaginava.

Ele começou a ficar vermelho de raiva, pegou meu braço, apertou-o e começou a afundar as unhas em minha pele. De repente seus olhos, que eram cor de mel, ficaram vermelhos, tão intensos como sangue. Ele estava assustador.

Kyle olhou no fundo dos meus olhos e, ainda fincando as unhas em mim, disse:

— Como ousa terminar comigo? Você sabe de quem eu sou filho? Sabe que posso acabar com sua fama.

— Eu não ligo para quem você é. O que de fato agora importa é que *eu* sei quem realmente sou.

Afastei suas mãos do meu braço com uma força desconhecida e me afastei, deixando-o sozinho.

A partir do momento em que saí de lá, o pesado fardo que estava sobre meus ombros desapareceu. Sentia-me tão livre que era como se a qualquer momento eu fosse criar asas e sair voando por aí, como um gracioso pássaro liberto da gaiola.

Peguei o elevador e entrei em casa. Encontrei todos lá, inclusive Lysa.

— Decreto que tenhamos uma reunião de família — falei com uma expressão aliviada.

— Para quê? — mamãe perguntou.

— Preciso conversar com vocês.

Fui tomar banho antes de conversar com minha família. Precisava consertar o que tinha destruído para que pudéssemos nos unir e nos tornar uma família de novo. Parecia que o brilho de antes estava retornando. Eu estava voltando ao normal — e como era incrível ver isso.

— Bom, chamei vocês para uma reunião de família para informá-los que eu... terminei com Kyle. — Minhas palavras soaram orgulhosas.

Eles vibraram, como se o time deles de futebol houvesse ganhado a Copa.

— Eu sabia que uma hora você ia perceber isso, filha! — papai disse com um sorriso orgulhoso.

— Essa é minha irmã — falou Lysa.

— Se livrou de um verme nojento — Louyse disse com cara de deboche.

— Eu ainda vou dar um soco naquele imbecil — Lenah avisou, furiosa.

— Ainda bem que você abriu os olhos — mamãe falou com a respiração tranquila, como se apenas agora estivesse aliviada.

— Na verdade, quem me ajudou a abrir os olhos foi a rainha Luz, vocês, Benjamin e Sarah.

— Quem é Benjamin? — papai perguntou.

— É um... — *Amigo ou colega?* — É um amigo da faculdade — concluí.

— Benjamin... Gostei desse nome — mamãe disse com as sobrancelhas levantadas.

— Enfim, não vim apenas contar isso. Vim aqui para lhes pedir perdão por tudo de ruim que fiz com vocês. Sei que tenho sido uma filha péssima, mentindo, desobedecendo e sendo rebelde. Vocês estavam certos. Me perdoam? — implorei aos prantos.

— Claro que sim — falaram juntos.

Demos um abraço em grupo. Nada melhor do que estar com a família unida mais uma vez. Aquele abraço fez com que eu me sentisse em casa outra vez.

— Para comemorar, vamos jantar em um restaurante — papai falou, superanimado. — Vão se arrumar.

— Já estou indo — falei e saí correndo para meu quarto.

Peguei um vestido floral, uma jaqueta jeans, tênis brancos, uns brincos de argola pequenos e um colar e passei maquiagem.

Observei-me.

— Agora, sim, sou a Lyra Lahyers de antes, só que uma versão milhões de vezes melhor. — Pensei em voz alta.

Estávamos quase saindo quando peguei meu celular e mandei uma mensagem para Sarah.

Lyra:
Oie. Tenho novidades. Terminei com Kyle.
Agora sou livre outra vez. Obrigada por tudo.

Sarah:
Oii. Que ótima notícia! Não foi nada,
precisando estou sempre aqui. Amigas?

Lyra:
Amigas!

Sarah:
Que pena que nos aproximamos faltando três dias para as férias.

Lyra:
Pois é, mas relaxa, temos o Lugar Secreto para nos encontrar, soldado Kenston.

Foi nessa hora que me toquei e entendi: quando Luz disse que meus amigos me ajudariam, ela não estava falando dos interesseiros, e sim de Sarah e Benjamin.

Chegamos no restaurante, pedimos um suco de laranja com bastante gelo e brindamos:

— Viva à família Lahyers.

37

Acordei bem cansada. Fôramos dormir tarde, tendo passado horas jogando jogos de tabuleiro e comendo pizza. Fora bem legal e podíamos fazer mais aquilo, só não podia ser quando tivesse aula no outro dia.

Estava empolgada para contar para Sarah todos os detalhes do meu término com Kyle, afinal ela fora uma das pessoas que me alertaram sobre ele.

Determinada a ficar bem bonita para ir à aula, vesti uma calça jeans azul, um cropped branco e uma jaqueta preta de couro, e calcei uma sandália anabela preta. De acessórios, peguei um bracelete e brincos de prata e o anel da emergência, que, mesmo tendo o formato de uma flor, combinava com meu *look*.

Estava deslumbrante.

— Bom dia — falei, bem empolgada.

— Bom dia! Acordou animada. Fico feliz — papai disse.

— Estava sentindo falta disso — confessei.

— Eu também. Minha doce bebê voltou — papai disse, comemorando.

— Ah, com certeza. *Estoy de vuelta* — falei em espanhol, dando gargalhadas.

— Quer carona, filha? — ele perguntou.

— Não precisa, obrigada.

Tomei meu café da manhã bem rápido para poder chegar mais cedo e ver se eu encontraria Sarah.

Abri a porta do carro e senti uma brisa tão leve, pura e refrescante que parecia estar me encorajando.

Os dias não tinham sido fáceis, porém, graças a Luz, eu conseguira fazer com que fossem suportáveis apenas por pensar positivo e acreditar que tudo ficaria bem em breve.

Entrei no carro e senti meu celular vibrar no bolso.

General:
Bom dia, alteza. Está melhor?

Lyra:
Bom dia. Estou, sim. E o senhor, como está?

General:
Que bom, fico feliz em saber. Estou bem também. A rainha Luz quer que você venha para cá. Ela quer conversar com você.

Lyra:
O senhor sabe o que é?

General:
Sei, mas não posso falar. Perdão, alteza.

Lyra:
Entendo. Mesmo assim, obrigada.

General:
Até mais, alteza.

Seria eternamente grata ao general, afinal ele salvara minha família. Queria poder ver seu rosto, mas ele usava uma armadura que parecia ser muito pesada e um elmo que cobria seu rosto. Eu o vira apenas uma vez de longe.

Cheguei na faculdade e adivinhe quem me esperava lá na frente. Sarah? Muito bem, você errou. Era Kyle.

Aff!

— Lyra.

— O que você quer, Kyle?

— Quero conversar com você — ele disse em um tom imperativo.

— Mas eu não quero. Com licença — falei, já andando em direção à entrada da universidade.

— Só que eu quero — insistiu Kyle me segurando.

— Solte-a, seu babaca — mandou Benjamin.

— Vai fazer o quê? Ah, espere... — Kyle começou a rir de repente. — Já entendi tudo! Você terminou comigo por causa desse fracassado?

— Meça suas palavras — Benjamin disse entre dentes.

— Que medo. — Kyle foi irônico.

— Lyra fez bem em terminar com você. Ela merece uma pessoa que a ame de verdade. E mesmo que ela não tenha encontrado amor no relacionamento de vocês, ela nunca trairia. Você realmente não a conhece — Benjamin disse, tirando meu braço da mão de Kyle.

— Pensando bem, vocês fazem um belo casal... de derrotados. Saiam da minha frente!

Kyle nos empurrou, um para cada lado, como se fôssemos cortinas.

— Você está bem? Ele a machucou? — Benjamin perguntou.

— Não, eu estou bem. Obrigada por ter me defendido, mas já estava preparada — falei rindo, apontando para o anel de flor.

— Muito esperta. Se ele tivesse a machucado, juro que o mataria — ele disse dando risadas.

— Ah, pare com isso. Não é para tanto.

Ou é.

— Eu queria perguntar uma coisa.

— Pode falar — respondi.

Ele me analisou e ia falar quando olhou para o relógio.

— Eita, perdi a noção do tempo. Perdão. Depois conversamos, tudo bem?

— Certo. Espero que tenha se saído bem nas provas finais — eu disse, cruzando os dedos.

— Eu também. E certeza que você arrasou — ele disse, dando um imenso sorriso.

Sorri de volta e fui para a aula, afinal ainda não estava de férias.

— Bom dia — o professor começou. — Poucos alunos conseguiram alcançar a média necessária para serem aprovados, por isso os que não conseguiram terão que fazer a prova de exame. Vocês entrarão de férias dois dias mais cedo, sintam-se privilegiados, pois isso nunca ocorre. Os nomes que eu chamar foram aprovados e podem se retirar da sala, por gentileza.

Eu ainda estava distraída com a sensação de alívio de ter me livrado de Kyle.

— Lyra? Lyra Lahyers? — perguntou o professor, impaciente. — Pode ir.

— Para onde? — perguntei, perdida.

— Você foi aprovada. Está de férias — ele disse, impaciente.

Controlei-me para não gritar de felicidade. Saí logo da sala antes que fizesse algum escândalo.

Férias! Que bela música para meus ouvidos. Isso soava perfeito, assim como os encontros do mar na areia da praia. "Férias" era uma palavra tão esplêndida que poderia ser um elogio: "Nossa, você está tão férias hoje".

Observei a sala e percebi que Kyle havia ficado lá. Pelo jeito, ele não tinha sido aprovado.

Fui ao banheiro retocar meu gloss e encontrei Sarah na frente do espelho.

— Oi! — falei, animada.

— Oi! — respondeu do mesmo jeito.

— Deixe eu adivinhar, foi aprovada também? — perguntou Sarah.

— Sim! Você também, né?

— Finalmente. Estava ansiosa para escutar a frase: você está de férias. É tão... linda.

— Temos que comemorar — sugeri, fazendo dancinhas da alegria.

— Temos mesmo! — ela gritou. — Que tal sairmos hoje à noite? Podemos ir ao shopping. Eu, você e Benjamin? — ela perguntou.

— Topo.

— Perfeito. Mando o horário e qual shopping certinho por mensagem — ela falou, sorridente.

— Beleza. Vou aproveitar e fazer várias perguntas — avisei cerrando os olhos, rindo.

— Eita! Sabia que esse momento ia chegar. Estarei preparada — Sarah falou gargalhando.

— Até hoje à noite — eu disse acenando.

— Até.

Saí do banheiro e fui em direção ao meu carro. Passei pelo corredor principal e acabei escutando um grupinho de alunos:

— Vocês viram que Kyle terminou o namoro com Lyra? — um deles perguntou.

Ele uma ova, quem terminou fui eu.

— Pois é, eu vi. Ele disse que ela era insuportável, só queria ficar com ele devido à grana. Ai, se eu tivesse um homão desses... — uma estudante irritante disse.

Eu, insuportável? Só na TPM. Interesseira? É isso que ele anda espalhando? Mentiroso descarado.

O bom disso tudo era que aprendi uma lição: nunca devemos confiar em fontes desconhecidas.

38

Estava bem contente por poder me encontrar com Sarah e Benjamin. Combinamos de ir ao maior shopping da cidade às 19h. Como estava quase no horário, comecei a me arrumar. Peguei uma calça jeans skinny azul e um body branco brilhoso. E de calçado, um scarpin branco. Muito arrumada? Talvez. Fiz uma maquiagem bem leve, apenas com rímel e batom nude caramelo matte.

Estava procurando meu anel de flor que havia colocado no porta-joias, porém não o encontrava em nenhum lugar. Gritei:

– Alguém viu o anel que coloquei no porta-joias?

– Que anel? – mamãe perguntou, entrando em meu quarto.

– Um de flor – falei procurando em meio a tantas joias.

– Não o vi – mamãe falou, pensativa. – Alguém viu?

– Não – responderam juntos.

– Ah, deixa. Muito obrigada! – falei, dando de ombros.

– Já viu debaixo da cama?

– Vou ver.

Agachei, liguei a lanterna e comecei a procurá-lo. Queria ter esse superpoder de mãe: ele estava lá.

– Achei. Obrigada, mamãe – disse fazendo coração com os dedos.

Ela me analisou e disse em um tom brincalhão:

– Aonde você vai tão arrumada assim?

— Vou ao shopping me encontrar com Sarah e Benjamin. Iremos comemorar o fim do semestre — expliquei, penteando o cabelo.

— Certo. Me mande mensagem quando chegar, senão vou até lá buscar você — ela disse rindo.

— Pode deixar, mamãe.

Peguei as chaves do carro.

— Gente, estou saindo. Até mais tarde — falei, acenando.

Liguei o carro e coloquei uma música bem animada, estava em clima de comemoração.

Passei em frente à casa de Kyle e vi que ele estava com uma mulher, que parecia ser mais velha do que ele.

Nossa, que rápido. Pelo menos me superou.

Parei no semáforo, peguei meu celular e mandei uma mensagem para Sarah e Benjamin, avisando que já estava perto.

Após seis minutos, entrei no estacionamento. Íamos nos encontrar na entrada principal, onde havia alguns bancos. Estacionei um pouco longe, porque não gostava de parar perto de outros carros, com medo de que pudesse acontecer algo, como amassos ou arranhões. Melhor prevenir, né?

Mesmo de longe, consegui ver Benjamin. Ele observava o céu estrelado, a lua cheia o iluminando por completo.

Toquei em seu ombro para não o assustar, já que estava distraído. Ou era o que eu achava.

— Oi, Lyra — ele disse sem se virar em minha direção.

— Oi. Como sabia que era eu? — perguntei.

Ele se virou em minha direção e, olhando em meus olhos tão profundamente que parecia poder ver minha alma e escutar meus pensamentos, respondeu:

— Senti que era você assim que me tocou. Você está radiante — elogiou.

Não consegui falar nada, apenas dei um sorriso envergonhado. Senti minhas bochechas queimando, então tentei mudar de assunto:

— O céu está perfeito hoje — comentei.

— Está mesmo, assim como você. — Eu dei uma risadinha sem graça. *Se ele continuar me elogiando assim, vou ter que ir embora correndo de tanta vergonha.*

— Está vendo aquelas estrelas? — Benjamin perguntou e apontou o dedo para um canto um pouco escondido no céu.

— Sim. Elas são tão cintilantes, parecem diamantes — eu disse, admirada.

— Elas formam a minha constelação preferida: a Aquila, que quer dizer águia. Amo águias, elas são fortes e corajosas. É assim que quero ser.

— Você quer ser uma águia? — perguntei, rindo; não podia perder a piada.

Ele gargalhou e falou:

— Engraçadinha. Quero ser forte e corajoso.

— Mas você já é — disse olhando em seus olhos.

Ele deu um suspiro pensativo e perguntou:

— Você quer sentar? Ali tem um banco vazio.

— Claro. Vamos.

Parecia um banco normal de praça, só que menor, bem menor, cabendo só nós dois mesmo.

Começou a ventar — era um vento cortante de tão gelado. Se soubesse que faria frio, teria pegado meu cardigã. Encolhi-me com discrição.

Continuei olhando para o céu. Benjamin tirou sua jaqueta e a coloca por cima dos meus ombros.

— Obrigada. Você não vai ficar com frio? — perguntei.

Vai que ele me deu sua jaqueta apenas porque é cavalheiro?

— Estou bem. O que importa é você ficar aquecida — ele disse lançando-me um sorriso doce.

Senti meu celular vibrar. Vi que era uma mensagem de Sarah.

— Sarah vai se atrasar — avisei.

— Tudo bem, pelo menos estou bem acompanhado — Benjamin falou.

— Concordo, eu sou uma ótima companhia — disse, rindo à toa. — Só que confesso que você também até que não é nada mal como acompanhante. — *Acompanhante? Sério, Lyra?* Benjamin começou a rir, fazendo minha ficha cair: ele devia ter entendido errado. Fiquei vermelha de repente. — É... — gaguejei. — É... Eu tenho algumas perguntas para você.

— Eita! Interrogatório?

Ele sorriu.

— Só se você quiser responder. É que...

— Está tudo bem, pode perguntar o que quiser — ele disse para me acalmar.

Talvez tenha percebido minha expressão apologética.

— Luz me contou que você mora no Lugar Secreto — falei, tomando cuidado com minhas palavras; não queria parecer intrusiva.

— Moro, sim, mas nem sempre foi assim.

— Como conheceu ela e o Lugar Secreto?

— Eu e minha irmã éramos muito novos quando nossa casa pegou fogo. Estávamos todos dormindo, e eu só acordei por causa do cheiro de fumaça. Corri para o quarto dos meus pais e da minha irmã e os acordei. Falei para ela correr para fora e me esperar lá. Assim ela fez. Chacoalhei meus pais, mas eles não acordavam, pareciam estar envenenados. Respirei tanto aquela fumaça que comecei a ficar tonto, cambaleando de um lado para o outro, tentando achar a saída. O motivo de eles não terem acordado foi a fumaça, parecia que era tóxica. Minha mãe acordou por tempo o bastante para me dizer que cuidasse de Safira. Antes de sair de casa, eu vi uma tarjeta militar. Ela era diferente, dourada com vermelho, e tinha uma cintilância única e discreta, como se tivesse sido personalizada. Eu saí, eu não queria... não queria deixá-los. Queria... — Ele fez uma pausa. — Queria... ter dito que os amava pela última vez, só que isso não aconteceu. Quando saí da casa, escutei uma risada monstruosa, que era de dar calafrios.

"Olhei para o lado e vi que Safira estava chorando, olhando em direção à nossa casa. Os bombeiros chegaram e tentaram apagar o incêndio, porém parecia que só piorava e a cada minuto que se passava Safira chorava mais, chamando pelo papai e pela mamãe. Era de partir o coração vê-la daquele jeito. Ela tinha apenas três anos e não fazia ideia que tinha acabado de perder os pais. Apenas dei um abraço nela. Acabou que adormeceu em meu colo de tanto chorar. Estava cansado, não era fácil para um garotinho de cinco anos. Eu não tinha mais nenhum parente, por isso tínhamos que ir para um orfanato. Naquele instante, começou a chover, e eu fiz de tudo para não molhar minha irmãzinha, só que até minhas roupas já estavam molhadas. Chorei e muito, fazendo com que a chuva se misturasse com minhas lágrimas.

"E aí senti que a chuva havia parado de cair. Quando olhei para cima, vi alguém que brilhava como o sol segurando um guarda-chuva para a gente. Ela abriu a boca e disse: 'Vou levá-los para um lugar quente, onde terão muita comida e um lar, sem irem para um orfanato. Me chamo Luz e vocês podem me seguir'. Sabíamos que não devíamos confiar em estranhos, pois nossos pais já tinham nos explicado, contudo nos sentimos aquecidos assim que escutamos a palavra 'lar'. Eu e Safira a seguimos. Ela nos levou para outro lugar em apenas um piscar de olhos. Era o Lugar Secreto. Assim que chegamos, ela nos disse: 'Bem-vindos ao seu novo lar. Vocês serão meus filhos de coração'. Luz nos ensinou muita coisa, quase tudo o que sei. Quando começamos a faculdade, intercalamos entre aqui e o Lugar Secreto, mas, desde que Safira faleceu, passo mais tempo lá. Foi a rainha Luz que me ajudou e ajuda em todos os momentos."

Ele olhava para o chão, como se estivesse passando um filme pela sua cabeça.

— Eu sinto muito por tudo isso — falei em um tom reconfortante, embora não achasse que levava jeito para aquilo.

Ele me olhou, deu um sorriso terno e disse:

— Agora estou bem.

Esperei uns dois minutos antes de falar qualquer coisa.

— Eu quero lhe pedir perdão por ter o julgado e pensado que você era um maluco — falei sem conseguir olhar para ele.

— Está tudo bem, fique tranquila. Acontece. Às vezes julgamos sem querer. E está tudo bem, erramos e muito — Benjamin falou.

— E pelo jeito como falei com você também — completei.

— Não a julgo. Acho que ficaria assim também se tivesse alguém me observando do jeito como fiz com você — ele falou rindo.

— Oi, gente, cheguei. Desculpem o atraso, acabei me enrolando em casa — Sarah falou rápido.

— Oi, relaxa. Estávamos nos divertindo — Benjamin falou com um sorriso alegre.

— Oi, estávamos mesmo — concordei.

— Que bom. Vamos entrar? — Sarah falou tremendo de frio.

— Vamos — eu e Benjamin falamos juntos.

Quase corremos para dentro do shopping para chegarmos logo na praça de alimentação, pois estávamos morrendo de fome.

Comemos pizza e batata frita, e, de sobremesa, tomamos milk-shake.

— Eu tenho uma coisa para contar para vocês e quero muito que me ajudem — falei meio enrolada com as palavras.

Contei a eles meus sonhos e pedi ajuda para descobrir o porquê de a minha árvore estar morrendo e para descobrir meu dom real, que até o momento não fazia a mínima ideia de qual era.

— Ajudamos, claro. Pode contar conosco — eles disseram em conjunto.

— Eu proponho um brinde agora, à nossa amizade. Que comecem as nossas férias! — disse Sarah, animada, com um sorriso vibrante.

Brindamos, e, a partir desse brinde, senti que nossa amizade iria muito além do tempo.

— Sarah, como conheceu Luz? — perguntei.

— Bom, eu nasci lá, então ela é minha rainha desde sempre. Me tornei soldado com quinze anos. Não tem muito o que contar — ela falou dando pausas para tomar seu milk-shake.

— E você conhece Benjamin desde quando?

— Esse chato aí? Desde que ele chegou lá. Vi que ele estava solitário na vida, então apareci e mudei tudo, porque sou impactante na vida das pessoas — disse ela debochando.

Eles são amigos há muito tempo. Mas será que são só amigos mesmo?

— Vou ali comprar um sorvete para mim, vocês querem? — Benjamin perguntou.

— Eu quero, de chocolate — Sarah e eu falamos juntas.

— Que sincronia. — Ele riu. — Já trago para vocês.

Esperei Benjamin estar longe para poder perguntar:

— Vocês são *só* amigos? Ou são algo mais?

— Eca, não! Somos só amigos, o considero como irmão. Por quê? Está interessada? — Sarah falou e riu.

— Não. — Fiquei ruborizada. — É só curi-curiosidade.

— Aham, sei... Vocês fazem um belo casal — ela falou zombando da minha cara.

— Quem que faz um belo casal?

Benjamin chegou bem na hora.

— Um que vimos agorinha — Sarah falou, dando uma de desentendida.

— Entendi. Aqui está o sorvete de vocês — ele disse, entregando-nos.

Olhei no relógio e vi que já eram 22h.

— Gente, o papo está ótimo, mas preciso ir. Está ficando tarde — falei, já pegando minhas coisas.

— Eu também preciso ir — Sarah anunciou.

— Eu acompanho vocês até o carro — Benjamin ofereceu.

Levamos Sarah até seu carro dela. Antes de entrar, ela disse:

— Amei estar com vocês hoje. Nos encontramos no Lugar Secreto.

— Até — eu disse, jogando um beijo.

— Juízo — Benjamin disse rindo.

Sarah mostrou a língua e saiu.

Ele me acompanhou até meu carro.

— Obrigada por hoje. Foi incrível — falei.

— Foi mesmo. Como disse Sarah: nos encontramos no Lugar Secreto — ele falou com um sorriso contente.

— Até.

— Amei ver você hoje — ele disse olhando em meus olhos.

Minhas bochechas coraram.

— Eu também. Até logo.

— Até.

Benjamin esperou eu entrar no carro e sair antes de ir embora.

Ele é mais cavalheiro do que imaginei.

Cheguei em casa exausta, querendo apenas a minha cama. Dei oi e tchau para todo mundo e fui para o quarto.

Decidi trocar de roupa, percebendo que ainda estava com a jaqueta de Benjamin. Ela era tão confortável que nem havia percebido.

Meu celular tocou e vi que era Sarah me ligando.

— Oi, chegou bem em casa? — ela perguntou.

— Oi. Sim, e você?

— Também. Eu amei sua jaqueta de couro hoje — ela falou.

— Obrigada, mas não é minha, é de Benjamin — revelei.

— Hum... ele é bem cavalheiro com você — ela disse em um tom de gozação.

— Com você também — falei

— Ah, tá. Preciso desligar. Boa noite — ela falou, bocejando.

— *Bye-bye.*

Eu não queria criar paranoias, por isso chacoalhei a cabeça e pisquei rapidamente. Havia acabado de sair de um relacionamento que me fizera muito mal e não importaria o quanto a pessoa fosse incrível comigo, não entregaria meu coração para mais ninguém, até porque ele estava partido em minúsculos pedaços.

39

Acordei antes de o meu celular despertar. Sim, eu acordava cedo, mesmo nas férias. Sentia-me muito bem tendo uma rotina matinal.

— Nessas férias vou voltar a fazer exercícios físicos, aprender algo novo, sair com meus amigos e me transformar na minha melhor versão — disse para mim mesma olhando para o meu reflexo no espelho.

Estava toda descabelada, porém nem isso anulava a minha beleza. Minha autoestima estava nos céus, ainda bem.

Fui até o guarda-roupa e peguei uma legging e um top para poder fazer exercício. Meus tênis eram um pouco velhos, mas eram tão confortáveis que não podia deixar de usá-los.

Fui até a escrivaninha e peguei os fones de ouvido, pois música era meu combustível. Abri o aplicativo e escolhi minha lista de músicas animadas. Coloquei os fones de ouvido e parecia que só existia eu no mundo.

Comecei com uma caminhada leve e logo passei a correr.

Meus pensamentos estavam bem mais altos do que a música e bem mais acelerados do que a corrida. *Qual será o meu dom real? Onde será que está o traidor? Por que minha árvore está morrendo?*

Meus olhos estavam bem abertos, porém não atentos o bastante, pois acabei escorregando. Por pouco que não bati a cabeça no chão.

— Que droga, minhas costas — resmunguei, esfregando-as com as mãos. Fui ver no que tinha pisado. Estava grudado no solado do tênis. —

Meu tênis não... — choraminguei. Puxei com força para ver se saia, e de fato saiu... junto com um pedaço do meus amados tênis. — Que beleza. Agora vou ter que comprar novos. Ótimo.

Por sorte, ninguém tinha visto o meu escorregão.

Analisei o que era: parecia uma placa pequena, mas não uma qualquer... era uma... tarjeta militar. Ela aparentava ser de um posto bem alto, pois nunca havia visto uma igual àquela.

Eu a coloquei em meu bolso, pensando em observá-la melhor depois. Por coincidência, lembrei-me de Benjamin e de sua fala sobre uma que encontrara em sua casa antes de ele sair.

Sentei-me em um banco e peguei a tarjeta com pressa. Percebi que era do mesmo tipo que Benjamin tinha encontrado: dourada com vermelho e cintilantes discretos. De quem quer que fosse aquilo, essa pessoa não era dali, e sim do Lugar Secreto, o que significava que existiam mais súditos da rainha Luz por lá do que tinha imaginado.

Guardei-a em meu bolso outra vez, antes que a perdesse.

Peguei meu celular e vi que havia mensagens de Sarah e Benjamin me perguntando se eu iria ao Lugar Secreto naquele dia.

Lyra:
Vou, sim. Podem me esperar no palácio.

Estava empolgada para voltar lá. Ainda existia muito a explorar e descobrir. O Lugar Secreto me inspirava de uma forma que não tinha como explicar, e a rainha Luz me dava forças para continuar a cada vez que ia lá.

A minha situação era: suada, cansada e, para variar um pouco, estava com dúvidas, *muitas* dúvidas e uma curiosidade enorme para descobrir coisas novas.

No caminho de volta para a casa, encontrei Kyle, que por acaso também estava fazendo caminhada. Dei meia-volta bem rápido, esperando que ele não tivesse me visto, porém...

— Lyra. Oi — Kyle disse correndo em minha direção.

Sai, chulé.

— Oi — respondi com um sorriso falso.

Podia não falar, mas minha cara já denunciava que não tinha gostado nada de vê-lo.

— Como você está?

— Estou ótima, e você? — perguntei só por educação mesmo, não queria papo.

— Está tudo esplêndido — ele falou com aquele expressão ridícula de orgulho, como se aquilo fosse bonito.

— Que bom para você.

Estava sorrindo por fora e socando a cara dele por dentro.

Cara, você é tão legal que não queria vê-lo nunca mais.

— Pois é — ele disse observando as unhas.

— Preciso ir. Tchau.

“Até nunca mais”, era o que eu queria dizer.

— Por que vai tão cedo? Vai a algum lugar? — ele perguntou, analisando-me.

— Aonde eu vou não lhe interessa. Agora me dê licença — disse o empurrando.

— Nossa, ficou brava. Desculpe incomodá-la — ele disse com ironia.

— Está desculpado. Tchau.

Não podia baixar a guarda. Quem ele achava que era? Além de ser um fingido, arrogante e ganancioso, não era absolutamente nada. Saí com a minha postura plena, porém querendo arrancar os cabelos.

Ô, cara irritante e falso. Aff.

Cheguei em casa correndo, querendo fazer o máximo para me afastar daquela presença desconfortável de Kyle.

— Oi, cheguei — avisei para papai e mamãe.

— Oi, filha — falaram juntos.

— Que milagre é esse? — mamãe perguntou, rindo.

— Decidi viver de uma forma saudável — eu disse com um sorriso convencido.

— Muito bem. Que orgulho — papai comentou com uma risada.

Louyse desceu as escadas bem na hora.

— Aposto que essa fome por uma vida saudável não vai durar nem uma semana — provocou.

Fiz cara de deboche e mostrei a língua.

— Bom dia para você também — falei levantando as sobrancelhas.

— Bom dia, princesa.

— Falando em "princesa", hoje eu vou ao Lugar Secreto. Alguém quer ir comigo?

— Eu, só que *bem* mais tarde — mamãe falou, abrindo um enorme sorriso.

— Eu vou agora. Só irei tomar banho e colocar uma roupa mais apresentável.

O engraçado era que minhas roupas mais apresentáveis eram como um pijama para uma princesa.

Já que tinha um enorme guarda-roupa no palácio, preferi me trocar lá, colocando apenas uma calça jeans azul, camiseta branca e uma sapatilha. Lá havia tudo do que precisava, de modo que não precisaria me preocupar se estava brega.

Estava pronta para ir ao Lugar Secreto. Peguei um caderninho para anotar minhas aventuras se tivesse vontade. Passei pela porta secreta e fui recepcionada com um lindo coral de passarinhos cintilantes.

— Que extraordinária melodia, passarinhos — falei

— Obrigada, princesa. Ficamos honrados em saber que a senhorita gostou. Estamos ensaiando para uma data mais que especial — um deles disse.

— Qual data? — perguntei, curiosa.

— Perdão, princesa. Não posso falar.

Ele fez uma reverência e voou de volta para o coral.

Poxa, queria saber.

— Vai chegar a hora.

— O quê? Quem está falando? — perguntei procurando de onde vinha aquela voz.

— Aqui embaixo.

Olhei e vi que era uma criança com cabelos brancos ondulados e pele bem clara, com lindos olhos de cor roxa que pareciam safiras. Ela era fofa e tinha uma varinha em sua mão.

— Oi. Como se chama? — perguntei, agachando-me para ficar na altura dela.

— Oi. Me chamo Erik. Ao seu dispor, princesa.

Ele fez reverência.

— Muito prazer. O que você disse? — perguntei.

— Que vai chegar a hora ainda. — Ele viu minha expressão de confusão e complementou: — Ainda vai chegar a hora de você saber que dia especial é esse.

Ele abriu um sorriso contagiante, que realçava suas fofas bochechas coradas.

— Como você sabe? Eu não falei nada — eu disse, desconfiada.

— Falou, sim. Eu escutei — ele respondeu, parando de sorrir de repente, fazendo uma expressão de "Será que eu estou maluco?".

— Não. Eu não falei. Espere... Ai, meu coração. Você consegue ler mentes — falei, extasiada.

— Como isso é possível? Não pode ser. Eu escutei você falando — ele disse, pensativo, olhando de um lado para o outro com aqueles olhinhos brilhantes.

— Você sabe sobre o seu dom?

— Não. Na verdade, meu amigo disse que um dia eu descobriria e que todos têm um. Mas nunca descobri o meu. Esse amigo é como meu irmão mais velho. Ele é como se fosse da minha família — ele disse, sorridente.

— Bem, então vá até ele e diga que descobriu seu dom — sugeri.

— Muito obrigado, princesa. Sem você, eu não teria conseguido.

Ele deu um beijo em minha bochecha.

— Eu não fiz nada, mas não há de quê. Agora vá — disse, acenando.

— Até, princesa.

Cheguei no palácio e vi que Sarah estava lá.

— Oi.

— Oi... Eu a chamo de princesa? Faço reverência? — perguntou.

— Não. — Comecei a rir. — Pode me chamar de amiga e não precisa fazer reverência.

— Tudo bem, então. Farei apenas em locais públicos.

— Combinado. — Observei e percebi que Benjamin não estava lá. — Cadê Benjamin? — perguntei.

— Ele está ocupado. — Foi a resposta.

— Com o quê...? Ah, deixe para lá — disse.

— A rainha está esperando — Sarah avisou.

— Certo. Só vou colocar uma roupa melhor.

— Não precisa. Ela quer conversar com você do jeito que está.

— Tudo bem.

Fomos para a sala do trono. Ela estava sentada em seu trono real.

— Oi, mãe — falei, dando-lhe um abraço e um beijo no rosto.

— Oi, filha. Estava mesmo à sua espera — ela disse, sorridente. — Hoje vou lhe contar uma coisa.

A curiosidade percorria todo meu corpo. A ansiedade de saber o que era queimava em minhas veias. O que fosse, seria algo longo, porém estava com tempo de sobra. Nada melhor do que passar o tempo com a minha mãe, que tanto amava.

40

Sentei-me no trono ao lado de Luz, esperando que ela contasse o que tinha para falar, para matar minha curiosidade de uma vez por todas.

— Não vai me contar? — perguntei com uma expressão confusa. Ela ficou em silêncio por dois minutos. — Olá? Não é nada? Vou passear, então — falei, levantando-me de meu trono.

Luz virou a cabeça e fixou os olhos em mim.

— Muitas vezes as pessoas falham porque não sabem esperar. Querem que tudo seja feito em seu tempo. Elas se esquecem de que tudo tem a hora certa para acontecer. Uma confeiteira não coloca um bolo no forno e, após dois minutos, espera que ele esteja pronto. Há um processo: o da espera. E quando esperamos com paciência, o resultado é de tirar suspiros de tão extraordinário. O que estou querendo dizer, minha filha, é para você ter paciência, pois ela faz com que as coisas deem certo.

— Desculpe, mãe. É que eu fico curiosa — falei, rindo.

— Eu sei — ela disse dando risadas. Resolvi colocar em prática o que ela havia falado, teria paciência para esperar. Após uns quinze minutos, comecei a cochilar, até que sua voz me assustou. — Vou contar.

Luz me observou e começou a rir.

— O que foi? — perguntei.

— Na vida é assim: às vezes, as coisas que esperamos por tanto tempo acontecem quando menos esperamos. Você cochilou e não esperava que eu fosse falar.

Ela me olhava com aqueles olhos doces.

Fiquei boquiaberta.

— Nossa. Eu realmente não estava esperando — disse sorrindo com os olhos. — Obrigada pela lição, mãe.

— Lembra que eu disse que você lideraria e comandaria um grande exército? — Luz perguntou.

— Sim.

— Chegou a hora. Você será treinada. Começará amanhã bem cedo — ela disse em um tom calmo.

— Treinada? Mas já? Achei que seria mais para frente — disse com um "pouquinho" de medo.

— Não precisa ficar apavorada ou algo assim. Será treinada por alguém que é o melhor nessa área — Luz falou.

— Quem?

— O general.

— Que bom. Pelo menos vou poder agradecê-lo por ter salvado minha família. — Pensei alto.

Luz chamou uma soldado que estava de guarda e falou:

— Chame o general, por gentileza.

— Sim, majestade.

Como que vou liderar um grande exército? Isso é impossível, não sei se sou capaz.

Estava perdida em meus pensamentos quando Luz perguntou:

— No que está pensando?

— No que eu não vou conseguir: ser uma boa líder — disse, cabisbaixa.

— Ei, não tem como saber se não tentar, não é mesmo? — Luz disse me encorajando.

— Posso lhe fazer uma pergunta?

— Quantas você quiser, porém talvez algumas delas não terão respostas agora.

— Por que muitas pessoas não a conhecem, já que é a rainha do amor, bondade e justiça? — perguntei.

— Porque elas estão cegas pelo poder e pela fama. Preferem viver na escuridão com muito dinheiro, mesmo que isso cause solidão e vazio a elas. Antigamente, essas pessoas disseram que nunca trocariam a verdade, que sou eu. Só que em uma oferta que parecia agradável elas fizeram o oposto: me trocaram por tão pouco. Elas acham que a fama é algo bom, porém ela é como uma droga, vicia e mata aos poucos. A cada dia de poder é uma corda a mais no pescoço: a qualquer momento pode nos enforcar. Um passo não mandado na escuridão é como uma comida cheia de bactérias: intoxica. Muitos deles sabem o meu nome, mas apenas aqueles que têm intimidade comigo me conhecem de verdade e são meus amigos.

— Não resolve nada ter dinheiro, fama e poder, e não ser feliz e livre.

— Exato, minha filha. Os seguidores do traidor são desse jeito, vão convencendo uns aos outros de que a riqueza material é o mais importante. Só cai nas mentiras do traidor quem não me conhece de fato, pois meus amigos sabem da verdade: o traidor só quer enganar e envenenar os frágeis que passaram a ser aprisionados pelas consequências da fama e suas calúnias.

— Isso é tão triste, mãe.

— É mesmo, contudo as pessoas têm a liberdade de escolher o que elas querem, e infelizmente algumas acabam indo para a perdição e podridão. Esse é um exemplo de armadilha oculta: um airoso banquete de longe, entretanto migalhas apodrecidas de perto.

Não consegui falar nada, fiquei apenas refletindo. *Como uma pessoa pode trocar um formoso castelo de verdade por um castelo de desenho?*

— Aqui, majestade — a soldado avisou.

O general chegou e fez uma reverência, primeiro para minha mãe e depois para mim. Ele estava com aquela mesma armadura da última vez que o vira de longe, com o elmo cobrindo todo o rosto. Na armadura não havia nenhuma identificação.

Chamei Sarah com discrição e perguntei:

— Por que o general está sem identificação?

— Vai ver ele se esqueceu de colocar a tarjeta hoje — ela falou, dando de ombros.

Fiquei o analisando. Ele não tinha falado um á desde que chegara.

— General, você irá treinar a princesa Lyra. Ela será a líder e comandante do Exército da Luz.

— O quê?! — gritei. — Do... E-e-exército da Luz? Eu achei que... que era um outro exército — falei, pálida.

— Eu disse que era um grande exército. O que esperava? — Luz riu ao fazer a pergunta.

— Sei lá. Qualquer um, menos o principal. O maior de todos!

Luz me olhou com gentileza e seguiu falando com o general:

— Continuando, vocês irão começar amanhã cedo.

Ele continuou sem falar nada e saiu, apenas fazendo a reverência para ela e para mim.

— Ele é sempre assim? — perguntei a Sarah.

— Assim como? — ela perguntou, sem ter a mínima ideia do que eu estava falando.

— Calado. Você viu? Ele não abriu a boca em nenhum momento — falei, incrédula.

— Se abriu também, nós não vimos. Ele estava com elmo — Sarah disse.

Caímos na gargalhada assim que olhamos uma para a outra. Paramos assim que Luz pigarreou.

— Filha, o que acha de passar as férias aqui? Sua família pode vir também. Temos quartos de sobra. E você tem tudo o que precisa aqui — ela disse, sorridente.

— As férias? Tipo... inteiras? — perguntei.

— Claro, por que não? Vai ser melhor ainda para seu treinamento.

— Hum... Me deixe pensar. Eu não gostei da ideia... Eu amei! Topo.

Dei um salto de felicidade. Com a decisão tomada, chamei Sarah para passearmos enquanto contava para ela a novidade. Fomos para uma região um pouco alta do castelo, onde havia balanços e belíssimas mesas com frutas.

— Vou passas minhas férias *inteirinhas* aqui. Não é o máximo? — falei, superanimada.

— Sim! Amei a novidade. Vai ser mais fácil para descobrirmos o seu dom e o caso da sua árvore — ela falou, dando tapinhas de empolgação em meu braço.

— Deixe eu fazer uma pergunta... O... o general nunca tira aquele elmo?

— Olha, se tira, ninguém sabe. Ninguém nunca viu seu rosto. Sua voz sai um pouco distorcida por conta do elmo, então ninguém sabe como é, de fato, seu rosto e sua voz.

— Ele é velho? — perguntei.

— Há boatos que dizem que ele deve ter uns sessenta e oito anos.

— E você acredita nisso?

— Oi, gente — Benjamin disse, empolgado, com a respiração um pouco ofegante.

— Oi! — falei.

— E aí, cara? — Sarah disse, fazendo um "toque" que eles tinham.

— Por que está com a respiração acelerada? Parece até que estava correndo. Você estava? — perguntei.

— Estava trabalhando. Fico cansado mesmo — ele disse.

— Ficou sabendo, Benjamin? — Sarah começou. — Lyra vai começar o treinamento amanhã para liderar o Exército da Luz.

— Hum... Vai ser uma líder incrível — ele disse. — Vai ser puxado, se prepare.

— Como sabe que vai se puxado? — perguntei.

— Porque Sarah vive falando que o treinamento dela foi difícil. Imagine o seu.

Ele começou a rir.

— É verdade, amiga. Estarei na torcida por você.

— Eu também estarei. — Eles cruzaram os dedos. — Eu até iria ver você no treinamento, mas é restrito — Benjamin disse.

— Pois é, triste — Sarah falou em um tom de chateação.

— Falando em treinamento, preciso ir descansar. Esperem... aqui é sempre claro. Como vou saber se é dia ou noite? — perguntei, intrigada.

— Você vai saber assim que olhar para o céu — Benjamin falou.

Olhei para o céu e estava claro como um admirável dia ensolarado e bastante estrelado, cintilante como um tesouro repleto de diamantes.

— Bom, pelo visto está na hora de eu ir. Até amanhã!

— Até — eles responderam juntos.

— Não se esqueça de que você é forte e conseguirá ser a melhor líder existente — disse Benjamin encorajando-me.

Acenei e me despedi.

Fui para a cozinha do palácio, pois estava com fome, e vi que Luz estava lá fazendo comida com as cozinheiras.

— Princesa — uma delas falou, fazendo reverência.

— Olá — respondi.

— A rainha está nos ensinando a fazer uma deliciosa torta que ela inventou. Quer esperar para comer? — ela perguntou.

— Não, obrigada. Só quero um suco daqueles transparentes, sabe? — perguntei.

— Vou pegar para a senhorita.

— Mãe, preciso voltar e avisar a minha mãe, a Laura, que irei passar as férias aqui — falei.

— Não precisa se preocupar com isso, já pedi para um soldado avisá-la. E ela pediu para falar que não virá aqui hoje — ela falou olhando para o molho da torta que estava preparando.

— Ah, que ótimo. Obrigada, mãe. Eu vou descansar. Preciso estar revigorada para amanhã.

— Certo, filha. Durma bem. Quer um chá? — ofereceu.

— Não precisa. Vou tomar aquele suco transparente agora.

— Aqui seu suco, princesa.

Tomei-o bem rapidamente e devolvi o copo para a cozinheira.

— Obrigada. Tchau, gente. Boa... preparação de torta para vocês — falei, rindo.

As cozinheiras reais fizeram reverência e eu saí. Confesso que ainda não estava acostumada com isso.

Cheguei em meu quarto, coloquei um pijama que era tão macio quanto um algodão e me joguei na cama.

O dia seguinte seria o início do treinamento. Estava preparada? Não. Com medo de decepcionar minha mãe Luz? Sim.

41

Estava em um profundo sono quando escutei alguém bater à porta.

— Com licença, princesa.

— Quem é? — perguntei, sonolenta, sem abrir os olhos.

— Vim trazer seu café da manhã. A rainha me pediu para fazer um bem reforçado para você — disse a cozinheira-chefe.

— Obrigada. Qual é seu nome?

Levantei-me, coçando os olhos.

— Me chamo Sizie.

— Lindo nome — elogiei abrindo um sorriso alegre.

— Que honra!

Ela sorriu.

Sizie era mais alta do que eu, tinha cabelo curto na altura dos ombros, preto com uma mecha rosa, pele clara e olhos cor-de-rosa. Ela era linda. Parecia ter a minha idade.

— Você tem quantos anos? — perguntei.

— Tenho dezenove — ela respondeu.

— Que legal. Com quantos anos aprendeu a cozinhar?

— Acho que com uns seis — Sizie respondeu, pensativa.

— Eu também sei cozinhar, só que não tão bem quanto você — disse, rindo. Fui até a mesa e provei um pão com flores. — Isto está esplêndido — falei de boca cheia.

Modos para quê, né?

— Obrigada, princesa. Fico muitíssimo feliz por ter gostado. — Ela deu um riso. — Agora preciso me retirar. Bom apetite — despediu-se, fazendo uma reverência.

Comi um pouco devagar, não estava com pressa para começar o treinamento da decepção. Já conseguia ver a expressão de desapontamento no rosto da minha mãe Luz ao ver que não consegui. Talvez estivesse pensando negativo demais, só que achava que não era capaz disso.

Escutei mais alguém bater na porta e entrar.

— Bom dia, amiga — disse Sarah.

— Bom dia — respondi com intensidade reduzida.

— Que desânimo é esse, princesa Lyra? — ela perguntou, jogando uma almofada em mim.

— Estou com medo de decepcionar minha mãe — falei, desiludida.

— Não fique assim. Você será a melhor.

Ela cruzou os dedos.

— Obrigada pelo apoio, amiga.

Mesmo com o encorajamento de todos, ainda assim tinha a impressão de que não conseguiria.

— Trouxe sua roupa de treino — ela falou.

— Isso? — perguntei, incrédula.

Era bem simples para uma princesa. Era um calça legging, top e regata preta. Os tênis eram comuns também, pretos.

— O que esperava? Que viessem cheios de glitter? — Sarah falou, caindo na gargalhada.

— Não, né?! Achei que pudesse ser algo mais chique, elaborado — admiti, rindo de nervoso.

— Vou sair agora. Tenho ordens do general. Tchau.

— Tchau! Depois passe aqui para explorarmos — falei.

Coloquei minhas "belíssimas" roupas de treino e os tênis. Prendi o cabelo em um rabo de cavalo e passei um hidrante labial. Estava simples? Sim. Com lábios ressecados? Nunca.

Estava na hora de ir.

Primeiro dia de treinamento, lá vou eu.

Saí do quarto um pouco insegura, porém ergui a cabeça, fingindo uma confiança que não existia. Não podia demonstrar fraqueza.

— Bom dia, mãe — disse, beijando seu rosto.

— Bom dia, filha. Tenha um ótimo treinamento. Você conseguirá, fique tranquila — ela disse em um tom gentil.

Assim eu espero.

Dei um sorriso tenso e fui para o campo de treinamento.

O caminho era de pedras e inclinado, fazendo com que minha respiração ficasse mais acelerada.

— Acho que o treinamento já começa aqui. Credo — reclamei.

Chegando no campo, percebi que o general estava com uma cabo, que começou a andar em minha direção. Ela fez uma reverência e disse:

— Olá, princesa. Seja bem-vinda ao campo de treinamento. Sou a cabo Moward. Eu e o general trabalhamos juntos, por isso estou aqui para ajudar. Antes de mais nada, vamos às regras: nada de atraso; seja responsável; nunca abaixe a cabeça; seja forte; tenha coragem. Você terá que defender o reino com sua vida, ser fiel à pátria da Luz e sem namoros por aqui. E quando eu falo "sem namoro", quero dizer que não pode namorar nenhum integrante do exército da Luz — ela disse em um tom imperativo, porém com respeito. — E, acima de qualquer coisa, seja gentil, educada e tenha empatia com os outros. Não é porque será a líder que pode abusar de seu posto. Entendido?

Revirei os olhos internamente.

Quem criou essa ideia absurda?

— Sim — respondi.

Ela apenas olhou para mim e disse:

— Só um conselho: sempre que o general falar com você, diga "sim, senhor". Certo?

— Sim, senhora — respondi.

— Outra coisa, o general não é de falar, ele é de agir. Siga seus movimentos e seus passos, eu darei as ordens em seu nome. Por conta do elmo, sua voz sai um pouco baixa, e, como você já deve ter percebido, o campo é um lugar ruidoso.

— Certo. Por onde começo? — perguntei, perdida.

— Apresentarei você aos soldados, mesmo que todos já a conheçam. Siga-me.

Cabo Moward começou a andar rápido, não "rápido", mas seus passos eram tão largos que me fez ficar para trás.

— Vá mais devagar, por favor — pedi quase correndo.

— Você terá que se acostumar com o ritmo, é sempre assim.

Ela continuou andando. Chegando lá, a tropa estava reunida. Fiquei tímida de repente com todos aqueles olhos em minha direção. Ao verem a cabo, a tropa bateu continência.

— Bom dia — ela começou. — Como vocês sabem, essa é a nossa princesa. Ela estará em treinamento, e em breve será nossa líder. Aqui não tem favoritismos ou privilégios. A princesa Lyra faz parte do exército agora, assim como todos, então nada de bajulação. Ela é como nós. Vocês devem respeito a ela, mas aqui dentro não temos preferência. Se vocês são ou não amigos dela não anula alguns fatos. Aqui é treino pesado, com muito suor, garra e determinação, por isso sem desculpas. Aqui no campo de treinamento, vocês devem sempre bater continência a ela, pois é a superior de vocês, contudo nunca façam reverência. Entendido?

— Sim, senhora! — gritou a tropa em uníssono.

Ninguém me trataria diferente nem pegaria leve comigo por eu ser a princesa. Pelo contrário, seria mais pesado para mim. A palavra "líder" ficava ecoando em minha cabeça. Será que daria conta?

— Siga-me, princesa — cabo Moward falou.

Ao sairmos, todos bateram continência para a gente. Foi esquisito. Nunca que eu imaginaria fazer parte de um exército, muito menos ser líder e comandante de um.

Ela me levou para outra parte do campo, onde pareciam acontecer simulações de vários ambientes e climas.

— A primeira coisa que iremos fazer é testar sua resistência para ver até onde você consegue ir sozinha, sem supervisão. Como você pode ver, à sua frente tem um trajeto — a cabo disse com um sorrisinho de lado, como se dissesse "Boa sorte".

O trajeto era muito extenso, com lama, areia, uma espécie de rio, obstáculos extensos e altos, em climas frios e quentes. Havia ainda uma espécie de túnel. O que teria lá? Não dava para saber, estava muito escuro.

— O que tem lá dentro? — perguntei, apontando para o túnel.

— Você terá que descobrir sozinha.

— Mas o que tem lá dentro? — insisti.

Ela apenas me olhou e entendi: eu teria que ir até lá para descobrir.

— Será tudo cronometrado. Vamos ver o quanto você é rápida — ela disse me desafiando com suas palavras. — *Rápida? Eu? Nunca.* — Tome cuidado onde pisa ou o que escolhe. Use a cabeça. Essas são as únicas coisas que posso lhe dizer. Você começa em 3... 2... 1... Vá!

Ela apertou o botão do cronômetro. Saí correndo, perdida. Não sabia o que nem como fazer, então apenas fiz do jeito que achava que estava certo ou que parecia mais rápido.

Comecei indo em direção a um caminho de pedras, que tinham formatos diferentes. Algumas eram redondas, outras quadradas, assim como triangulares e irregulares. Pisei em uma redonda.

Por que estou com medo? Não é como se elas fossem quebrar.

Logo ganhei segurança e comecei a correr no caminho, até que pisei em uma pedra irregular, que rachou, abrindo um enorme buraco, fazendo-me quase cair lá dentro. O buraco era extenso e profundo, tanto quanto um poço. Não dava para ver nada no fundo de tão escuro.

Use a cabeça, era o que ecoava em minha mente.

Olhei ao redor, procurando algo que pudesse me levar para o outro lado. Vi cipós presos nas árvores. Peguei alguns deles e os emendei, formando uma grande corda.

Certo, corda pronta, porém onde vou amarrá-la para poder chegar ao outro lado? Essa pergunta ficou martelando em minha cabeça por uns dois minutos, até que vi uma rocha alta no outro lado. Fiz um nó borboleta na ponta da corda e a lancei em direção à rocha, porém era ruim de mira.

Vamos, Lyra. Já errou cinco vezes! Vamos!

Na sexta vez que a joguei, quase que a corda caiu no buraco. Na tentativa seguinte, eu consegui. O medo de subir a corda percorria por todo o meu corpo.

E se eu cair?

Minhas mãos estavam suadas e começaram a escorregar, entretanto esse não era o pior. O maior problema era que a corda de cipó estava se rompendo e, se eu não fosse rápida o bastante, ela arrebentaria, fazendo-me cair.

Juntei todas as forças que não tinha e atravessei pela corda antes que se rompesse. Por um triz não consegui.

Ufa.

— Droga! — exclamei ao ver a grande montanha que eu tinha que escalar.

Quero ir embora, reclamei em pensamentos, revirando os olhos.

Antes da montanha, havia uma ponte de gelo, que parecia frágil, e, embaixo dela, um lago de fogo, que mais parecia lava de um vulcão.

De onde vem essa lava? Aqui nem tem vulcão.

Dei um passo e pressionei os pés um pouco forte para ver se quebraria fácil. Ao pisar, a ponte rachou em várias partes.

— Gelo e fogo? Não combinam. Todos sabem disso — emburrei.

A única solução era correr, então assim fiz.

Conforme eu corria, a ponte quebrava e caía no lago de lava. Chegando no fim, encontrei um problema que não tinha previsto: como iria me agarrar à montanha? Não havia os apoios como no esporte de escalada, era de fato uma montanha.

Era tarde demais para pensar nisso. Sem pensar duas vezes, pulei para a montanha, fazendo minhas mãos colarem nela. Estava superúmida e gelada.

Já sem forças, fiz um esforço sobre-humano para escalá-la, porém não estava me saindo muito bem, minhas mãos estavam cortadas, deixando marcas de sangue onde as colocava.

A cada vez que colocava as mãos em uma parte diferente, a dor terrível percorria minhas veias. Não era um corte simples e superficial, era profundo e ardia como se tivesse colocado álcool em meus ferimentos.

Eu não vou conseguir.

Coloquei o pé direito em uma pedra e o esquerdo em outra, porém a pedra caiu, fazendo com que eu ralasse os joelhos.

— Que ódio dessa pedra miserável! — gritei.

De repente senti um calor que vinha da montanha. Estava tão quente que meu coração pulsava em meus machucados, fazendo-os arder. Olhei para baixo e vi que a lava estava subindo rapidamente, já cobrindo a parte inferior da montanha.

— Lyra, você agora tem que ser rápida. — Pensei alto.

Escalei o mais rápido possível, tentando não dar importância para a tortura que minhas lesões representavam.

É só um minúsculo machucado, Lyra. Pare de drama.

Com muito suor e dor, cheguei ao topo.

Olhei para baixo e vi que o lago de fogo tinha desaparecido. Estava tudo normal, como se ele nunca houvesse existido.

— Estou ficando louca ou o quê?

Sentei-me um pouco na tentativa de recuperar o fôlego. Examinei o joelho coberto de machas de sangue. Pude ver o brilho das minúsculas pedras que se perderam dentro do corte, aumentando ainda mais o desconforto.

— Preciso tirar, mas como? Não. É melhor não... — falei comigo mesma.

De repente, começou a ventar. Não era uma brisa boa, era uma que dizia que uma grande nevasca se aproximava. O vento estava tão frio quanto em um planeta distante do sol, fazendo congelar o sangue de meus ferimentos.

— Que frio é esse tão de repente? — perguntei batendo os dentes.

Estava pálida e com muita sede. Olhei ao redor, até que avistei um lago de águas cristalinas. Corri em direção a ele, com minhas pernas bambas de tão geladas. Chegando lá, vi que ele estava congelado.

Eu precisava de água. Minha garganta estava tão seca que não conseguia nem falar. Procurei alguma forma de quebrar o gelo para pegar a água que estava sob ele, contudo não me vinha nenhuma ideia. Estava cansada, machucada e desidratada.

Comecei a andar mais um pouco, e não demorou até a nevasca cair. O vento estava tão forte que me fez desabar. Lutava contra ele, só que o processo era árduo: um passo para frente e cinco para trás.

Era uma nevasca esquisita, baixa. Foi aí que tive uma ideia: subir em uma árvore. Mas em qual? A massa branca impossibilitava enxergar o que estava à frente, sem contar que quase não dava para abrir os olhos. Sempre que os abria tinha a sensação de que podiam congelar a qualquer momento ou que, por conta do vento fortíssimo, seriam arrancados.

Continuei lutando contra o vento com as mãos para frente para não acabar batendo em algo, até que senti algo escamoso: a casca de uma árvore. Fui a seguindo com minhas mãos para ver se não estava cortada. Não estava, ainda bem.

Subi pelo tronco, visando chegar em seu topo o mais rápido possível. Quando enfim estava lá em cima, consegui ver a massa branca que cobria o chão. Olhei para o horizonte e percebi que deveria seguir em linha reta para chegar ao fim da nevasca.

Estava muito alto, e um pensamento passou pela minha cabeça: *e se eu pular daqui? O chão está repleto de neve fofa, irá amortecer a queda.*

Pulei sem pensar e bati a perna em uma pedra camuflada na neve.

— Que boa ideia, hein, Lyra? — falei em meio à dor que estava sentindo.

Chegar às bordas da nevasca seria o mais complexo, não por ela em si, e sim pela minha perna. Como passaria pela pior parte desse jeito?

Avistei uma espécie de cama de árvores caídas. Fui até lá na esperança de achar um tronco que pudesse servir de apoio. Por sorte encontrei dois. Eram finos, porém pareciam resistentes o bastante.

Peguei-os e comecei a usá-los como apoio. A nevasca estava muito forte, bem mais do que antes, o que era bom, significava que estava terminando. Fechei os olhos para ultrapassar uma nuvem branca-acinzentada. Estava tão gelada que era capaz de as minhas veias congelarem a qualquer momento. Tremia de frio, contando apenas com a regata e a calça fina.

Assim que cheguei do outro lado da nuvem branca, ainda de olhos fechados, senti um calor escaldante. Meu corpo, que estava todo frio, de repente ficou quente, começando a suar. Olhei para a frente, dando de cara com um deserto repleto de dunas.

Água. Eu preciso de água.

Procurei com afinco, até que vi, ao longe, uma lagoa. Corri até com desespero, dando meu melhor para ignorar a dor aguda que parecia alfinetar minha alma. A areia estava tão quente que queimava meus pés, fazendo-me correr mais rápido. Isso facilitava, ainda que não fosse tão favorável assim.

Enfim cheguei ao lago... que não existia. Não estava lá, era como se...

— Ah, não — reclamei.

Já havia lido um artigo sobre isto: era uma miragem. Não era um lago real. E agora? Se eu não morresse de sede, morreria de calor. Teria que dar um jeito de sair dali o mais rápido possível, só que para todos os cantos que olhava via apenas areia e mais areia e... mais areia.

Resolvi prosseguir. Quando eu menos esperava, deparei-me com uma lagoa — de verdade dessa vez.

— Água! — falei, feliz da vida.

Bebi mesmo sem saber se era potável ou não. Preferi ignorar esse detalhe. Ela era tão cristalina que dava para ver seu fundo. Como não vi nenhuma ameaça, mergulhei na lagoa. Não estava preocupada, até que abri os olhos debaixo d'água e vi que peixes-monstros nadavam até mim. Eles pareciam piranhas, mas muitas vezes pior.

Nadei até a superfície, determinada a voltar para a areia, porém encontrei apenas mais água. O deserto tinha sumido. Não havia saída, teria que nadar como nunca.

Mergulhei outra vez na intenção de despistar os peixes asquerosos e monstruosos. Eles estavam quase me alcançando quando vi um lugar repleto de algas altas.

Até que enfim consegui me esconder deles!, comemorei, até que senti algo me puxando para trás. Abri as cortinas de algas e me deparei com um enorme buraco, que sugava tudo o que passava por ali.

Segurei-me em uma alga, porém ela se partiu ao meio, jogando-me direto para o buraco. Eu conseguia prender a respiração por um tempo considerável, mas já estava no meu limite. Será que morreria afogada? Esse seria meu fim?

Vamos, Lyra, nade.

Juntei a pouca força que me restava e dei impulso em direção à superfície, para longe daquele buraco. Ao colocar a cabeça para fora, puxei o ar com força. Era tão bom poder respirar o ar puro. Meu coração acelerou ao ver uma ilha logo à frente.

Nadei até lá.

— Terra firme! — gritei ao pisar na areia.

O céu estava limpo, cheio de pássaros, que se transformaram em enormes urubus. Eles não pareciam gostar de restos mortais, e sim... de pessoas vivas. De repente, o céu azul se transformou em escuridão, e uma enorme tempestade se formou. O estrondo dos raios era tão alto que quase me ensurdeceu. Os urubus começaram a me perseguir. Corri mesmo com a perna machucada. Era melhor me manter viva.

Vi uma poça de lama, que possuía a mesma cor das árvores. Mergulhei nela, camuflando-me. Foi dessa forma que consegui confundi-los e despistá-los.

Estava perdida. À minha frente havia uma bifurcação. À esquerda, eu conseguia ver o fim do trajeto; à direita, parecia muito longo, não conseguia ver seu fim.

Com isso, resolvi ir pelo mais curto: o da esquerda.

Era um caminho com um gramado baixo.

Bem mais fácil que aquele outro. Muito bem, Lyra.

De repente, a grama cresceu, tornando-se grandes plantas carnívoras, prendendo meu pé em uma de suas garras. Puxei com força, tentando me soltar, e acabei caindo. Levantei-me o mais rápido possível. E mais uma vez corri em direção a um túnel escuro, aquele que tinha visto antes de começar tudo.

Consegui escapar das plantas, porém o medo percorreu minha espinha assim que entrei no túnel horripilante. Não era bem um túnel, estava mais para uma caverna.

Olhei para o teto repleto de brilhantes.

— Que lindo. O que é isso?

Arregalei os olhos ao me dar conta de que aqueles brilhos pertenciam aos olhos de um único ser. Era uma criatura gigantesca e seu rugido era aterrorizante. Ao escutá-lo, corri em direção à luz no fim da caverna. Estava quase chegando lá quando fui mordida pelo monstro na região das costas. A dor foi insuportável e me fez gritar de sofrimento.

Sem forças, tentei correr para o fim. Com fraqueza em todo meu corpo e alma, cheguei ao fim da linha. Vi a cabo caminhar em minha direção.

Minha visão estava embaçada. Minha cabeça estava confusa e eu, tonta. Comecei a cambalear de um lado para o outro. Só escutei o meu nome antes de desmaiar.

42

Acordei confusa, com os pensamentos embaralhados. Levantei-me, tonta. Quase caí, no entanto mãos fortes me seguraram.

— Cuidado, Lyra — disse Benjamin.

— O que está fazendo aqui? — perguntei. Parecia que as palavras saíram de forma grosseira. — Perdão se pareci rude.

— De jeito nenhum, você foi... normal — disse ele sorrindo. — Estava esperando você acordar. Queria ver com meus próprios olhos se você estava bem — completou docemente.

— Estou bem, só um pouco... com o mundo girando. Lembro-me de... O treinamento! Tenho que ir, devo estar atrasada — falei, desesperada, sem respirar.

— Fique tranquila, o treino foi bem pesado para você, por isso hoje ele foi suspenso. Aproveite para descansar — ele disse, arrumando o travesseiro e me cobrindo com um cobertor tão macio quanto pelúcias. Benjamin foi até uma escrivaninha e me entregou quatro comprimidos e um copo com água. Fiquei me perguntando quais remédios eram aqueles. Eu confiava nele, mas... — Fique tranquila, um é para a dor de cabeça, outro para a infecção em seus ferimentos, outro para a tontura e, por último, este serve para cólica — ele falou conforme entregava cada um deles.

— Cólica? — perguntei com cara de interrogação.

— Sim, cólica menstrual. — Ele falou a palavra “menstrual” sem nenhuma vergonha.

Fiquei tímida na hora.

— Não estou com esse tipo de cólica — confessei, vermelha de tanta vergonha.

— Se não tomar o remédio, terá em breve — ele falou, dando risadinhas. — E não precisa ter vergonha, eu cuidava da minha irmã.

Ele abriu um sorriso lindo.

— Obri-obrigada por... por cuidar de mim — falei, retribuindo o sorriso.

— Foi um prazer cuidar... da minha princesa.

A forma como ele falou essas palavras aqueceu meu coração, como uma grande fogueira em meio ao frio.

Não, Lyra. Pare.

Balancei a cabeça, o que acabou me causando mais dor.

Tomei os remédios e esperei o sono aparecer. Do nada, vi uma imagem de Benjamin cuidando de mim. Ele devia ter sido um irmão incrível. Queria ter conhecido Safira, certeza que seríamos ótimas amigas.

Ele era muito bonito, estava certa de que acelerava muitos corações por aí. Além de sua beleza, ainda era educado e possuía um caráter incrível. Sua futura esposa seria uma mulher de sorte, e eu teria a honra de tê-la como amiga e ainda ser a madrinha no casamento deles. Ele merecia ser feliz.

Ainda deitada na cama, abri uma gaveta do móvel ao lado e vi a tarjeta militar em que pisara alguns dias antes. Tinha que entregá-la a Benjamin. E se fosse a mesma tarjeta? Loucura, né? Só que eu sentia que eram mesmo idênticas. Nada mais justo do que entregá-la para ele.

Os efeitos do remédio começaram a aparecer. Deitei-me de lado e acabei adormecendo.

Tive outro sonho.

43

Estava de olhos fechados quando escutei:

— Preciso de... Estou com sede. Me ajude.

Por algum motivo, ainda não conseguia abrir os olhos, era como se estivessem pesados demais.

— Quem está falando? — perguntei.

— Por que não abre os olhos? — a voz perguntou.

— Não consigo. Parecem que estão grudados, colados com lágrimas — falei, aflita.

— Você não consegue porque seus pensamentos são negativos demais. Já viu uma maçã boa continuar saudável perto de maçãs apodrecidas? Assim é com você. Sua mente às vezes é tão negativa que quando uma pequena luz de esperança acende logo é sufocada e assombrada por seus pensamentos letais, fazendo com que no lugar dessa esperança fique terror e medo — a voz disse em um tom de sermão.

— Eu não sou negativa, eu só... Não... não consigo... — falei, tentando abrir os olhos.

— Você está deixando o medo falar mais alto do que sua vontade de vencer. Suponhamos que você esteja em uma corrida e os obstáculos são os medos. Tudo o que você tem que fazer é pular os obstáculos, porém você para de correr. Só pule. Um simples ato pode mudar tudo. Um mero salto pode fazê-la perder o medo. Cuidado com seus pensamentos; se você não controlá-los, eles a controlarão – disse a voz, que começou a tossir. – Só não demore, estou com muita sede. Se houver um minuto de atraso, pode ser tarde demais. É provável que esteja só uma recordação aqui – disse, afônica.

Senti duas pessoas segurarem minhas mãos, uma a direita, e outra, a esquerda. Assim que pegaram em minhas mãos, consegui abrir os olhos. Deparei-me com minha árvore, que estava padecendo e parecia que não demoraria muito para morrer. Ela estava menor do que o de costume.

Seus galhos secos, quase sem vida, movimentaram-se e chegaram perto de minha garganta, quase encostando nela, porém os galhos endureceram e a árvore virou uma estátua.

– Não! – gritei com os olhos cheios de lágrimas.

Toquei o tronco. Estava tão frio que tirei a mão com rapidez. Um vazio percorreu toda minha alma. Eu tinha fracassado em minha maior missão: mantê-la viva.

Voltei a encostar na minha árvore e um filme passou pela minha cabeça, era o que ela havia me falado antes: só uma recordação.

Pelas imagens em minha mente pude ver seu nascimento, seu crescimento e... sua morte.

Acordei com o meu travesseiro encharcado e percebi que tinham sido... minhas lágrimas que o molharam. Pela primeira vez, chorara enquanto dormia. Uma agonia foi crescendo dentro de mim, como se aquele sonho servisse para me avisar que não havia muito tempo. Eu teria que salvá-la a todo custo. O porquê eu também não sabia.

Estava perdida no tempo, não sabia que horas eram e muito menos o dia. Não fazia a mínima ideia de quanto tempo passara desmaiada depois do treinamento ou quanto tinha dormido. A árvore estava com sede de não sei o quê, mas eu estava com sede de respostas.

Troquei de roupa com a finalidade de ir até a sala do trono para conversar com minha mãe. Coloquei o primeiro vestido que vi e saí em disparada.

– Olá, princesa – os guardas falavam, fazendo reverência, contudo estava com pressa demais para responder.

Chegando na sala do trono, percebi que ela não estava lá.

— Onde está minha mãe? — perguntei, desesperada.

— Não se encontra no momento — um guarda respondeu, educado.

— Onde ela está? *Preciso* saber. — Exigi que ele me contasse.

— Eu não sei, princesa. A rainha é a rainha, ela não diz aonde vai. Ela não deve satisfações para nós, apenas a obedecemos. — As palavras dele soavam sinceras.

— Que seja — falei, brava.

Onde ela está quando mais preciso?

Passei pelos corredores sem prestar atenção em nada.

— Ei, está tudo bem? — Sarah perguntou.

— Você sabe onde está minha mãe? — perguntei.

— Acabou de ir para a sala do trono. Por quê?

Saí correndo e acabei derrubando um soldado.

— Perdão — disse, apressada.

Antes que ele pudesse falar algo, voltei a correr.

— Mãe! Mãe! — chamei, ofegante.

— Oi, filha. Está melhor?

— Aham. O que eu posso fazer para ajudar minha árvore? — Assim que a pergunta saiu por meus lábios, lembrei-me de algo que ela havia me dito; as respostas estavam em meus sonhos. — Mãe, eu preciso dar um jeito de... — Não consegui terminar de falar.

De repente, minha visão ficou turva e um vazio imenso se instalou dentro mim. Minhas pernas fraquejaram, fazendo-me cair de joelhos no chão. Comecei a ficar trêmula e uma forte dor apertou meu peito.

— O que foi, filha? — ela falou, preocupada. Tentei falar, porém minha voz não saía. Estava muda, como se tivessem arrancado as pregas vocais de minha garganta. — Filha, fale alguma coisa.

Percebi a tensão em seu olhar.

Saí correndo, sem me importar se cairia no meio do caminho, só precisava ver minha árvore. Tirei as folhas que obstruíam a passagem com minhas próprias mãos. Aquele caminho parecia não ter mais fim.

Assim que cheguei lá, vi uma névoa preta a cobrir. Dava para ver sua sombra. Ela estava... petrificada. Tinha virado uma estátua, assim como no sonho.

— O tempo acabou. Está tudo acabado — sussurrei, abraçando-a em prantos.

Abraçar a árvore me dava a sensação de ter um infinito inverno em meus braços. Seus galhos afiados fincavam em minha pele, mas nada era mais cortante do que vê-la daquele jeito.

— Filha...

Luz foi se aproximando, consolando-me apenas com sua presença.

— Me per-perdoe... — cochichei, soluçando.

A árvore estava morta e minha voz morrera com ela, levando consigo todas as melodias e canções que pertenciam a mim.

44

Virava-me de um lado para o outro na cama, não conseguia dormir. Sentia--me inútil sem a minha árvore. Todos tinham uma, e com certeza eu seria motivo de chacota. Justo eu, a princesa. Não conseguira nem cuidar dela, imagine liderar e comandar um exército.

Naquele dia, o treinamento seria à tarde, o que significava que tinha a manhã toda livre.

Coloquei um vestido preto; minha árvore merecia esse respeito, afinal.

Minha voz já não existia, não podia mais cantar, eram apenas cochichos e sussurros.

Já que não conseguia falar, passei a usar uma caderneta para escrever minhas emoções e aliviá-las, porém cada palavra remetia à minha profunda tristeza.

Em meu quarto, havia um sofá em frente à janela, com uma linda vista para o lago cintilante. Eu o observava, tentando entender o real sentido de tudo, mas não encontrava. Pessoas do meu mundo diriam que era apenas uma árvore, porém não para mim. Ela me tirara algo de muito valor: a voz.

Meus pensamentos estavam tão altos que não escutei alguém bater à porta.

— Posso entrar? — Benjamin perguntou. Sem olhar para ele, balancei a cabeça. — Como você está? — Eu não fiz nenhum movimento, porém ele, sim. Benjamin pegou em minhas mãos suavemente e disse: — Vai ficar tudo bem. Passarei por isso com você. — Ele olhou em meus olhos, que no momento estavam cheios d'água, e continuou: — Vamos vencer isso juntos, tudo bem? Vamos passar por tudo juntos.

Não conseguia falar, porém conseguia fazer outra coisa. Aproximei-me dele e joguei meus braços machucados pela árvore ao redor de seu pescoço, abraçando-o com intensidade. Ele colocou os braços em minha cintura e pude sentir algo: aconchego e gratidão por tê-lo ao meu lado.

— Amiga, eu tenho uma nov... — Sarah parou de falar, acho que estava... Sei lá, surpresa?

Paramos de nos abraçar, só que, para mim, ainda continuávamos abraçados. Olhei para Sarah, esperando que ela continuasse.

— Ah, certo. Desculpe interromper, eu... eu tenho ordens do general — ela falou com um sorriso de canto.

"Que ordens?", escrevi na caderneta.

— Ordens para mim, não para você. Só queria chamá-la para... Deixe. Eu preciso cumpri-las antes que o general velhote fique mais velho de tanto esperar — disse ela, perdida com a situação, contudo em um tom de brincadeira.

Sarah saiu correndo do quarto, como se estivesse com pressa para fazer o que o general pedira, só que a conhecia muito bem, sabia que ela estava constrangida com aquela situação, que, sendo honesta, não era nada de mais.

Comecei a rir, lembrando-me da reação de Sarah. Fora hilária.

Olhei para Benjamin e ele começou a gargalhar também. Estávamos sincronizados, acho. Se ele não estivesse rindo de Sarah, estaria rindo do quê?

— Bom... O que acha de darmos uma volta pelo jardim real? — ele falou, convidando-me com um sorriso suave.

— Sim — sussurrei.

Fiquei com vergonha, por isso abaixei a cabeça.

— Não precisa ficar envergonhada, você fica perfeita até sem voz. O que... O que me fez ficar encantado por você não foi sua voz, foi você ser quem é. Com voz ou sem, ainda é minha princesa — ele falou de modo doce. Ruborizei. — Bom... Vamos?

Balancei a cabeça e coloquei a mão em seu braço. Ele era mesmo um cavalheiro. Por onde passávamos, chamávamos atenção e olhares curiosos.

— Ele é tão bonito — escutei uma garota falar baixinho.

Enfim chegamos ao jardim do palácio. Por incrível que parecesse, só dois guardas estavam lá.

Conforme caminhávamos, minha cabeça explodia com afirmações. *Nunca irei descobrir meu dom real. É tarde demais para isso. Já faz tempo que busco por isso.*

Um chafariz branco estava no meio do jardim, cercado por alguns bancos. Os pássaros cantavam uma bela canção, tão suave quanto um piano clássico.

Sentamo-nos e peguei minha caderneta.

"Estou cansada de procurar meu dom. Não sei se um dia o descobrirei", escrevi.

Benjamin percebeu meu olhar triste e disse:

— Não desista, tá? Estou nessa busca com você. — Ele segurou minhas mãos e começou a acariciá-las. — Sabe o dom que temos em comum? O dom de amar. Só o amor consegue anular a maldade e curar os corações feridos. Sem o amor não podemos fazer nada. Não adianta ter todas as riquezas do mundo se não tem amor. Ele é maior e mais forte do que qualquer coisa.

Senti algo crescer dentro do meu ser e eu não podia continuar me enganando: eu estava... amando-o. Isso era loucura, eu sei, mas era a realidade.

Percebi outra coisa: a cada vez que o via, aquele medo de me relacionar sumia. O amor superava qualquer medo. *Eu tenho que contar para minha mãe.*

De modo involuntário, abri um sorriso bobo.

"Posso fazer uma pergunta?", escrevi.

— Pode fazer quantas quiser — ele disse.

"Teve uma vez que você estava conversando com Sarah na faculdade, e ela fez uma pergunta e você respondeu 'É ela' olhando para mim. Sou boa em leitura labial, só que não consegui ver qual era a pergunta." Demorei para escrever. O mais belo era vê-lo esperando, paciente.

— Bom... Tem algumas coisas que você não sabe sobre mim. Eu também tenho um dom. E é incrível às vezes, só que outras vezes é... agoniante. Tenho o dom da visão. Ou seja, consigo ver o futuro. — Fiquei surpresa. Esperava tudo, menos isso. Ele continuou: — Um mês antes de você chegar em Bibville, estava trabalhando aqui quando eu a vi pela primeira vez. Você estava conversando com Kyle em seu primeiro dia de aula. Foi nesse momento que a sede por protegê-la começou. Contei tudo a Sarah, e ela perguntou quem era, e eu disse que era você. A partir do dia em que tive a primeira visão com você, elas só aumentaram, aconteciam de dia e de noite em qualquer lugar. Por isso que a observava, só que minha intenção nunca foi a assustar. Confesso que deveria ter feito de outra forma, só que... Como, se Kyle já havia preenchido sua mente com mentiras sobre mim? No dia em que quase foi atropelada, eu tive uma visão. Nela eu via que você estava jogada no meio da rua, sangrando e sem vida. Eu saí correndo para tentar mudar o que vi, às vezes isso dá certo.

"Que outras visões você teve comigo?", escrevi.

— Muitas. Algumas eu quero mudar, porém outras quero que aconteçam do mesmo jeito que vi.

"Essas que você não quer mudar, são boas?", escrevi, já desconfiada da resposta.

— São perfeitas. Um dia eu conto, minha princesa.

Na hora em que ele falou "minha princesa", seus olhos brilharam, como se estivesse olhando para um diamante.

Muitas meninas passavam por lá. O que mais me impressionou não foi elas quererem Benjamin, e sim o fato de todas estarem olhando para ele, porém seus olhos continuavam fixados em mim.

As palavras que saíam de sua boca eram tão doces que fiquei pensando se o gosto de seus lábios seria igualmente doce.

Trocamos olhares por uns dois minutos.

Queria beijá-lo. Parecia que meu futuro era ficar com ele. Eu não me importaria de governar o reino ao seu lado.

— Princesa, a rainha está a esperando para o almoço — um guarda avisou.

Dei um leve sorriso.

Levantei-me com pressa. Era melhor ir logo do que... Bom, precisava mesmo ir. Acenei minha despedida.

— Eu ainda tenho mais coisas para contar. Que tal à noite, depois do jantar? — ele perguntou.

— Claro — sussurrei.

Ele se despediu, dando-me um beijo na bochecha.

Como posso pensar em beijá-lo? Nunca fiz isso.

Antes de ir para o almoço com minha mãe, olhei-me no espelho dos corredores — estava com cara de uma pessoa apaixonada, com um sorriso bobo. Agora entendia as pessoas que chegavam em casa alegres em um dia nublado: o amor muda tudo.

45

Estava me arrumando para o treinamento. Já conseguia sentir o suor surgindo em minha testa. O dia não seria nada fácil, provavelmente levaria bronca por ter desmaiado ou por ter demorado muito.

A conversa com Benjamin me animara um pouco. Ainda assim, continuava sem poder falar.

Levei minha caderneta nas mãos. O campo de treinamento era um lugar barulhento, sem chances de alguém conseguir escutar meus sussurros.

Saí do quarto com muita vontade de poder voltar para lá. A vontade de ir ao treinamento ia se acabando a cada passo meu.

Você não tem escolha, Lyra.

De longe consegui avistar a cabo Moward. Ela estava mais apressada que o de costume e com uma expressão não muito boa.

— Você está um minuto atrasada — ela disse em um tom severo.

"Ah, para. Foi só um minuto, nada de mais", escrevi sem pensar.

— Em um minuto podem acontecer muitas coisas. Em um minuto um exército pode perder uma batalha, por exemplo — a cabo disse levantando uma sobrancelha.

Observei-a com atenção. Ela era bem mais alta do que eu, com cabelo cor de mel, que estava em um coque muito bem-feito, por sinal. Possuía um rosto quadrado belíssimo, olhos tão azuis quanto um mar agitado e pele negra, que parecia tão bem hidratada que era de dar inveja. A cabo vestia o uniforme do exército, que era de um tom escarlate mesclado com branco e botões dourados.

— Siga-me. Vamos conversar sobre o seu teste de resistência.

Tremi.

Ferrou.

Fomos até uma parte do campo, e lá dava para ver todo o trajeto que percorrera em meu teste. Como isso era possível? Parecia que era imenso quando estava lá.

— Tudo que você viveu aconteceu, mas não passavam de ilusões de ótica. Nem tudo é tão grande como você viu. Está vendo aquela rocha, quase do seu tamanho? — ela falou, apontando. Balancei a cabeça. — É a montanha que você escalou. Assim acontece com o medo. Às vezes, é algo minúsculo, mas sua mente é tão medrosa que faz com que seja mil vezes maior do que de fato é. Tome cuidado, o medo a impede de ser melhor a cada dia. Não adianta treinar se o medo a consome cada vez mais.

"Eu não sou medrosa", escrevi, emburrada, juntando as sobrancelhas.

— Em nenhum momento citei seu nome — falou apenas, e ela estava *mesmo* certa. *Eu sou medrosa mesmo. Quem estou querendo enganar? Não tenho culpa se sou covarde.* — Bom... Vamos ao que interessa. — Cabo Moward começou: — Você foi muito bem no seu teste.

"Bem? Eu desmaiei", escrevi com milhares de pontos de interrogações em minha mente.

— Sim. Não apenas bem, foi muito bem. Você desmaiou, mas só depois de cumprir seu objetivo, que era alcançar a linha de chegada. Confesso que você fez uma escolha errada. *Nunca* escolha o caminho mais curto só por ele parecer mais fácil. Esse era o pior. O que era mais longo, apesar de ser estreito, não tinha nenhuma ameaça e por ele você chegaria mais rápido.

Ela piscou um olho para mim.

"Aprendi essa lição, obrigada", escrevi, agradecida, afinal eu fora mesmo tola na minha decisão. Era como diziam: nunca julgue algo apenas pela aparência.

— Você é bem rápida e possui boas estratégias e raciocínio. Será uma líder fenomenal se treinar mais.

"Meu tempo?", escrevi, curiosa para saber.

— Uma hora e três minutos. Você é mais forte do que pensa, superou o recorde. Ninguém havia conseguido passar pela caverna do monstro. A partir de hoje, não duvide mais de si mesma — ela disse querendo dar um sorriso.

"Eu? Eu superei o recorde? Impossível. Quanto era o recorde?", escrevi, incrédula, com cara de interrogação.

— Quatro horas e quarenta minutos. Você conseguiu em menos que a metade desse tempo — disse ela, como se também estivesse surpresa.

Arregalei os olhos. Como era possível?

"Parecia que passei dias lá."

— Você herdou isso da rainha Luz. Você é igualzinha a ela — a cabo disse. Fiquei emocionada com isso. Eu me achava tão diferente dela, parecia que eu só... Eu sentia como se apenas a magoasse. Escutar aquilo me fez bem; era como se de repente eu conseguisse, de fato, ver-me como sua filha. — Hoje é o seu segundo dia de treino e já iremos começar. Antes tenho algo muito importante para lhe falar. Daqui a dois dias, você passará por uma simulação.

Sua expressão mudou, ficando séria.

"Que simulação?"

— Dos seus piores medos. Na hora, você terá todas as instruções. — Dos piores? O teste de resistência já não tinha sido sofrimento demais? A sensação era de que a coragem que ainda me sobrava tinha sido sugada de minha alma. — Trabalharemos a partir de suas reações. Já vou adiantando, a impressão é de que está acontecendo, é muito real.

"E como isso funciona?"

— Todas as orientações serão passadas na hora, não tenho permissão para falar sobre isso. — Ela olhava fixamente em meus olhos. — Bom... Sem mais delongas, antes das artes marciais, você aprenderá a enganar o seu adversário.

"Isso não é errado?", escrevi, confusa.

— Errado é jogar sujo. Você estará apenas usando a mente dele a seu favor. — Ela abriu um sorriso de canto. — Vamos, me siga.

Ela me levou para uma grande sala branca. Lá, esperavam três homens vestindo camisetas e calças pretas: uma criança, um adulto e um idoso.

— Observe-os com atenção — a cabo ordenou. Assim o fiz, contudo não estava encontrando nada de mais, tirando as diferenças de idade. — Qual é sua impressão sobre cada um deles?

Peguei minha caderneta, só que havia acabado as folhas.

Droga! E agora?

Alguém me entregou um bloquinho de notas. Virei-me e percebi que era o general, reconheci-o pelo elmo. Bati continência. Estava perdida, teria que bater, certo? Cabo Moward se virou e fez a mesma coisa.

Peguei o bloquinho de notas e dei um sorriso.

Um sorriso, Lyra? Sério?

O pior era que o sorriso não foi um "bonitinho", foi um como se estivesse com gases, o que era constrangedor demais.

— Irá acompanhar o treinamento hoje, senhor? — ela perguntou, como se não esperasse sua visita.

Ele apenas ficou parado. Isso era um "sim"?

Comecei a escrever:

"A criança parece que ainda não aprendeu muitas coisas; por ser mais nova, não parece ser forte. O adulto parece ser o mais forte devido aos seus músculos muito bem trabalhados. Já o idoso parece que já teve força um dia, mas está com uma aparência de cansaço, acho que teria que treinar muito para vencer uma batalha, por exemplo."

A cabo leu minha resposta com atenção, o rosto inexpressivo.

— É isso o que acha? — perguntou em uma entonação que parecia indicar que eu tinha errado feio. Balancei a cabeça, afirmando. — Você passou longe do correto. O mais forte deles é o idoso. O mais fraco é o adulto, e a criança, apesar de não ter músculos e parecer não ter nenhuma experiência, é muito inteligente. — Pisquei várias vezes e enruguei a testa. Como assim? — O mais velho conseguiu alcançar o objetivo: enganar você. Ele parece inofensivo, porém pode matá-la. Quando uma pessoa subestima a outra por sua aparência, cria uma confiança maior que seu ego, o que pode levar à morte. Finja que é fraca e suas chances de vencer serão maiores. O adulto tem músculos definidos, porém não passa disso. Ele passa uma impressão irreal. A criança tem uma criatividade e esperteza surreais. Ela, por exemplo, parece fraca também, porém pode esmagar sua mente com seu dom, que é criar pensamentos imensos e sem respostas, fazendo o cérebro do adversário explodir, ou seja, ele parece inocente, entretanto também pode matá-la. — Fiquei decepcionada com a minha resposta. *Errei feio mesmo.* — Isso é enganar seu adversário pela aparência. É o que deve fazer: finja que é fraca e deixe o orgulho do oponente matá-lo sozinho.

"Então tenho que fazer com que me subestimem?", perguntei pelo bloco de notas.

— Exato. Quando você é subestimada, cria-se uma força extrema – ela falou. Aquilo fazia todo sentindo. Eu odiava ser subestimada, entretanto usaria a raiva a meu favor. – Agora vamos para a sala de luta – ela disse já andando.

Revirei os olhos, estressada.

Aff! Não podemos ficar cinco minutos paradas?

A sala de luta era um pouco escura. No centro, um grande ringue esperava para ser usado e, ao redor dele, vários sacos de pancadas estavam pendurados. Vários soldados estavam ali, treinando.

Olhei para todos. Eles eram ótimos, pareciam profissionais.

— Como pode ver, aqui no exército não temos amadores, pois eles treinam muito. – *Eu percebi.* – Vá até aquele saco de pancadas e bata nele – a cabo Moward deu a ordem.

"Cadê a luva?", escrevi.

Ela riu com ironia e disse:

— Acha que aqui tem moleza? É sem luva mesmo.

"Mas eu posso quebrar a mão."

— Não vai quebrar, garanto.

De repente, tive a vontade louca de dar um murro nela. Em meus pensamentos, estávamos brigando, e eu, ganhando a luta. Só em minha imaginação mesmo.

Dei um soco no saco de pancadas, porém ele não se movimentou nem um milímetro. Dei mais dois socos. Minhas mãos estavam doendo com o impacto. Escutei a risada do homem que treinava ao meu lado.

Ô, meu caro, não brinque com uma mulher de TPM.

Dei um murro tão forte que o saco de pancadas foi mais longe do que o dele. Ofereci um sorrisinho sarcástico para ele, que virou a cara na hora.

— Agora chute-o – ela deu outra ordem.

Pelo menos vou descansar as mãos.

Eu não sabia como fazer do jeito certo. Havia feito isso apenas uma vez na minha vida, em um menino que me perturbava na escola, fora bem na cara. Ao virar o corpo para chutar, acabei torcendo o tornozelo.

— Ai! Caramba – sussurrei.

O general e a cabo foram até mim:

— Você está bem? — ela perguntou.

Balancei a cabeça, negando.

Olhei para o meu pé. Ele estava inchado, parecia que no lugar do pé havia uma bola de tênis. Sentia muita dor. Tentei firmá-lo no chão, porém não dava.

— Você quer que eu chame a fada Curan, princ...

Nem deu tempo da cabo Moward terminar de falar. O general pegou meu braço, colocando-o em cima de seus ombros, e me levantou, levando-me em seu colo.

Consegui apenas ver a expressão dela enquanto nos afastávamos a cada passo largo do general. Ela estava surpresa. O pior era que *todos* nos observavam, como se a atitude dele fosse algo ilegal.

Ele me levou para um quarto, que era uma espécie de uma enfermaria do meu mundo, só que bem mais moderna.

— Olá, princesa.

A fada Curan fez uma reverência. Era a mesma que trocara os curativos da minha família.

O general me deixou sentada em uma cadeira bem confortável, parecida com aquelas de sala de espera. Ele entrou em uma sala com ela, deixando-me sozinha.

Queria escutar a conversa, mas ela tinha fechado a porta.

Cinco minutos depois, ele saiu e me colocou em uma maca alta dentro da sala.

— Com licença, verei como está seu pé — disse a fada, analisando-o. Ela pegou um aparelho parecido com um detector de metal e passou pelo meu pé. Eu o afastei. — Fique tranquila, é um raio-x — explicou. — Por sorte não está fraturado, foi apenas uma torção mesmo. Eu o enfaixarei, e por enquanto, para não atrapalhar seu treinamento, usará um dispositivo que a fará flutuar. Basta colocá-lo na sola de seus sapatos, ele gruda em qualquer tipo de material. Ele é a prova d'água, então não se preocupe, pode tomar banho com esse dispositivo também.

Ela pegou alguns frascos e colocou os conteúdos em um recipiente, formando assim uma espécie de pomada. Delicadamente, a fada Curan a espalhou por todo o meu pé e o enfaixou, deixando-o parecendo um pacotinho.

— Hoje você não terá mais treinamento, precisa deixá-lo para cima. Nada de sair hoje. Passe a pomada a cada três horas.

Essa não. E agora? Como vou me encontrar com Benjamin?

Tentei traçar algum plano para vê-lo, no entanto nada me ocorria.

— General, a leve para seu quarto, por gentileza — ela pediu.

Ele voltou a me pegar.

— Eu já estou com o dispositivo, posso flutuar — cochichei, porém ele não ouviu, ou fingiu.

Distraí-me olhando para o céu. Estava me sentindo uma frágil donzela em perigo, e não gostava nada disso. Olhei ao redor e percebi que aquele não era o caminho de volta para o castelo.

— Me solte! *Agora* — ordenei tentando gritar. Ele não reagiu. Estávamos em um lugar vazio, longe do castelo. — Que lugar é este? — perguntei em um cochicho.

Ele me soltou, deixando-me sentada em um balanço, e tirou seu elmo. Fiquei perplexa. Sem reações e sem palavras.

— Eu não aguentava mais esconder isso de você. — Benjamin tinha o olhar fixo nos meus olhos, que estavam atordoados. — Perdão por não ter contado antes, ninguém sabe e... Tem um motivo para isso. Eu a carreguei até aqui para lhe contar quem eu realmente sou: o general do Exército da Luz.

Ele abriu a boca para falar mais, mas o impedi colocando meu dedo sobre seus lábios.

— Não precisa dizer nada, eu entendo. Fico feliz que é você. Sempre foi você... — sussurrei.

Ele deu um sorriso suave, como se estivesse aliviado, e disse:

— Carregar você me fez lembrar de uma visão que tive. Estávamos felizes nela.

Benjamin olhou para mim com um olhar diferente. Era um olhar... apaixonado.

— Eu... sinto que... — Não consegui terminar, pois escutamos passos.

Benjamin se apressou a colocar o elmo de volta e correu, levando-me para meu quarto.

Chegando lá, deixou-me em minha cama e disse:

— Descanse. Depois venho ver como você está, minha princesa.

46

Estava sentada em minha cama, olhando para a parede e pensando em Benjamin. Será que era engano meu ou os olhos dele brilhavam sempre que conversava comigo? Era impressão minha ou seus olhos diziam algo a mais? Se eu era *só* uma amiga para ele, por que dissera que não aguentava mais esconder seu segredo de mim, sendo que Sarah também era sua amiga?

Alguém bateu à porta.

Fui até lá e a abri.

— Tenho um recado da cabo Moward, princesa. A simulação teve que ser adiantada. Será hoje ao fim da tarde.

Surtei em meus pensamentos. *O quê?*

Não estava preparada para a simulação de meus medos. Eu tinha tantos que ficava tentando imaginar quanto tempo aquilo duraria.

Resolvi me deitar e dormir um pouco para ir de mente fresca.

De olhos fechados, percebi um clarão que se aproximava de mim.

Abri os olhos, assustada.

— Perdão, filha. Não queria assustá-la — Luz falou. Dei um leve sorriso de "Está tudo bem". — Seu pé ainda está doendo, certo? — Assenti. — Não vai mais — falou com convicção.

Ela aproximou as mãos e as colocou em cima do meu pé. Senti um calor na região e... a dor sumiu.

— Como você fez isso? — sussurrei, pulando. — Está intacto.

— Sou mais poderosa do que imagina.

Ela me deu uma piscadela.

— Obrigada, mãe. Amo você — falei dando-lhe um forte abraço.

— Eu também, querida. Agora precisa descansar um pouco — ela falou, cobrindo-me.

— Estou com medo — cochichei, desviando os olhos.

— Estarei com você em todos os momentos, até em seus mais profundos pensamentos. — Ela beijou minha bochecha. — Agora vá descansar. Até mais tarde.

Acenei e afundei a cabeça em meu travesseiro. Eu não queria dormir. Queria apenas... não ter que fazer essa simulação; tinha medos sobrando.

Escutei outra vez alguém bater à porta.

É agora que não durmo mesmo, pensei, irritada, porém meu humor mudou ao ver que era Benjamin.

— Como está? — perguntou com aquele sorriso contagiante.

— Novinha em folha — sussurrei, mostrando meu pé, que não estava mais inchado.

— Que ótima notícia! — ele falou, empolgado, um pouco alto, confesso. Abri a porta mais um pouco, na esperança de que ele percebesse que era para entrar, porém ele apenas disse: — Não posso entrar, porém... Podemos andar um pouco para conversarmos, o que acha? — perguntou com ansiedade no olhar.

Ergui o polegar em concordância, mantendo a postura fina por fora, mas surtando por dentro.

Estava frio, por isso peguei um casaco e saí do quarto.

Íamos caminhando e conversando, sem rumo definido.

“Como adivinhou que eu precisava de um bloco de notas? Visão?”, escrevi.

— Na verdade não. — Ele deu uma risadinha sem graça. — Desde que você... bom... perdeu a voz, eu carrego um em meu bolso caso você precise. Inclusive, tem um aqui.

Benjamin pegou outro bloco do bolso de sua calça.

— Só você mesmo — cochichei dando uma risada.

— Só eu o quê? Para fazer o seu coração acelerar? — ele perguntou com um sorriso discreto. Arregalei os olhos e abaixei a cabeça. Minhas bochechas queimavam de vergonha. Ele deu uma gargalhada sem graça e mudou de assunto: — Qual a primeira coisa que você fará quando for líder?

"Eu nem sei se irei conseguir me tornar a líder", escrevi devagar, analisando cada palavra que escrevia.

Benjamin leu com atenção e disse:

— Ei, você vai conseguir. Sei que não deve estar sendo fácil para você, imagino a pressão. Sinto isso todos os dias, e às vezes tenho a impressão de que nunca serei tão bom quanto... quanto meu pai foi um dia.

— Seu pai foi general? — perguntei em um sussurro agoniante.

— Sim, porém não no Reino da Luz, e sim lá no nosso mundo. Ele era forte e corajoso como um exército destemido — ele falou com os olhos se enchendo de lágrimas.

"Por que está chorando?", escrevi, angustiada.

— É doloroso saber que ele e minha mãe morreram sem conhecer a verdadeira felicidade, sem conhecer a rainha Luz. Não sei se eles viraram uma estrela, que brilha nos mais altos céus, ou simples barro, que é pisoteado e sozinho, não tem importância alguma. O barro só é bonito quando se transforma em um lindo vaso; sem ser moldado não tem valor. Quando digo que quero ser como ele, é na força, coragem e determinação. — Benjamin fechou os olhos e as lágrimas começaram a cair. Eram tantas que parecia que estavam guardadas havia muito tempo. Aproximei-me dele e lhe dei um abraço. Ele começou a chorar mais. — Perdão. Você deve achar que sou um bebê chorão — disse ele, rindo com tristeza.

Balancei a cabeça negando.

— Eu o admiro, essa é a verdade. Chorar não significa que a pessoa é fraca, e sim que ela é forte. Você chorou, admitindo que está machucado e ferido. Apenas aqueles que têm força o bastante fazem isso. Se você não tivesse, nem choraria. Chorar faz parte e está tudo bem. Antes de uma vitória tem uma guerra; antes do arco-íris vem a tempestade; e antes de um riso vem o choro — sussurrei.

Ele me olhou nos olhos.

— Você disse que eu salvei a sua vida, mas a verdade é que foi você quem me salvou, desde o dia que a conheci. Assim que coloquei os olhos em você, minha vida mudou por completo. Mesmo sem perceber, mesmo distante, seu sorriso iluminava meu dia. Era estranho ver o quanto eu ficava feliz em vê-la alegre e o quanto eu ficava agoniado se a visse abatida. Parecia que estávamos... conectados de alguma forma. A partir do seu primeiro dia na Universidade de Bibville, eu passei a sentir tudo o que você sentia, desde paz até ódio.

Eu não sabia o que falar, todas as palavras pareciam ter desaparecido de minha mente.

"Pode contar sempre comigo. Estarei ao seu lado, independentemente da situação", escrevi e desenhei um coração do lado.

Não sabia como o futuro seria, porém queria que o meu mais belo sonho se realizasse: que ele pudesse ser feliz.

Ele abriu um grande sorriso, fazendo-me quase cair com tanta beleza. Coloquei as mãos nos bolsos e senti algo: era a tarjeta. Tirei-a de lá e a entreguei para Benjamin.

Ele ficou surpreso e disse:

— Como você a achou? Estava procurando há um tempo.

Enruguei a testa e escrevi:

"Tem quanto tempo que você perdeu a tarjeta?"

— Não lembro exatamente, porém tenho certeza de que a perdi no nosso mundo.

— Eu pisei nela enquanto caminhava — cochichei.

— Obrigado por devolver. É a mesma tarjeta que encontrei antes de sair da casa pegando fogo. No começo, eu achava que ela pertencia ao meu pai, mas hoje sei que foi a rainha Luz que a colocou lá. Se ela não tivesse a posto lá, eu não teria encontrado meu dom nem teria a conhecido. É engraçado como nossos planos dão certo se aceitarmos os planos dela — ele disse dando risadas.

Será que o plano de minha mãe era que Benjamin a perdesse para eu poder achar e entregar a tarjeta para ele?

— Você está preparada para a simulação? — Benjamin perguntou.

Neguei com a cabeça.

"E se eu infartar? Quem irá me socorrer?", escrevi, preocupada.

— Isso não vai acontecer, fique tranquila — ele falou tocando em meus ombros; um toque suave e delicado.

"Como funciona? Quem vai estar lá?", perguntei com várias interrogações no papel.

— Algumas pessoas, mas não posso falar sobre isso. Perdão, minha princesa.

"Tudo bem", escrevi com um sorriso.

— Acho melhor voltarmos, já ocupei muito do tempo que você tinha para descansar — Benjamin disse.

"Você não ocupa o meu tempo. Ocupa outra coisa, e isso não é nada ruim." Dessa vez arranquei a folha em que tinha escrito e a entreguei.

Ele sorriu com os olhos e disse:

— Eu não vou deixar subentendido: meu coração é seu, ele pertence a você. — Fixando os olhos nos meus, ele colocou as mãos em meu rosto e disse: — Meu coração sempre foi seu.

Benjamin se aproximou mais de mim. Estávamos tão perto que podia sentir sua respiração acelerada em meu rosto.

As batidas do meu coração estavam tão altas que tinha a impressão de que ele conseguia escutá-las.

Suas pupilas estavam dilatadas, como se estivéssemos em um lugar escuro, todavia sabia que não era isso: ele sentia a mesma coisa que eu. Não sabia o que fazer: continuava o encarando ou me aproximava para beijá-lo?

No fim, não precisei tomar uma decisão, pois escutamos alguém chamar:

— Benjamin! Aí está você.

— Erik, amigão! — disse Benjamin, fazendo cócegas nele.

— Oi, princesa. Você está muito elegante — Erik disse com um simpático sorriso. Dei um sorriso agradecido para não assustá-lo com meus cochichos. — Ele é aquele meu amigo que lhe falei no dia em que descobri meu dom. Não sabia que se conheciam.

— Nós nos conhecemos há alguns meses — Benjamin falou agachando para ficar da altura de Erik.

— Por que está calada, princesa? Está tudo bem? — ele perguntou, aproximando-se de mim.

Eu e Benjamin nos olhamos, e ele disse:

— Amigão, ela teve um probleminha com a voz, mas daqui a pouco já irá voltar ao normal — Benjamin disse sorrindo.

— Fique bem logo, a senhorita tem uma linda voz — ele disse com um sorriso meigo.

— A princesa precisa ir agora. O que acha de irmos brincar? — Benjamin sugeriu.

— Vamos! — Erik respondeu, entusiasmado.

Isso é tão fofo. Certeza que Benjamin será um ótimo pai.

— Eu também acho — Erik disse, concordando com a cabeça.

Droga! Esqueci que ele lê mentes.

— Esqueceu de novo, né?

— Ei, amigão! Me diz o que ela pensa sobre mim? — Benjamin pediu com uma risada.

Esforcei-me ao máximo para não vir nada em minha mente.

— Não posso falar. É coisa de adulto.

Corei.

Gritei por dentro: *cale a boca, menino!*

Benjamin só virou sua cabeça em outra direção. Erik se aproximou e tentou cochichar no ouvido de Benjamin, entretanto escutei tudo:

— Ela quer beijar você.

Eu nem esperei para ver a reação de Benjamin, apenas saí correndo de lá. Onde já se viu? Aquele menino era um perigo.

Ele deve saber de todas as fofocas. Sortudo, pensei, já longe dele. Não acreditava que seu poder tivesse um alcance muito grande.

Corri tão rápido que era capaz de ver a poeira se erguendo atrás de mim.

Chegando em meu quarto, olhei para o relógio e... já estava na hora de ir.

Com que roupa eu iria? Nem sabia como era. Por precaução peguei uma calça e camiseta confortáveis.

Será que vão me drogar para eu ter alucinações com meus piores medos?

Escutei alguém entrar.

– Pronta? – Luz perguntou.

– Um "não" serve como resposta? – cochichei.

Ela apenas riu e disse:

– Vamos? Siga-me.

O caminho era diferente de todas as rotas que já fizera ali. Ele era guiado por luzes neon na cor laranja e a cada passo ficava mais escuro.

Chegamos a uma porta aparentemente comum, entramos, e fiquei boquiaberta.

A sala era toda branca. Se eu acordasse em um lugar desses, ia achar que morri. No centro, repousava um grande cubo de vidro, como se fosse outra sala. Dentro do cubo havia uma cama toda branca e um suporte de soro na cor prateada.

Em uma das paredes, um telão tinha sido pendurado e, em frente a ele, algumas cadeiras, como se fosse uma sala de cinema.

Lá dentro era muito claro. A única coisa que ficava escura era o interior do cubo de vidro, que se encontrava vazio.

– Olá, princesa – a fada Curan disse com um sorriso. – Siga-me. – Retribuí o sorriso. A fada me levou para dentro do cubo. – Sente-se. Começaremos daqui a alguns minutos. Passarei todas as instruções.

Senti-me desconfortável naquele cubículo transparente sozinha no meio da sala.

Após dois minutos, as luzes se inverteram, de modo que eu era iluminada ao passo que o lado de fora ficou todo escuro, impedindo-me de ver quem assistiria à simulação.

Três minutos depois, chegou uma fada com uma pele que brilhava como diamantes. Ela passou as instruções:

— A simulação não tem uma hora exata para terminar, depende de cada pessoa. Irei aplicar um líquido em você e colocar uma fita com eletrodos em volta de sua cabeça. Tudo o que você vir na simulação aparecerá no telão e não há como você controlar o que aparecerá. Você terá a sensação de que tudo é muito real. Acompanharemos seus batimentos cardíacos e toda a sua atividade cerebral, então fique tranquila. O que tem que fazer é arrumar um jeito de derrotar seus piores medos.

— Alguém já teve um ataque cardíaco na simulação? — sussurrei.

Ela se virou, ignorando minha pergunta — ou não tinha escutado mesmo —, e pegou uma seringa, que tinha uma agulha bem espessa, com um líquido preto.

A fada pegou a fita com eletrodos e a colocou em volta de minha cabeça.

— Agora se deite — ordenou. *Pelo menos a cama é macia.* — Estique o braço.

Ela pegou a seringa e afundou a agulha em minha veia. O líquido entrou queimando como fogo. Pouco depois, comecei a suar frio ao passo que minha visão embaçava.

Lutei para manter os olhos abertos. Tudo estava girando.

Não consegui resistir e caí no sono.

47

Acordei em um lugar sombrio e frio. Ao fundo, ouvia pessoas gritando de sofrimento, como se estivessem sendo chicoteadas ou queimadas. Vi duas portas, uma com um clarão vermelho e laranja e outra escura. Eu não fazia ideia de qual escolher.

Virei-me para a direita e entrei na porta com clarão vermelho e laranja. Assim que passei por ela, senti um calor insuportável, parecia que a qualquer momento meus ossos poderiam derreter. Voltei a escutar os gritos, só que dessa vez bem mais altos e intensos. Olhei para a frente e me deparei com uma ponte estreita de pedra e, logo embaixo, um oceano de lava. Ao lado desse oceano, uma enorme cachoeira de fogo recebia várias estátuas em formatos de cabeças humanas.

Dei meia-volta para entrar na outra porta, contudo ela desaparecera. Em seu lugar, havia apenas uma enorme parede com várias colunas asquerosas. A única saída era passar pela ponte, que estava toda rachada, cheia de pegadas e marcas de unhas, como se alguém tivesse sido arrastado por ali contra sua vontade. Era horripilante.

Passei correndo pela ponte e, ao olhar para trás, vi várias pessoas me seguindo. Elas pareciam ser do bem, porém caíam no oceano de fogo. Uma risada monstruosa ressoava cada vez que alguém caía. O traidor.

Observei mais à frente e percebi uma grande fogueira. Muita gente estava amarrada nela, inclusive minha família.

– Socorro! – gritavam todos juntos.

– Tenha misericórdia de mim, mestre. Eu fiz tudo o que pediu – um deles implorou.

— E é por isso. Você fez tudo o que pedi — o traidor disse em meio à sua gargalhada aterrorizante. — Você está condenado à morte. — Ele pegou uma espada de fogo e decapitou o pobre homem, fazendo com que sua cabeça também virasse estátua. — Essa cabeça é um troféu para mim, foi difícil conseguir convencê-lo com minhas mentiras, já que ele conhecia a verdadeira felicidade. Como é fácil enganar as pessoas com fama e poder. Coloque-o em minha estante. Na principal — o traidor deu a ordem ao seu escravo.

— Sim, mestre.

Corri para me esconder atrás de uma enorme montanha. Já quase chegando, dei-me conta de que não era uma montanha, e sim uma torre de restos humanos — alguns ainda em carne viva e outros em decomposição. Um dos corpos sangrava e exibia ferimentos de queimadura; no centro de seu peito, estava o vazio onde seu coração deveria estar. Ele se aproximou.

— Corra, fuja enquanto é tempo. A morte e o sofrimento são eternos. Cuide de... de meu filho. Não o deixe cair nas armadilhas do traidor. Cuide de... Benjamin, eu suplico — falou. *Benjamin? Não. Esse não pode ser o... pai dele*, pensei com os olhos cheios de lágrimas, que ferviam com aquele calor insuportável. — É apenas isso que peço. Eu deveria ter acreditado em sua mãe e corrido para os braços da... rainha Luz. Mas agora terminou. Serei para sempre escravo do traidor e, quando não servir mais, queimarei no fogo eterno.

E se virou, vomitando as tripas.

— Não há mais alguma chance? — perguntei, desesperada.

— A rainha Luz já me deu... muitas... Não resta muito tempo para mim. Diga a Benjamin que eu... que eu... o amo.

E morreu, transformando-se em estátua e sendo sugado para o fogo do oceano.

Ao virar a cabeça para o lado, deparei-me com o traidor.

— Ahá. Aí está você! Estava ansioso para colocar minhas garras em você — o traidor disse me cortando. Ele levou as garras cobertas por meu sangue ao nariz e inspirou profundamente. — Eu sabia que seu sangue era poderoso, só não sabia que era mais do que esperava. Preciso apenas de alguns litros, talvez... do seu sangue todo. E é uma pena que eu tenha que matá-la para isso. Você seria uma escrava perfeita.

Ele abriu um sorriso sarcástico.

Mesmo ele estando tão perto de mim, ainda não conseguia ver seu rosto.

— Lyra. Nos tire daqui! — minha família gritou.

Corri até eles, porém, ao tocá-los, eles sumiram.

— Como é fácil enganá-la, você é tão... manipulável. Eu quero você, e não sua família. — O traidor apontou as garras para mim. Ele deu um sorriso de canto e continuou: — Venha até mim que farei tudo o que quiser. Deixo você até ser a rainha da morte se quiser. Poderá ter esse controle em suas mãos e fazer com que os outros a obedeçam através de seus traumas — propôs.

— Eu até poderia, mas para quê? Eu sei de tudo, você é a pior coisa dentre todas as coisas horríveis — cuspi as palavras.

— Isso é um "não"? Certo. A escolha é sua.

Pisquei e, de repente, estava na faculdade. Vi-me sozinha no centro de uma roda de pessoas que riam e apontavam para mim, gritando ofensas.

— Rejeitada!

— Insuportável!

— Tola!

— Abandonada!

Benjamin apareceu, sentou-se ao meu lado e disse em meu ouvido:

— Eu amo você.

Ao terminar de falar, ele enfiou as mãos em meu peito e arrancou meu coração.

— Eu consegui, enganei a iludida! — debochou ele, segurando meu coração como se fosse um troféu.

— Eu confiei em você. Eu... amava você... — falei, afogando-me em lágrimas.

— Segunda vez, né? Que pena. Ninguém nunca vai amá-la de verdade. Me esqueça — ele disse com um riso irônico.

Antes que eu pudesse responder, Benjamin se afastou com uma garota nos braços, beijando-a.

Eu me sentia como uma morta-viva. Fechei os olhos e, quando os abri, estava em outro lugar, deitada em uma poça de sangue, com Clair em meu colo, pálida, gelada e morta.

De repente, não era mais Clair, e sim Luz. A cada piscada de olhos, o rosto se transformava em outro: mãe, pai, Lenah, Lysa, Louyse, Benjamin, Sarah e Erik.

Quando olhei para frente, vi Kyle com uma enorme arma na mão.

– Você, Lyra Lahyers, irá pagar por tudo o que fez.

Kyle se aproximou com uma velocidade impressionante e senti a ponta da arma em minha têmpora.

Apertei os olhos com força. Ao abri-los, vi a cabeça de cada membro de minha família ser servida em um prato, como se fossem uma refeição. Monstros os devoravam com ferocidade.

– Minha família não! – gritei.

Corri na direção deles, mas era tarde demais, sobrara apenas restos nos pratos, apenas alguns fios de cabelo.

– Estamos com fome – disseram os monstros.

– Peguem-na! – mandou o traidor.

Gritei. Ao me virar para sair correndo, deparei-me com um exército, o meu.

– Avante! – Dei a ordem em um corajoso grito.

Assim que os soldados chegavam perto dos monstros, eles eram devorados. Observei ao meu redor e percebi que todos estavam mortos, inclusive minha família.

O mundo escureceu, dando início a uma enorme tempestade, com raios negros fatais cortando o céu. Tentei lutar contra o traidor, porém descobri que estava acorrentada. A força começou a me abandonar conforme ele sugava meu sangue.

Antes de apagar, vi minha mãe Luz sendo coroada a rainha da morte. A cor dela não era mais dourada, e sim cinza.

O traidor disse:

– Nós vencemos! Que as trevas e o sofrimento comecem!

Acordei ofegante, sentindo um frio cortante. Olhei para minhas mãos e elas estavam roxas de tão geladas. Uma dor de cabeça terrível me acertou. Senti meu corpo começar a convulsionar e ouvi uma voz dizer ao longe:

– A simulação acabou! Leve-a imediatamente para a cirurgia.

Desmaiei.

48

Abri os olhos e percebi que estava em uma maca tomando medicação.

— Você está aqui já tem dois dias — informou o enfermeiro ao ver que estava acordada.

— Dois dias? O que aconteceu? — sussurrei, perplexa.

— Você teve uma convulsão assim que a simulação acabou, por isso tivemos que fazer uma cirurgia para a retirada de um veneno — explicou.

— Veneno? Que veneno?

Tentei me mexer, mas uma forte dor na região do meu abdômen me parou; era no mesmo lugar por onde o traidor sugara meu sangue na simulação.

— O veneno do traidor. — Fiz uma expressão confusa e ele continuou: — Ainda não sabemos como isso aconteceu, porém o veneno estava em seu organismo há algum tempo.

— Como sabiam que era veneno? — perguntei em um cochicho ruidoso.

— O general nos avisou faltando um minuto para sua simulação acabar. — Foi a resposta.

— O que está escondendo?

Levantei uma sobrancelha.

— Durante a cirurgia você teve duas paradas cardiorrespiratórias. Na segunda, foi bastante difícil trazê-la de volta, chegamos a pensar que a perderíamos. Se o general não tivesse falado que estava envenenada, com toda a certeza você teria morrido.

Ele tinha pesar em seus olhos.

— Que veneno era esse? Eu não ingeri nada.

Tentei me lembrar de algo estranho.

— Você inalou algo que continha esse veneno. Tivemos que tirar um pedaço necrosado do seu estômago, por isso esse corte — ele falou apontando para onde eu sentia dor.

— E o fato de ser no mesmo local por onde o traidor sugou meu sangue foi pura coincidência?

— Sim. Enviamos o que cortamos para que fosse feita a biopsia, assim poderemos descobrir que veneno é — ele explicou com uma expressão tão confusa quanto a minha.

— Como não morri antes? Já que o veneno estava em meu corpo há algum tempo.

— Por conta do seu sangue. Você tem o mesmo de sua mãe. O sangue real lutou esse tempo todo contra o veneno. No entanto, seu sangue é mais fraco do que o dela. Se isso tivesse acontecido com a rainha Luz, ela nunca saberia, pois seu sangue o venceria. Com você foi diferente, era como se ele precisasse de nutrientes para chegar ao nível de sua mãe — explicou pacientemente.

Forçava meu cérebro na tentativa de me lembrar de algum momento em que inalara algo, em vão.

— Filha! — exclamou Luz, vindo em minha direção e me abraçando.

— Oi, mãe.

Eu estava envenenada esse tempo todo? O que faria isso comigo? Quem faria isso?

Minha mente estava cheia de perguntas sem respostas. Se eu não morrera... existia alguma razão.

— Filha, você sabe que o tempo aqui é diferente do seu mundo. As aulas da faculdade estão para começar, então terá que conciliar seus estudos com o treinamento. Saiba que você terá amigos ao seu lado, que a ajudarão em todo o processo.

Escutei com atenção e assenti, dando um sorriso fechado suave.

"Acha que terei minha voz de volta?", escrevi. Não estava mais aguentando sussurrar.

— Se quiser muito, sim. — Ela acariciou meu cabelo. — Você voltará agora. Assim que estiver em seu mundo, lembre-se de tudo o que aprendeu e coloque em prática. Não deixe ninguém a diminuir. Não derrame lágrimas por aqueles que não as merecem. Não chore por alguém que nunca gostou do seu sorriso. Caminhe olhando para a frente, e não para baixo, senão sua coroa pode cair, minha filha. Você é a princesa do reino mais poderoso: o Reino da Luz. Não queira fazer justiça com as próprias mãos, pois ainda não chegou a hora.

Logo em seguida, aproximou-se e beijou minha testa.

O enfermeiro disse, interrompendo o momento:

— Você já pode ir para casa. Aqui estão os medicamentos que terá que tomar.

Ele me entregou dois frascos com comprimidos.

— Vá em paz, minha filha — ela disse e me abraçou apertado. — Eu a amo muito, nunca se esqueça disso.

— Eu também amo você, mãe — cochichei.

De tudo o que acontecera na simulação, algumas coisas ainda não faziam sentido. Como o pai de Benjamin. Como conseguira ver seu rosto sendo que nunca o conhecera?

Saí já pronta para voltar ao meu mundo, porém queria ver algo antes: minha árvore.

Estava a caminho quando me deparei com Benjamin. Eu não queria vê-lo, estava com medo por conta do que vira na simulação.

— Oi. Você assistiu à simulação? — sussurrei sem encará-lo.

— Sim. Eu tinha razão sobre meu pai — ele falou com tristeza em seu olhar.

Eu não queria que ele tivesse visto, mas claro que veria, afinal era nada mais e nada menos do que o general.

"Aquele era mesmo seu pai?", escrevi.

— Sim. É como se ele nunca tivesse envelhecido, como se meu pai tivesse ido para lá assim que morreu no incêndio.

"Como que eu consegui vê-lo, sendo que nunca tinha visto seu rosto e muito menos o conhecido?", escrevi devagar, pensando em cada palavra.

— Algumas coisas não têm explicação. Eu não sei, acho que sua simulação não foi apenas isso. Foi quase como um alerta — ele falou, pensativo, encarando-me.

"Alerta"?. O traidor estava mesmo atrás de meu sangue. Ele queria me enfraquecer, matando e sequestrando as pessoas que amava para ver se eu caía em suas armadilhas.

— Sei que você está meio distante por conta do que viu em relação a mim. Fique tranquila, isso nunca acontecerá. Já disse que meu coração é *seu*, e de mais ninguém. Meus olhos só conseguem focar em você — Benjamin disse analisando-me com aqueles doces olhos.

"Eu sei que você não faria isso, porém ainda sinto que... tem algo me bloqueando, como se estivesse amarrada em algo", escrevi e mostrei para ele sem olhar para seu rosto.

— Isso tem a ver com o veneno — ele disparou.

— Como assim? — perguntei em um murmuro.

— As partículas do veneno ainda estão rodando pelas suas veias. Ele não a matará, só que fará com que você seja impedida de ter um relacionamento com outra pessoa, porque... Eu li os resultados da análise do veneno, e... veio de flores do Reino das Trevas. O veneno é como se fosse um bloqueio que causa medo, e, se não fosse por aquela cirurgia, você agora estaria morta — Benjamin disse olhando para a frente.

Fiquei perplexa.

Não pode ser. A única vez que senti o cheiro de flores foi quando Kyle me deu o buquê em nosso primeiro encontro. Ele é seguidor do traidor?

Benjamin pegou minhas mãos e disse, olhando em meus olhos:

— Esperarei por você, até o meu último segundo de vida.

Ele deu um sorriso que confirmava suas palavras.

Olhei profundamente em seus olhos e percebi que ele falava sério. Meus sentimentos por ele eram tão profundos e intensos que ficava me perguntando: desde quando?

Como me livraria por completo do veneno? Não fazia a mínima ideia, porém teria que dar um basta de uma vez por todas; ansiava por chamá-lo de meu.

— Você estava indo ver sua árvore? — perguntou. Assenti. — Quer companhia?

Cerrei os olhos, rindo da forma como falara, e o puxei pelo braço, como se respondesse um "Com certeza quero".

Chegando perto de minha árvore, fui tomada por uma tristeza que me deixou abatida. Sentei-me em sua enorme raiz e olhei para ela. *Perdão por isso, eu deveria ter me esforçado mais. Não sabia o tamanho do seu valor para mim até que a perdi.*

Olhei para os galhos com atenção e percebi que...

— Tem uma pequena folha verde ali! — soltei em um sussurro empolgado.

— Onde? — Benjamin perguntou, procurando.

— Ali em cima — cochichei e apontei o dedo para o galho.

Um arrepio de felicidade cobriu todo o meu ser e um sorriso iluminado se formou em minha boca.

— Acabei de ver! — Ao falar isso, Benjamin me deu um abraço forte, daqueles bem animados.

Observei aquela folhinha nos mínimos detalhes e percebi que sempre existia uma luz no fim do túnel. *Sempre* havia esperança.

"Preciso ir. Agora estou mais animada para voltar. Você não vem?", escrevi, acelerada.

— Vou — ele respondeu.

— Então vamos — cochichei fazendo gestos com a mão, chamando-o.

Ele abaixou a cabeça, deu uma risadinha e disse:

— As nossas portas são opostas. A minha é para cá e a sua, para lá. A não ser que você já queira me apresentar para sua família...

Um sorriso de canto surgiu em seus lábios.

Queria.

Sem perceber, estava rindo como se alguém tivesse contado alguma piada.

Ele me encarou e pergunta, rindo:

— O que foi? Geralmente amigos conhecem os pais uns dos outros.

Cheguei perto de seu ouvido e sussurrei:

— É verdade, mas, quando apresentar você, não será como amigo.

Benjamin me olhou com um sorriso sem graça, como se não esperasse por aquilo.

— Esperarei ansioso por esse dia — ele falou olhando em meus olhos.

Dei tchau com as mãos e segui em direção à minha porta.

Assim que saí do outro lado, senti algo pesado no ar. Estava diferente desde a última vez.

Consegui escutar as risadas de minha família de longe. Desci rápido, sem fazer barulho, para lhes fazer uma surpresa.

— *Tcharam!* — sussurrei.

Todos olham em minha direção, felizes por me ver, entretanto com expressões confusas. Arregalei os olhos. Havia me esquecido de que tinha perdido a voz. *E agora? Como vou contar a eles tudo pelo que passei e que não consigo mais falar e muito menos cantar?*

49

Minhas aulas começavam no dia seguinte.

Se estava empolgada? Nem um pouco.

Contei para a minha família como havia perdido a voz, a história da minha árvore, porém escondi o fato de eu ter quase morrido. Minha mãe surtaria. Eles apenas me abraçaram e disseram que sentiam muito.

Mamãe me levou ao médico para que ele pudesse emitir um laudo dizendo que estava com problemas vocais, de modo que eu não precisasse entregar trabalhos que dependessem da minha voz. O médico fez todos os tipos de exame imagináveis, entretanto não encontrou nada. "Você não tem nada em suas pregas vocais. Talvez seja por um motivo emocional. Daqui a alguns dias, sua voz volta", foi o que ele disse; ainda assim, escreveu o laudo.

Não estava pronta para ver Kyle novamente. Ele podia ter sumido, né?

Eu não pegava em meu celular desde o começo das férias. Tinha até me esquecido dele, pois no Lugar Secreto não encontrava sinal e porque não fazia falta também.

Coloquei meu celular para carregar e aproveitei para ver as últimas notícias e mensagens.

A primeira coisa que vi foram as mensagens, e eram de Kyle.

Kyle:

Oi, você está aí?

Nem sei se vai me responder, porém quero que saiba que eu a amei de verdade. Confesso que errei e muito, mas quero lhe pedir perdão por todos os meus erros, feitos e defeitos.

Oi, de novo. Desculpe incomodar, mas queria alguém para conversar. Estou me sentindo fraco, como se a qualquer momento eu pudesse cair. Não consigo mais sorrir, parece que está faltando algo em meu corpo, como se alguém tivesse arrancado. Não tenho com quem contar, meus pais não ligam para mim, só querem saber de dinheiro. Assim que puder, e se quiser, me ligue.

Você deve estar bem ocupada, pois não respondeu minhas mensagens. Bom... Estou me sentindo cada vez mais no fundo do poço. Já fazem cinco dias que não consigo comer, apenas fico deitado em minha cama, esperando que alguma hora eu volte ao normal. A cada palavra eu fico mais cansado, como se tivesse uma quantidade máxima de palavras que posso usar e que por acaso estão acabando. Sinto... uma sensação de que posso morrer a qualquer momento, sabe?

Essas mensagens partiram meu coração. Havia mais uma, a última que ele me mandara.

Kyle:

Sou eu de novo. Hoje eu quase fiz besteira. Vi uma faca e fiquei a observando. Parecia que estava me chamando, ansiosa para tomar de meu sangue. Quando ia pegá-la veio em minha mente seu sorriso. As lembranças da sua alegria me deram forças. Eu espero, do fundo do meu coração, que algum dia você possa me perdoar. Não sei como será o futuro, contudo espero que seja feliz sem mim.

Eu não queria responder, mas parecia que ele precisava de ajuda.

Lyra:

Oi, está aí?

Enquanto esperava uma resposta, fui até a página da universidade para me atualizar.

"Vocês viram que Kyle está com depressão?", um cara escreveu.

"Vi. Todos sabem o porquê de ele estar assim", uma menina muito bonita respondeu.

"Por quê?", muitas pessoas perguntaram.

"Pelo término com Lyra. Ele não era assim antes. Coitado. Fiquei sabendo que, na verdade, foi ela quem terminou, e foi de forma rude."

"Tudo culpa dela. Aquela ridícula."

"É verdade, a culpa é dela."

Fiquei perplexa. Era isso que achavam, que eu era o motivo da depressão dele?

Vi a notificação de Kyle e cliquei na mensagem.

Kyle:

Oi, agora estou bem. Não se preocupe.

Após isso ele não falou mais nada. *Será que ele está mesmo com depressão?*

Não insisti na troca de mensagens e resolvi conversar com Benjamin, porém ele acabou mandando mensagem primeiro.

Benjamin:
Oi, minha princesa!

Lyra:
Oi, como você está? Já ia mandar mensagem.

Benjamin:
Eu sei, por isso preferi mandar antes. HAHA!

Lyra:
Engraçadinho. Vai para a faculdade amanhã?

Benjamin:
Claro, como ia perder a oportunidade de vê-la?

Lyra:
Você não vive sem mim, né? Tinha esquecido.

Benjamin:
Não mesmo. Tenho uma novidade,
só que não sei se você vai gostar.

Lyra:
Fale. Conte. O que é?

Benjamin:
Acho que vou deixar você ver amanhã.

Lyra:
Conte logo. Eu ordeno!

Benjamin:
Isso é abuso de poder. Você sabe, certo?!

Lyra:
Mas eu sou a princesa. Quem vai tirar essa autoridade?

Benjamin:
Eu que não me atrevo. Amanhã eu conto. Vou dormir mais cedo para amanhã. Boa noite, minha princesa.

Lyra:
Boa noite, meu general.

Programei meu celular para despertar e o deixei em cima da escrivaninha.

Troquei de roupa, colocando um pijama bem confortável, e desci para conversar com minhas irmãs um pouco, já que Lysa voltaria para Ymouv em dois dias.

— Filha, você conheceu o general? — mamãe perguntou.

— Sim — sussurrei, rindo.

Ô, se conheci. Muitíssimo bem, por sinal.

— Por que riu? Ele é bonito? — ela perguntou, gargalhando.

— Mamãe, existem boatos de que ele é velho — cochichei.

Esses boatos existiam mesmo, então não estava mentindo.

— Ah, poxa. Se ele fosse novo, tipo da sua idade ou um pouquinho mais velho, você podia dar uma investida — ela disse, dando uma piscadela.

— Lyra, tem alguém bonito lá no Lugar Secreto para elas? — Louyse disse apontando o dedo para Lenah e Lysa.

— Não sei, nunca reparei.

Eu de fato não sabia. Estava ocupada demais para reparar em outros rapazes, se é que me entende.

— Sai! E se eu já tiver encontrado alguém na minha faculdade? — Lysa disse olhando com cara de deboche para Louyse.

— E você encontrou? — Lenah perguntou, rindo.

— Não! — Lysa falou fingindo um choro.

— Vamos ter que ficar um tempo lá para ver se elas acham alguém — Louyse disse levantando as sobrancelhas e arregalando os olhos.

“Por que está querendo tanto arrumar alguém para elas?”, escrevi.

— Porque não quero deixá-las para trás. É esquisito a irmã mais nova namorar ant... — Louyse parou de falar e correu para a cozinha.

— Louyse, volte já aqui! Que história é essa? — Lenah e Lysa gritaram juntas.

— Não é nada. Esqueçam isso — ela gritou de volta.

— Ela está apaixonada — mamãe sussurrou.

Lenah fez um sinal de faca entrando no coração e disse, fazendo drama:

— Não! Nossa irmãzinha cresceu.

Eu não fico para trás.

— E você, Lyra? Alguém à vista? — papai perguntou.

— Talvez — sussurrei.

Papai arregalou os olhos de surpresa.

— É o quê? Quem é?

— Eu não confirmei nada — cochichei, tentando fazer mistério.

— Quem é o rapaz? Vamos. Conte tudo — mamãe falou, dando um cutucão em meu braço.

“Um dia eu apresento a vocês”, escrevi bem grande e mostrei para eles como se fosse uma placa.

— Então quer dizer que tem? — Louyse gritou, empolgada.

— A gente conhece? — Lysa perguntou.

— Talvez sim, talvez não. Agora chega de perguntas — murmurei, fingindo estar ficando brava.

Fui até a cozinha quando, de repente, fiquei tonta e enjoada.

— Você está bem? — Lysa pergunta.

— Sim. Vou ao banheiro do quarto — menti.

Corri até o banheiro, sentando-me no chão. Acabei vomitando. Olhei para a sujeira e notei que era o meu organismo expulsando o veneno, que saiu como uma fumaça negra.

— Meu sangue venceu! Não tenho mais o veneno em meu corpo — comemorei.

O que vou fazer com isso?

Só consegui pensar em Benjamin, então resolvi mandar uma mensagem para ele.

Lyra:
Oi. Não tenho mais o veneno em meu corpo.
O que eu faço com o que eliminei? Se é que me entende.

Benjamin:
Não inale isso e não encoste. Eu coloquei um pequeno frasco com algumas gotas do sangue da rainha Luz no bolso do seu casaco, foi ordem dela. Despeje essas gotas em cima e pronto. O sangue vai transformar o veneno em água pura, não tendo risco.

Lyra:
Obrigada. Irei fazer isso agora mesmo.

Benjamin:
Vou até dormir melhor com essa notícia.
Que dia posso ir à sua casa conversar com seus pais?

Lyra:
Antes você tem que me surpreender.

Benjamin:
Combinado!

Lyra:
Até amanhã.

Benjamin:
Até, minha princesa.

Estava quase dormindo quando minha mãe entrou no quarto.

— Filha... — começou, desnorteada. Mamãe estava pálida, como se tivesse visto algo assustador, e com uma expressão séria. O momento de espera foi o mais agoniante de todos. — Olhe... Olhe os noticiários.

Liguei a televisão, e no primeiro canal já consegui ver o que era. Levei as mãos à boca.

Não. Não pode ser.

Aumentei o volume da televisão para ter certeza.

— Filho do empresário Jack Clerck foi encontrado morto em sua residência. Kyle Clerck, de apenas vinte e dois anos, cometeu suicídio na noite deste domingo. A polícia foi até sua casa após ele fazer uma ligação. Detalhes sobre a conversa não foram revelados. Os militares disseram que ele parecia estar alucinando ao telefone. Ainda não tivemos detalhes de como estava quando os policiais chegaram nem de como foi sua morte. A única informação que temos é que foi suicídio. Jack Clerck e sua esposa estão bem fragilizados com isso e não aceitaram dar uma entrevista — a jornalista falou.

— Isso é mesmo verdade? Não. Não pode ser. Certeza que devem ter confundido. Ele disse que estava bem — sussurrei em meio às lágrimas que surgiam em meus olhos.

Senti um peso se colocar sobre meus ombros e em minha consciência por ter falado que ele poderia sumir. Não era nesse sentido. A língua pode ser bendita, mas, em meu caso, ela fora maldita.

De forma inusitada, meu celular começou a tocar muito, porém não era toque de ligação, e sim de mensagens.

Isso é tudo culpa sua!

Sua cretina, olhe o que você fez!

Qual vai ser sua próxima vítima?
Vai matar seu próximo namorado também?

Você deve morrer por isso!

Lyra Lahyers, você irá pagar pelo suicídio de Kyle!

Comecei a me sentir minúscula, tomada pelas lágrimas.

— Mamãe... eles acham que... que fui eu. Que eu causei isso. A senhora acha que foi? — choraminguei em seu colo.

— Fique tranquila, minha filha. Isso vai passar. Eu sei que nada disso é culpa sua — mamãe falou passando as mãos em meus cabelos.

— Acha que eu devo ir ao enterro?

— Acho que sim, filha. Mas vá apenas se estiver preparada. Se for para se sentir mal, não vá — aconselhou.

Antes de sair do quarto, mamãe me cobriu, beijou minha testa e me desejou boa-noite.

Não consegui dormir. Fiquei deitada com os olhos fixos no teto escurecido, remoendo os últimos acontecimentos. Só voltei a mim quando a tela do celular acendeu com uma mensagem... do traidor.

Anônimo:
Está vendo o que você fez? Pobre Kyle... ele a amava e você pisou nele. Precisava daquilo? Nem vou mais ter que fazer o sacrifício de lhe matar. Os pais dele, seus amigos e queridos colegas já farão esse favor para mim. Que você tenha a pior noite de todas, princesa.

50

O dia já clareava do outro lado da janela em meio à chuva e à névoa que cobriam a cidade. A mensagem me mantivera acordada pelas últimas horas, atormentando-me. Li mais uma vez.

Estava tudo tão esquisito... Minha mente trabalhava tanto quanto um oceano furioso. Meu coração dizia uma coisa, e minha cabeça, outra. Para o meu ferido coração, eu não era a culpada, contudo, para a minha cabeça sangrenta, eu era a responsável por tudo isso. Como iria desembolar os nós que eu mesma tinha atado?

Eram emoções o suficiente para uma vida inteira. A culpa, entretanto, era a que mais se sobressaía. Eu não sabia o que fazer nem como fazer, estava dividida.

Escutei o toque de mensagens de meu celular. Dessa vez era Benjamin.

Benjamin:
Eu vi os noticiários. Sinto muito.

Lyra:
Você também acha que foi culpa minha?

Benjamin:
Claro que não. Você não teve nada a ver com isso.
Quer que eu vá para aí?

Lyra:
Você deve ser um dos únicos a achar que sou inocente.
Não precisa, não quero que você também seja alvo
de tanta violência, ódio, rancor e humilhação.

Mandei a mensagem e desliguei o celular.

Eram 9h. Estava sentada no chão, ao lado de minha cama, abraçando os joelhos, quando mamãe entrou.

— Filha. Como está? — Olhei para ela com olhos inchados de tanto chorar e abaixei a cabeça. — Sei que não quer ver ninguém, só que tem uma pessoa que insiste em ficar ao seu lado — ela disse, abrindo a porta do quarto.

Quem é o louco que quer ficar com uma pessoa horrível como eu?

Escutei passos e ergui o olhar. Benjamin. Ele se sentou ao meu lado, ofereceu um lencinho, pegou minha cabeça e a apoiou em seu ombro.

— Quando falei que passaríamos por tudo juntos, eu quis dizer *tudo* mesmo. Estarei ao seu lado em todos os momentos, sejam tristes ou felizes — cochichou.

As lágrimas saíam naturalmente, e, sem perceber, a manga da camiseta de Benjamin estava toda molhada. Levantei-me em silêncio e fui ao banheiro.

Olhei-me no espelho e vi, tão claro quanto o dia, a culpa estampada ali; não no meu reflexo, mas no rosto inchado. Minha cabeça doía e me sentia muito fraca.

Em minha mente passava apenas uma pergunta: a morte dele ter acontecido no mesmo dia em que expelira o veneno foi mera coincidência?

Prendi o cabelo em um rabo de cavalo e saí do banheiro.

Andar parecia exigir tudo de mim. Minhas pernas estavam pesadas, como se meus ossos fossem feitos de chumbo. Talvez esse fosse o peso de ser responsável por um crime.

Voltei a me sentar no chão.

Benjamin se virou e me envolveu em seus braços em um abraço intenso e apertado.

— Vai ficar tudo bem, minha princesa — sussurrou em meus ouvidos enquanto esfregava as mãos acolhedoras em minhas costas.

— Eu vou ao funeral de Kyle, porém não quero que vá comigo. Não quero fazer com que os outros transformem você em... um alvo.

Ele me envolveu mais em seus braços.

— Eu ficarei ao seu lado. Nada poderá destruir isso.

— Você tem certeza disso? — cochichei em meio às lágrimas secas.

Ele colocou as mãos em meu rosto.

— Estarei pronto para o que der e vier.

Após alguns minutos em silêncio, pedi licença para Benjamin, que saiu do quarto.

Fui até o guarda-roupa e peguei um vestido tubinho midi preto e um chapéu da mesma cor. Desci pronta para ir. Apenas a mamãe estava acordada e fazia companhia para Benjamin na sala.

— Fique tranquila, eu a levo e a trago de volta em segurança. Mandarei a nossa localização em tempo real para a senhora ficar mais despreocupada — ele falou para minha mãe.

— Tudo bem. Que bom que me entende — ela disse em um sincero sorriso.

— Serei assim quando tiver meus filhos também — Benjamin falou, um sorriso em seus olhos.

— Qualquer coisa, me mande mensagem, filha.

Assenti.

Benjamin abriu a porta do carro para eu entrar e assim nós fomos. Percorremos o caminho todo em silêncio, apenas admirando a chuva e a neblina.

O dia estava todo ao contrário; o dia parecia mais noite, e eu, uma criminosa, levada para o funeral de um crime que eu mesma cometera.

— Você está pronta? — ele perguntou segurando minha mão.

— Sim — menti.

Ele desceu do carro, abriu a porta para mim e pegou um guarda-chuva, segurando-o acima de nossas cabeças.

Ao passarmos pela multidão, eu conseguia escutar os burburinhos em nossa direção.

— É muito sem-noção mesmo. E aquele lá é quem? Seu guarda-costas ou sua próxima vítima?

Conseguimos ultrapassar o amontoado de pessoas intactos fisicamente, pois meu emocional já estava arruinado com os comentários que escutava. Chegando lá, o caixão já estava fechado, sendo coberto com terra.

Esperamos o infindável momento em que as pessoas demonstravam seus sentimentos ao colocar as flores em cima do túmulo.

Com uma paciência que eu não sabia de onde vinha, aguardamos todos terminarem suas homenagens, para então colocar a flor branca que havia comprado. Porém, uma mulher um pouco mais velha do que eu disse:

— Ele não merece essa flor venenosa. Leve-a consigo, senão vai fazer com que todas as rosas morram, assim como você fez com Kyle.

— Tome cuidado com as suas palavras, você não sabe de nada — Benjamin disse tentando me defender.

Ouvi a ironia escondida em sua escolha de palavras — flor venenosa. Mal sabia que fora ele quem tinha me envenenando com um buquê.

A mulher arrancou a rosa de minha mão, jogou-a no chão e pisou nela. Uma menina brava, de uns catorze anos, disse:

— Ei, a rosa não tem nada a ver com isso. Você a matou! E para você ter noção, essa pobre moça não é a culpada pela morte de Kyle. Virou juíza? Que eu saiba, nem faculdade você fez. Quando tiver provas, pode julgá-la. Caso contrário, não, sua hipócrita. Até ontem você mesma queria matar Kyle para ser a herdeira da empresa de seu pai.

A mulher se espantou e saiu, apressada.

— Quem é você? — Benjamin perguntou.

— Oi! Desculpem. Não queria ser intrometida. Me chamo Kiara. Ao seu dispor, princesa. — Ao falar isso, fez uma reverência discreta.

Forcei um sorriso. Não me sentia à vontade em meio àquelas pessoas.

— Como sabia tanta coisa sobre aquela mulher? — Benjamin perguntou, curioso.

— Bom, digamos que... eu consigo sentir quando uma pessoa é má e tenho o poder de visualizar seu passado. E, acredite, o daquele mulher é assombroso — ela disse, arregalando seus olhos, abaixando-os. Kiara tinha cabelo branco como a neve, ondulados na altura do ombro, e sua pele era corada, como se pegasse bastante sol. Possuía olhos cinzentos e volumosos lábios rosados. — Bom... Foi um prazer defender a princesa do Reino da Luz. Nos vemos — ela disse com um meigo sorriso e saiu.

Encarei Benjamin e percebi que ele queria ir embora tanto quanto eu.

Assim que entramos no carro, Benjamin disse:

— Vou levar você para casa, só que antes você precisa comer algo. Vamos para uma cafeteria, tudo bem?

Assenti com um sorriso.

O caminho foi curto. A cafeteria era linda, do jeitinho que eu gostava, bem romântica. Havia flores por todos os lados, letterings na parede, lustres fofos, que eram de tirar o fôlego, e ainda papéis de parede com listras rosas e brancas.

Olhei o cardápio e já sabia o que ia pedir.

— O que você vai querer... Não. Já sei — Benjamin disse com um sorrisinho pensativo.

— O quê? — perguntei, curiosa.

Ele vai errar, certeza.

O garçom se aproximou e perguntou o que iríamos querer.

— Bom dia. Hum... Eu quero uma torta de cookie com brownie e creme de avelã, e um frappé de chocolate. E minha princesa vai querer um bolo de laranja com recheio de doce de leite, e de bebida... um chocolate quente, por favor — Benjamin falou, orgulhoso, como se tivesse acertado; e acertara mesmo. Estava boquiaberta. Como? — Está impressionada com minhas habilidades? Eu a conheço, minha princesa. — Ele estava todo cheio de si. Comecei a rir, ele era fofo convencido. — O que foi?

— Você fica uma gracinha assim — sussurrei olhando em seus olhos.

Percebi que coramos juntos.

— Quando vai me assumir como seu namorado? — Benjamin perguntou olhando-me com aqueles olhos galanteadores.

Aproximei-me dele e cochichei:

— Está achando que é assim? Você ainda nem pediu.

— Eu sei onde você mora. Posso chegar lá a qualquer momento para conversar com seus pais.

Ele gargalhou. "Mas para isso precisa de um pedido primeiro. Só que não o faça agora. Preciso fazer uma coisa antes", escrevi no guardanapo com a caneta que estava em meu bolso.

— Eu também preciso fazer algo antes.

Será que é a mesma coisa? Acho que não.

— A gente não pensou em uma coisa — cochichei.

— O quê? — Peguei sua mão e escrevi em sua palma: "A lei do exército".
— Você não consegue acabar com isso? — ele perguntou, esperançoso.

— Acho que sim. Talvez.

O garçom chegou com nossos pedidos, e não demoramos a começar a comer.

Benjamin parou de repente.

— Você se lembra daquela vez que chegou atrasada e o professor não a deixou fazer a prova?

Balancei a cabeça concordando.

— Então... fui eu. A pessoa que mandou a resposta de uma questão para você também fui eu — admitiu.

— Sério? — Eu estava surpresa.

— Sim. Eu estava ao seu lado nos mínimos detalhes, mesmo que você não percebesse.

— Tem mais algo que eu não sei? — perguntei rindo.

— Por ora... não.

Ele sorriu com as bochechas. Eu já estava sorrindo de novo. Benjamin conseguia arrancar meus mais sinceros sorrisos e gargalhadas.

Comecei a sorrir como uma criança ganhando presente.

Como isso foi acontecer? A pessoa que eu achava que era louca não é. Eu sou louca, confesso, só que por ele.

— O que se passa nessa cabeça, hein? — ele perguntou, desconfiado.

— Nada.

— Cadê Erik nestes momentos? — Benjamin brincou. Erik. Tinha me esquecido da revelação que ele fizera em meu lugar. Onde iria colocar minha cara agora? Como fugiria desse acontecimento vergonhoso? — Falando nele... Desculpe por ele ter invadido... — Ele pigarreou. — Bom... por ele ter invadido seus pensamentos.

— Ele não estava mentindo — escapou.

Surtei: *qual é o seu problema, Lyra?*

Percebi que ele ficou sem graça e começou a rir de nervoso.

— E olha que ele nem falou o que eu estava pensando. Na verdade, somos tão conectados que estávamos pensando a mesma coisa, minha princesa. — Dessa vez, ele falou olhando para o cardápio.

Não aguentei segurar o riso nem a língua.

— Está tão nervoso que vai pedir água?

— Como não ficar nervoso? Imagine quando eu for a pedir em...

Escutei um bipe, um bem diferente.

— General, na escuta? A rainha ordenou que todos se reúnam. E se o senhor topar com a princesa, diga que ela está inclusa nessa.

— Vamos? Ordens da rainha — Benjamin disse, um pouco tenso.

— Vamos.

Benjamin me deixou em casa antes de seguir para a própria. Eu ofereci minha porta, no entanto ele ainda precisava vestir seu uniforme. Sem contar que seria estranho se nos vissem juntos desse jeito.

— Oi, mamãe.

Dei-lhe um abraço.

— Vejo que está melhor. Fico feliz, filha. A companhia que causou isso? — Comecei a rir. — Já vi que sim. Não precisa responder.

"Tenho que ir. Mãe Luz convocou todos. Não me espere para o almoço", escrevi em minha caderneta.

Troquei de roupa e coloquei um vestido jeans e tênis brancos. Qualquer coisa, poderia me trocar lá.

O que quer que fosse, só podia ser urgente. Caso contrário, por que convocaria todos, inclusive o exército?

51

Já estavam todos reunidos no pátio do palácio. Em um movimento gracioso, a rainha Luz começou a falar:

— Olá a todos. Quero chamar minha filha, Lyra, para se juntar a mim.

Droga! Eu nem estou arrumada.

Subi sem graça e sussurrei em seu ouvido:

— Mãe, olhe meu estado. Estou destrambelhada demais para estar aqui em cima com a senhora.

— Você é perfeita como está. Eu a amo do jeitinho que é. Você não precisa estar de coroa ou com vestidos luxuosos para ser a princesa — ela disse com um estonteante brilho em seus olhos. Coloquei um sorriso no rosto. — Agora, sim, podemos prosseguir. Em breve, acontecerá uma batalha entre o Reino da Luz e o Reino das Trevas, por isso se preparem. Fiquem atentos às instruções: primeiro terão que estar vigilantes às minhas palavras. Vocês deverão se alimentar de um fruto que darei a vocês. Alguns alimentos estão banidos durante o processo de preparação. Cada um usará seu dom como arma e ainda terá que ler o livro de orientações que darei a vocês. Para a batalha é necessário usarem roupas apropriadas, e em breve tiraremos as medidas. Vocês, integrantes ou não do exército, irão guerrear e quem irá liderá-los é minha filha, a princesa Lyra. Eu a iluminarei e ela os iluminará. Fiquem em alerta, porque não sabemos nem o dia nem a hora que a batalha acontecerá, permaneçam firmes e estejam preparados, pois ela pode ocorrer a qualquer momento. A partir de agora, comecem a treinar e dediquem-se ao máximo. Estão liberados. Ao trabalho.

E agora? Eu ainda não descobri meu dom.

Estava desanimada, contudo iria persistir, pois quem caça o ouro com muita luta e suor o acha.

Após todos irem arrumar um lugar para treinar, cutuquei minha mãe.

— Mãe, preciso conversar sobre algo muito importante, só que é bem particular — cochichei olhando para os lados, certificando-me de que ninguém estava escutando.

— Claro, vamos para meu escritório.

Seu escritório era imenso, cheio de livros de diversas espessuras, listas enormes e várias canetas de ouro.

— Quais histórias esses livros contam? — perguntei.

Ela me olhou com um olhar terno.

— Esses não são nem a metade. Cada morador e ser pertencente ao Reino da Luz tem um livro. Neles são contadas suas histórias, seus sonhos, seus medos, suas vontades, vitórias, derrotas e tudo o que eu gostaria de fazer por aquela pessoa.

— Posso ler? — perguntei, animada.

— Você não entenderia. São difíceis de compreender. Sem contar que são confidenciais — Luz disse com uma risada.

Abaixei os olhos, mas enfim... Era a vida. Nem sempre escutaria um "sim".

— O que quer conversar comigo? — ela perguntou, parecendo empolgada.

— Bom... Não sei como falar isso. Eu... quero namorar Benjamin — falei rapidamente. — Quero saber se...

— Sim! É ele. Benjamin é a pessoa certa para você. Você tem minha bênção. Só falta contar para ele — Luz disse com um sorriso que ia de orelha a orelha.

— Ele meio que já sabe. Só tem um problema maior — murmurei, chateada.

— Qual? Que ele é o general e um relacionamento entre vocês é contra a lei do exército? — ela perguntou.

— Exatamen... Espere. A senhora sabe que Benjamin é o general?

— Claro. Ninguém esconde nada de mim, minha querida. — Ela me deu uma piscadela. — Você é a princesa, pode acabar com essa lei de uma vez por todas. Tem a minha autorização para isso. Agora vá falar com ele. Você voltará a treinar amanhã.

Saí em busca dele, porém não o encontrei. Procurei em todos os lugares em que ele poderia estar, todavia parecia que ele havia sumido.

Voltei para o meu mundo, no qual já era quase meia-noite. Precisava de descanso, só que, antes, mandaria uma mensagem para Benjamin. Como sempre, ele mandou antes.

Benjamin:
Oi, minha princesa.

Lyra:
Olá, meu general.

Benjamin:
Quer sair comigo amanhã à tarde?
OBS: é um encontro.

Gritei. Surtei. Pirei.

Lyra:
Sim! Quero!

Benjamin:
Passo aí às 16h.

Lyra:
A gente tem treinamento.

Benjamin:
Eu conversei com a rainha. Ela nos liberou, mas no dia seguinte teremos que treinar o dobro.

Lyra:
Vai valer a pena. Topo.
Vou descansar, estou cansada.
Até amanhã.

Benjamin:
Até amanhã, minha princesa.
Durma bem.

Apesar de o dia ter sido pesado, a noite estava leve como uma pena.

Abri as janelas para entrar ar fresco. A vontade de cantar era cada vez maior. Sentei-me na ponta da cama e comecei a cantarolar.

O quê? Isso foi... minha voz?

Uma ponta de esperança cresceu.

Fechei os olhos, inspirei profundamente e comecei a cantar. Estava saindo voz de verdade!

Ao cantar, percebi que minha voz mudara: era doce e angelical. Consegui alcançar notas tão agudas que parecia que minhas pregas vocais estavam anestesiadas. Como era possível atingir notas tão altas sem sentir algum desconforto?

Olhei-me no espelho e notei que saía uma nuvem dourada de minha boca, assim como naquele sonho. Encostei os dedos na nuvem e senti um calor tão aconchegante quanto o de minha mãe Luz.

Olhei para minhas mãos e percebi que estavam diferentes. Minhas unhas agora estavam douradas como um raio de sol. Delas, saíam melodias em formatos de fogo, como se eu tivesse... poderes.

Comecei a cantar mais alto, vendo um escudo se formar à minha volta, um que era invencível. Meus olhos, antes verdes, estavam da cor do ouro.

Meu cabelo clareou, ficando idêntico aos cabelos de Luz.

Quando parei de cantar, senti uma força e uma coragem inabaláveis, como todos os montes do mundo. Era como se tivesse me tornado outra pessoa.

— Eu consigo falar. Eu consigo falar! — gritei.

Olhei-me no espelho mais uma vez, e agora, sim, estava parecendo a verdadeira Lyra, a princesa do Reino da Luz, filha da rainha Luz.

52

Acordei animada, já que teria um encontro. Estava gritando por dentro. Porém, antes teria que ir à aula. Peguei uma calça de moletom rosa e uma camiseta branca, e coloquei meus tênis brancos de sempre.

Desci empolgada para contar a novidade a todos.

— Bom dia! — berrei.

— Sua voz voltou! — mamãe e papai falaram juntos.

— Que saudade que eu estava de escutar essa voz irritante — Louyse brincou, rindo.

Ela era assim, mas tinha certeza de que estava feliz pela mana aqui.

— Nunca mais pare de falar — Lenah pediu com uma gargalhada.

— Eu vou para a faculdade andando. Quero cantar com os pássaros — falei com um sorriso imenso.

Saí de casa, inspirando ar fresco. Era tão incrível emitir som. Estava transpirando alegria. Pouco depois, já passando em frente a uma luxuosa mansão, uma mulher de uns quarenta anos me abordou.

— Bom dia! — ela disse.

— Bom dia! — respondi, educada.

— Eu e meu marido andávamos brigando muito, pensamos até em divórcio. — *Por que ela está me contando isso?* Continuei fazendo cara de paisagem, ainda a escutando com atenção. — E aí, quando escutamos você cantar, todo aquele sentimento frio foi se esvaziando e a chama do amor preencheu todas as lacunas de nosso ser, enchendo nossa vida de luz — a mulher continuou, abrindo um largo sorriso, como se não o fizesse havia anos. Lembrei-me do sonho, de quando a flor ganhara vida, e das palavras de Benjamin: minha voz se enchia de luz ao cantar. — Enfim... Eu sabia que era você, pois a vi pela janela da minha casa. Muito obrigada por ter cantado, você salvou meu casamento.

Ela se aproximou e me deu um abraço.

— Ah... — Cocei a cabeça. — Não foi... nada — disse, sem reação.

Não vou mais para a aula, preciso contar para Luz que... finalmente... descobri meu dom.

Cheguei em casa correndo.

— O que foi, filha? Esqueceu algo? — mamãe perguntou.

— Não. Não vou à aula hoje. Preciso contar algo para minha mãe Luz — disse, dando gritinhos de felicidade.

Antes de passar pela porta, mandei uma mensagem para Benjamin.

Lyra:

Hello! Não irei à aula.

Aconteceu algo extraordinário, depois eu conto.

Preciso contar para minha mãe primeiro. Beijos!

Cheguei na sala do trono bem quieta, fingido estar ainda sem voz.

— Oi, filha. Você não tinha aula? — ela perguntou, confusa.

Aproximei-me dela e gritei:

— Minha voz voltou! Não é o máximo?

Luz vibrou comigo, com direito até a dancinha.

— Como a conseguiu de volta? — perguntou.

— Eu só... cantei e tive uma espécie de transformação. Meus olhos ficaram na cor de ouro, meus cabelos ficaram iguais aos seus. Minha voz... Ah, minha voz... ficou perfeita. Mãe, estou pronta.

— Pronta para quê?

— Para liderar o grande exército. Me dedicarei, batalharei e juntas conseguiremos — disse, confiante.

— Assim que se fala. Eu sabia que você descobriria seu dom. Sua voz tem poder de curar e restaurar. E o seu dom real é igual ao meu, você consegue armazenar poder na palma de suas mãos. Ela é uma arma. Você buscou tanto por isso, nada mais justo do que ter encontrado dessa forma belíssima e fenomenal — ela falou, entusiasmada.

— Quando eu era adolescente, eu via a sua luz por aí. Por que não... me chamou naquela época? — perguntei.

— Eu a chamei, minha filha, só que seus ouvidos não estavam sensíveis à minha voz. Você estava preocupada com muitas coisas vãs. — Luz me analisou e disse: — Você canta desde criança, mas só descobriu seu verdadeiro dom quando não quis... bom... mostrar sua voz para apenas ganhar reconhecimento e fama. Se algo é usado de forma correta, aí, sim, tem valor; caso contrário, é como mais um grão de areia, que são tantos que, se eu acrescentar um, não fará a menor diferença.

— Isso me fez lembrar da... minha árvore! Posso ir vê-la? — perguntei.

— Claro, meu bem. Vá.

Corri em direção a ela, como uma pessoa com sede corre até a fonte de água.

— Minha árvore...

Lágrimas surgiram em meus olhos ao vê-la daquele jeito: repleta de folhas verdes.

Era isso. As árvores de fato não precisavam de água e de sol para viver. Elas necessitavam de propósitos. Se uma pessoa usasse seu dom de forma adequada, a árvore era saudável; caso contrário, ela morreria junto daquele dom. Se o propósito estivesse vivo, a árvore também estaria. Como eu estava usando minha voz para outros fins, minha árvore morria.

Estava encantada. Ela era perfeita.

— Você nunca vai morrer, minha preciosa.

Eu a abracei.

O tempo havia passado tão rápido que...

— O encontro!

Saí em disparada, como um carro de Fórmula 1, e em pouco tempo passei pela porta e fui para meu quarto.

— Mãe! — gritei.

— O que foi? — ela gritou de volta.

— Que horas são? — perguntei, já procurando minha roupa.

— Quase quatro horas, por quê?

— Tenho um encontro daqui quinze minutos e eu estou entrando em choque — falei alto, desesperada.

— Já estou indo — mamãe disse.

Ela entrou com a ajuda em seu encalço: minhas irmãs, inclusive Lysa.

— Lysa? O que está fazendo aqui? — perguntei, perdida.

— Pedi transferência para cá e... fui aprovada. Voltaremos a ficar todos bem juntinhos.

— Ah, não acredito!

Dei um abraço bem apertado nela.

— Vamos ao que interessa. Quem é ele? Aquele de ontem? — mamãe perguntou, dando um sorriso de canto.

— Sim, é ele — respondi.

— E quando ele vem conversar com o papai e a mamãe? — Louyse perguntou com uma expressão sapeca.

— Louyse! — gritamos juntas, chamando sua atenção.

— O que foi, gente? É tudo... tão óbvio. Ele é louco pela Lyra. Se não, por que ele viria até aqui para ficar ao lado dela em meio ao seu chororô?

Louyse revirou os olhos.

— Com que roupa eu vou? — perguntei, mudando de assunto.

Enquanto elas escolhiam minha roupa, mandei uma mensagem para Benjamin contando tudo o que acontecera e sobre meu dom. Ele disse que eu havia salvado seu dia e que estava ansioso para escutar minha voz outra vez.

— O que acha desse macaquinho verde de alfaiataria com... essa sandália anabela nude? — Lenah perguntou.

— Acho que vai ficar legal — respondi.

— Você sabe aonde vão, pelo menos? — Lysa perguntou, fazendo uma cara de juíza da moda.

— Na verdade, não. Acho que é surpresa — falei.

— Amo surpresas — mamãe disse, abrindo um sorriso.

— Vá trocar de roupa — Louyse ordenou.

Era engraçado vê-la dando ordens, ficava uma fofura. Ainda assim, obedeci.

— A maquiagem deixe comigo — Lenah disse, já pegando sua enorme maleta de maquiagem.

— E eu faço o penteado! — mamãe disse com vários elásticos de cabelo nas mãos.

Tinha até medo de como isso tudo ia ficar. Mandei outra mensagem para Benjamin para avisar que me atrasaria.

Após vinte minutos, enfim fiquei pronta. Estava de trança embutida e com uma maquiagem bem leve.

Bonita? Não.

Maravilhosa? Também não.

Perfeita? Aí, sim!

Peguei uma bolsa nude de corrente e coloquei alguns pertences dentro dela, como celular, gloss, carregador e muitas outras coisas úteis.

— Sim. Pode mandar subir — mamãe disse ao porteiro.

Benjamin entrou em casa, um pouco envergonhado por ter vários olhares em sua direção. Em suas mãos havia uma caixa.

— Oi — ele começou. — Trouxe isto para você.

Ao abrir, vi que era um grande bolo, e do meu preferido. Comecei a rir.

— Milhões de vezes melhor do que um buquê — eu disse.

— Sabia que ia pensar isso.

Ele deu um sorriso com seus lindos olhos castanhos.

— Assim que voltarem, venha comer o bolo conosco... Benjamin, certo? — mamãe o convidou.

— Isso mesmo. Não negaria um convite para comer bolo.

Ele gargalhou.

— Esse é dos meus — Louyse disse, pensando alto com certeza.

— Quem está aí?

Papai apareceu inesperadamente.

— É Benjamin, o... Você é o que da Lyra, meu bem? — mamãe perguntou.

— Futuro namorado, se me derem a bênção de vocês — ele respondeu de forma tão natural que era como se tivesse ensaiado essa cena muitíssimas vezes.

— E se não dermos nossa bênção? — papai perguntou, levantando uma sobrancelha, tentando dar uma de pai ciumento, não que ele não fosse.

— Aí eu terei que arrumar alguma forma de convencê-los — Benjamin respondeu.

— E se nunca conseguir nos convencer? — papai disse e o encarou, dessa vez juntando as duas sobrancelhas.

— Aí eu terei que morrer sozinho, pois não imagino minha vida sem a filha de vocês — ele respondeu.

— Gostei da atitude desse rapaz — papai falou. — Depois venha para conversarmos.

— Sim, senhor. Com toda certeza virei.

Fiquei de cara com aquilo. O que tinha acabado de acontecer?

— Divirtam-se! — mamãe disse nos expulsando "gentilmente".

Saímos e fomos em direção ao carro de Benjamin, que fez como sempre: abriu a porta para eu entrar.

— Aonde vamos? — perguntei.

— Para o parque.

— *Yes!* Acertaram na roupa.

Só me dei conta de que tinha pensado em voz quando ele riu, com as mãos no volante:

— Você está mesmo muito elegante e perfeita com essa roupa.

— Pensei alto — admiti, sem graça.

— Eu amo isso em você.

— Aquilo que você disse para o meu pai... é sério? — perguntei.

Paramos no semáforo. Ele aproveitou para olhar em meus olhos.

— Cada palavra. Minha vida não tem sentido se não for para amar você.

— Quando percebeu... isso tudo?

— No momento em que coloquei os olhos em você. Mesmo sem saber, meu coração já era seu — ele confessou em um tom doce e romântico. — E você? Quando percebeu isso?

— Isso o quê? Eu não falei nada. — Ri.

— Estava morrendo de saudades de escutar sua bela voz — Benjamin disse com um sorriso em seus lábios.

— Falar é bom demais. Serei para sempre uma tagarela — falei, gargalhando. Chegamos ao parque. Abri o porta-malas para ele, que pegou uma cesta de piquenique. — Tem um lugar perfeito ali, perto do lago.

Saí correndo, para marcar lugar. Forrei o chão com o pano típico de piquenique e Benjamin colocou os quitutes em cima dele.

Deitei-me para ver o céu repleto de desenhos. Ele fez o mesmo.

— Olhe aquela ali. Parece uma baleia.

Ele apontou o dedo para a nuvem.

— Parece mesmo, só que ela está comendo morangos — respondi, rindo.

Senti seus dedos tocarem minha mão com suavidade, até que estavam próximas o bastante de darmos as mãos.

— Assim é bem melhor — Benjamin disse assim que entrelaçamos nossos dedos.

— Concordo — disse, sem graça.

Após alguns minutos olhando para o céu, virei-me e me deparei com seus olhos em mim. Eu estava profundamente apaixonada por ele. Benjamin era o dono do meu coração, que estava acelerado. A cada batida, eu o queria mais perto.

— Naquele dia, por mensagem, eu pedi para me impressionar. A realidade é que você me impressiona todos os dias — confessei, colocando a mão no rosto.

— Você aceita ser minha namorada? E futura esposa? — ele perguntou, tocando em meu cabelo.

— Aceito. Enfrentaremos todos os momentos juntos — disse, ainda olhando para seus olhos.

— Esperei tanto por isso.

Ele sorriu

— E você aceita ser meu namorado? E futuro esposo? — perguntei, rindo.

— Mais do que aceito, minha princesa.

Ele me levantou e deu um beijo em minha testa. Conversamos por muito tempo. Altas gargalhadas e sorrisos, os mais sinceros de todos os tempos.

— Quero comer bolo — falei.

— Vamos? — ele ofereceu.

— Vamos.

Ele abriu a porta de seu carro e assim nós fomos.

— Pronta para conversarmos com seus pais? — ele perguntou.

— Agora? — Fiquei surpresa.

— Sim — ele respondeu, ansioso.

Entramos em casa de mãos dadas. Não sabia o que era o pior: o frio em minha barriga ou a expressão de minha família, enquanto Benjamin estava pleno ao meu lado.

53

Estávamos sentados à mesa: papai na frente de Benjamin, que o encarava profundamente, e mamãe em minha frente, observando-me com uma expressão que parecia dizer "O que deu no seu pai?".

Minhas irmãs tinham ido para seus quartos, mas eu conhecia Louyse – tinha certeza de que ela arrumaria um jeito de escutar nossa conversa e ficar por dentro de tudo.

– Bom... – comecei a falar com a intenção de quebrar aquele silêncio ensurdecedor. – Estamos aqui para...

– Eu sei para quê – papai falou tentando manter a expressão séria.

– Eu quero namorar Lyra com a bênção de vocês – Benjamin falou mantendo a postura firme.

Eu estava suando frio com aquela tensão entre meu pai e ele.

– Você tem certeza disso? – papai perguntou.

– Sim. Se algum dia eu a magoar, tem autorização para me matar – ele falou, sério.

– Como você fala uma coisa sem ter certeza? – mamãe perguntou.

– Eu falo porque sei que isso nunca vai acontecer – Benjamin respondeu olhando em meus olhos.

Papai e mamãe se entreolharam.

– Vocês têm nossa bênção para namorar. Nós apoiamos e concordamos com esse namoro – mamãe falou.

Fácil assim?

— Você, rapaz, me impressionou já com o teste que fiz mais cedo. Percebi que você irá valorizá-la e continuará a amando a cada nascer do sol. Assim que notei como você olha para minha filha, vi que era intenso. Lembrou-me de como olho para Laura — papai disse, olhando para a mamãe, e deu um sorriso. — Benjamin, você passou no teste. Parabéns. Se tivesse vindo com respostas prontas de internet... você iria ver.

Benjamin riu e disse olhando para mim:

— Nem as palavras mais belas e profundas da internet explicariam o que sinto por ela.

Fiquei sem graça. Esse tipo de afeto era constrangedor na frente dos pais.

— Gente! Venham comer bolo — chamei as meninas, que correram em disparada.

— Vou pegar o bolo na geladeira — mamãe disse.

— Deixe que eu ajude a senhora — Benjamin falou.

— Nesse armário tem os pratos e naquela gaveta tem os talheres — mamãe disse apontando os dedos.

Benjamin foi até lá, pegou-os e os distribuiu na mesa.

Vendo aquela cena, consegui nos imaginar perfeitamente como uma família em um almoço de domingo. Já conseguia vê-lo como meu futuro esposo ajudando a futura sogra.

— Você trabalha com o quê? — mamãe perguntou.

— Sou aluno do último ano da faculdade de Música e... — Benjamin olhou para mim e começou a rir. — Além disso... sou o general do exército do Reino da Luz.

— Então foi você quem nos salvou? — Louyse perguntou de boca aberta.

— Sim. Esse é o meu trabalho. Não podia deixar de salvar meus... futuros sogros e cunhadas.

Ele coçou a cabeça e deu um sorriso sem graça.

— Eu sabia que conhecia sua voz de algum lugar. Até comentei com Lenah — mamãe disse, cutucando-a.

— É verdade, ela disse isso mesmo.

Foi feito um eterno interrogatório, todos curiosos. O mais incrível era vê-lo responder tudo com gentileza, graciosidade e um sorriso no rosto.

— Espere, mas o general não tem fama de ser velho? — Lysa perguntou, confusa.

— Sim, é porque meu rosto fica coberto pelo elmo. Ninguém sabe que sou eu. Por falar nisso, por causa da lei do exército, peço que não contem a ninguém por enquanto que eu sou o general — ele respondeu.

— Que lei? — Louyse perguntou.

— No exército, nenhum integrante pode ter um relacionamento com quem é de lá. Entendeu? — perguntei.

— Entendi. Ainda bem que você é a princesa e pode acabar com essa ideia ridícula. Credo. Ainda bem que não sou do exército — Louyse falou de boca cheia.

— Por que diz isso? — perguntei, desconfiada.

De repente, Louyse ficou vermelha como um pimentão.

— Você não entenderia — ela falou de cabeça baixa.

— Claro que entenderia. Quem é? — perguntei levantando as sobrancelhas.

Louyse deu um longo suspiro.

— Ele se chama Isaac, tem dezenove anos e é soldado do exército da Luz — Louyse falou correndo.

— Isaac? Como ele é? — Benjamin perguntou, tentando lembrar.

— Bom... ele tem cerca de 1m81 de altura, cabelo preto e lindos olhinhos puxados.

Na hora me lembrei.

— Eu o conheço. A gente se topou uma vez no palácio. Ele é educado. Mandei-o fazer flexões na brincadeira, e ele achou que era verdade. Tadinho.

Ri ao lembrar.

— Eu o treinei. Ele vai crescer muito lá dentro. É superdedicado — Benjamin falou.

Ao falarmos dele, percebi os olhos de Louyse brilharem, ela gostava mesmo dele. Minha irmãzinha tinha, de fato, crescido.

— Como isso tudo aconteceu? — Lenah perguntou.

— Tudo começou na brincadeira. Depois que fomos sequestrados e fomos para o Lugar Secreto, eu saí para explorar o lugar e o vi treinando com algumas garotas, que hoje são minhas amigas. Cheguei nele e joguei uma cantada, mas juro que foi zoeira. Começamos a conversar, e... me ferrei. Inclusive, Isaac vem aqui em casa semana que vem. Falei e saí correndo — Louyse disse rindo.

— Que gracinha! Amo romances — comentei.

— Nós sabemos, Lyra — minha família falou em coro.

Benjamin olhou para o relógio.

— Eu amei estar com vocês, porém preciso ir — ele disse, já se levantando.

— Foi bom tê-lo conosco — papai disse, dando-lhe um aperto de mão.

— Volte sempre — Mamãe disse e acenou.

Benjamin deu um sorriso tímido.

— Vou acompanhar você — falei, sem graça.

Chacoalhando a cabeça, pensei: *será que... Cancela.*

Entramos no elevador e nos entreolhamos. Agora que estávamos namorando, era tenso olhar para ele.

— Por que está nervosa? — ele perguntou.

— Porque você é meu namorado — falei, olhando para o teto do elevador.

— E isso é ruim? — ele perguntou com um sorriso fechado.

— Não, é só que... namorados... se beijam. E... eu não sei fazer isso — falei, acelerada, com muita vergonha.

Ele tinha que saber para não criar expectativas.

Benjamin riu, abaixou a cabeça e disse:

— Fique tranquila, eu ensino.

Arregalei os olhos e minhas bochechas de repente começaram a queimar. Surtei em meus pensamentos. *É o quê?!*

Ele tocou na minha mão e entrelaçamos os dedos.

Chegamos perto de seu carro, e Benjamin abriu um enorme sorriso.

— Obrigado por fazer meus dias mais alegres. Começamos a namorar hoje, mas você me faz o homem mais sortudo e feliz do mundo desde o dia em que a conheci. — O que iria falar? Estava sem reação, não estava esperando por aquelas palavras. — É cedo demais para falar que eu não apenas gosto, mas que amo você? — Benjamin falou tocando em meus cabelos.

— Não é cedo. Na verdade, eu sinto isso já tem um tempo, e... eu também amo você — falei, colocando as mãos nos bolsos da calça, sorrindo.

Trocamos olhares; intercalei o meu entre seus olhos e sua boca. Quase em câmera lenta, começamos a nos aproximar. Senti o ar faltar e o coração disparar.

Estávamos tão perto que podia sentir sua respiração contra meu rosto.

Benjamin segurou meu rosto entre suas mãos e se aproximou mais, fazendo com que nossos lábios se tocassem com delicadeza. Sua boca era suave como uma seda e doce como uma melodia.

Enquanto nos beijávamos, senti seu coração pulsar com rapidez, na mesma frequência que o meu. Estávamos sincronizados como uma grande orquestra clássica.

Nosso beijo não foi igual aos de filmes, que nos deixam na bad; foi muito melhor, pois foi real. Era um beijo que envolvia sentimentos e era ardente como a chama da paixão. Não foi como aqueles que servem para matar algum desejo, e sim para nos conectarmos, para um dia sermos apenas um.

Precisamos do toque da pessoa que amamos; alguns escolhem não o fazer por meio do beijo, porém o amor não se resume a isso, e sim a companheirismo e decisão. Eu, Lyra Lahyers, escolhi amá-lo a cada dia mais, para o resto de minha vida.

Quando separamos nossos lábios, um enorme sorriso surgiu em nossos rostos.

Benjamin me puxou para um abraço, e sussurrei em seu ouvido:

— Quero você comigo para sempre.

— Ordem obedecida, minha princesa.

Envolvida em seus braços, percebi que meu lugar era com ele — que, lado a lado, enfrentaríamos as barreiras da vida e venceríamos com nossa união. Seu abraço era quente como o sol no verão e acolhedor como uma fogueira no inverno.

Antes de ele ir, ele beijou minha testa.

— Até amanhã, minha princesa, minha namorada.

— Até, meu general, meu namorado — disse acenando e sorrindo com os olhos.

Peguei o elevador e percebi que eu estava diferente, como se as pedras congeladas que restavam em meu coração tivessem acabado de derreter.

Abri a porta de casa e levei um susto ao ver que estavam todos me olhando.

— Eu disse, mamãe. Olha lá a cara dela — Lenah disse rindo, revirando os olhos.

— O que foi? — perguntei, tentando pagar de desentendida, porque eu *sabia* do que ela estava falando.

— Nada — mamãe falou, irônica, gargalhando.

— Eu... vou... — Comecei a rir. — Vou para o meu quarto, hoje o dia foi cheio.

— Cheio? — Louyse deu risadinhas. — Só se for de beijinhos.

Ela fez gestos com as mãos.

— Pare com isso — falei, sem graça. — É... Boa noite! — disse rápido, indo logo para meu quarto.

Olhei para o espelho do banheiro e percebi que minha cara denunciava tudo.

Troquei de roupa, colocando meu pijama, e me deitei de lado na cama.

Antes de dormir, relembrei o nosso beijo e cheguei à conclusão de que o amor era um oceano em que estava disposta a mergulhar.

54

Acordei me sentindo muito bem. Estava pronta para as críticas que surgiriam na faculdade, porém não estava ligando para isso.

Lenah não gostava de dormir sozinha, então Louyse passara a dividir o quarto com ela desde que Lysa voltara. Ela, por sua vez, ocupava a suíte vazia. Eu amava ter o quarto só para mim.

Peguei uma roupa bem confortável, pois, depois da aula, ia para o treinamento.

Ficava com um frio na barriga só de pensar na lei que iria anular. A mudança aconteceria junto com o anúncio de meu namoro com o general. Será que o povo acharia tudo... Sei lá, esquisito? Será que não gostariam da anulação?

Mamãe entrou no meu quarto.

— Bom dia, filha. Por que não chama Benjamin para tomar café conosco?

— É sério? — perguntei, surpresa.

— Claro, por que não?

— Vou mandar mensagem para ele — falei, empolgada.

Lyra:
Bom dia!
Mamãe chamou você para tomar café da manhã aqui.

Benjamin:
Bom dia, minha princesa!
Sério? Já estou saindo.

— Ele já vem — falei.

— Sabe, filha — mamãe começou —, eu gostei dele, de verdade. Vocês formam um lindo casal. Ele é bonito, educado, gentil, trabalhador e já salvou nossas vidas.

Ela riu.

Coloque bonito nisso.

— A senhora acha que é ele? — perguntei, já sabendo da resposta.

— Sim, filha. É ele. Se não fosse, eu e seu pai não estaríamos tão tranquilos nem daríamos nossa bênção, de fato. Ontem, vocês... sabe, né?!

— Se nos beijamos? — perguntei com um brilho bobo nos olhos.

— Sim — ela respondeu.

— Aconteceu, mamãe. Foi tão... apaixonante. Era como se... eu estivesse em um clipe na vida real.

Mamãe riu.

— É tão lindo ver a forma como fala. Será uma honra para nossa família tê-lo.

Ela ofereceu um sorriso meigo.

— Foi tudo acontecendo tão naturalmente e de forma tão inesperada que quando notei... já queria tê-lo ao meu lado para sempre — falei.

Mamãe deu uma gargalhada.

— Eu entendo, já tive essa sensação e hoje me sinto realizada ao lado da pessoa que amo. Bom... vou deixar avisado para o porteiro mandar Benjamin subir assim que chegar.

Após uns dez minutos, ele chegou. Ainda estava em meu quarto, mas consegui escutar a conversa.

— Bom dia, Sr. e Sra. Lahyers.

— Bom dia, meu caro — papai respondeu.

— Bom dia — mamãe falou.

— Querem alguma ajuda? — ele ofereceu.

— Não precisa, sente aqui. Lyra já vem — mamãe respondeu.

— Olá! — Louyse falou. — Se está assim agora, imagine no casamento! Se acostume.

Escutei sua risada, contagiante como sempre.

Como vou cumprimentá-lo agora que somos namorados?

Fiquei nervosa, então disse apenas "oi".

— Oi! — ele respondeu.

— Sente-se, filha — mamãe disse, colocando os pães na mesa.

— Venham comer! — papai chamou.

Todos se sentaram à mesa.

Observei a cena à minha frente e tive um pressentimento de que aquilo seria mais comum do que imaginava, afinal mamãe já parecia o considerar parte da família.

Comi pão com geleia de acerola e tomei um suco de laranja.

— O que acha de irmos juntos? — Benjamin ofereceu.

Olhei para a mamãe disfarçadamente, que, discreta, balançou sua cabeça em um "sim".

— Claro! Vou só pegar minha mochila, aí já vamos — falei.

Fui até o quarto e peguei minha mochila. Pelo canto dos olhos, percebi alguém parado do outro lado da rua, parecendo olhar para minha janela. A julgar por sua extensa capa preta, só podia ser uma pessoa: o traidor.

Saí em disparada e mandei uma mensagem para Benjamin.

Lyra:
O traidor está lá fora. O que faremos?

Cheguei perto dele e disse:

— Veja o meme que mandei por mensagem.

Ele percebeu meu olhar e logo pegou o celular.

Benjamin:
Você o viu?

Lyra:
Sim.

Benjamin:
Você tem poderes. Lembra do escudo? Vá para seu quarto e cante. Irei distraí-los para eles não se preocuparem.

Lyra:
Certo.

Ele fingiu um riso e disse:

— Amei esse meme!

— Poxa, esqueci um negócio no quarto. Já volto — menti.

Tranquei a porta atrás de mim e comecei a cantar baixo, com os olhos fechados. Quase pude sentir meus olhos e meu cabelo mudarem de cor ao passo que minhas mãos formigavam conforme soltavam faíscas. Consegui criar um escudo que apenas eu era capaz de ver.

— Pronto. Podemos ir. Até mais tarde. Nada de saírem de casa hoje — me despedi deles.

— Ainda bem que a gente não tem aula hoje — Lysa respondeu.

— Vou aproveitar para dormir — Lenah decidiu, bocejando.

— E eu vou estudar para o vestibular. Até mais — Louyse falou e acenou.

— Tchau, filha. Tomem cuidado — mamãe e papai falaram juntos, dando "tchau" com as mãos.

Benjamin foi na frente, checando se o traidor não estava por perto.

— Eu não sei quanto tempo o escudo vai durar — falei, preocupada.

— Com certeza é o tempo certo de irmos e voltarmos — ele respondeu, também preocupado.

— Não acha melhor pedirmos para eles irem para o palácio? — perguntei.

— Acho que é mais seguro.

Peguei o elevador e subi de novo. Como Benjamin não quis que eu fosse sozinha, ele foi comigo.

— O que foi, Lyra? — Louyse perguntou.

— Acho melhor vocês irem para o palácio — falei.

— Por quê? — mamãe perguntou, preocupada.

— O traidor estava rondando por aqui. Eu o vi pela janela me observando — respondi, inquieta.

— Temos que ir agora? — papai perguntou.

— Sim. Em relação a mim e a Benjamin, ficaremos vigilantes. Vamos para a faculdade e iremos direto para o palácio. Explique tudo à rainha Luz, ela compreenderá. Agora vão — disse, já abrindo a porta secreta.

Após descermos, entramos no carro mais aliviados.

— Vai dar tudo certo. Não sei quando lutaremos contra o exército do traidor, porém tenho a convicção de que venceremos. Nosso exército é forte e está se preparando para isso — Benjamin falou ao começar a dirigir.

— Tomara. Acho que vou pedir para se mudarem para o palácio enquanto o traidor estiver à solta — falei.

— É uma ótima ideia. Lysa e Lenah podem vir conosco — ele disse.

— É verdade. É bom que até economiza combustível — brinquei.

— De fato. — Ele riu.

Benjamin colocou uma música alta, bem animada. Involuntariamente, começamos a dançar. Era maravilhoso conseguir ser eu mesma e ainda mais que meu companheiro cooperasse para que isso acontecesse.

Ao passarmos pela entrada do estacionamento da faculdade, senti um frio na barriga.

Ele olhou em meus olhos.

— Pronta? Serão muitas críticas, mas... nós superaremos isso juntos.

Pronta eu não estava, porém...

Benjamin saiu do carro e abriu a porta para mim. Quando desci, ele me deu um olhar que parecia dizer "Vai dar tudo certo" e segurou minha mão.

Os olhares curiosos e surpresos nos acompanharam por todo o caminho. Por onde passávamos, abriam espaço para nós, como se fôssemos perigosos e poderosos, e de fato éramos: a princesa e o general, quem iria lutar contra isso?

Escutei alguns cochichos pelo corredor.

— É muito atrevida mesmo!

— Olha lá, já está com outro!

— Que abusada, nem esperou o período de luto passar e já está namorando outro!

— Que ridícula!

— Perdoem minha língua, só que ainda bem que Kyle não está aqui, senão ele estaria decepcionado.

O irônico era que sempre ouviam apenas um lado da história. As pessoas nem mesmo sabiam o que se passava na própria mente e queriam desvendar uma vida com alguma história fútil e mentirosa. Por que toda vez alguém tem que ser o culpado? Muitas vezes não aconteceu nada de errado, as coisas simplesmente não deram certo, e isso acontece. Se eu contasse a verdade a eles, ficariam de queixo caído, contudo às vezes o silêncio é a melhor resposta.

— Qual era a novidade que você ia me contar? — perguntei.

— Vamos estudar na mesma sala — ele respondeu com um sorriso alegre em seu rosto.

— Está brincando?!

— É sério.

Dei saltinhos e risadinhas por dentro.

Durante a aula, percebi o quão deslumbrante Benjamin era ao se concentrar.

Como prestaria atenção na aula com um cara desse ao meu lado? Ainda mais o tendo como meu namorado!

Foque, Lyra, que a prova não vai ser sobre o belo rosto dele.

A hora do almoço chegou em um piscar de olhos. Preferimos nos sentar um pouco longe daquele povo.

— Teve um dia, bem antes do dia dos namorados, que eu o vi na rua, com mãos nos bolsos, de capuz e de cabeça baixa. Por quê? — perguntei, curiosa.

— Nessa época estava sendo perseguido por ser súdito da rainha Luz, então a única forma de passar despercebido era me vestir como alguém perigoso. Foi a partir daí que usei isso como tática. Sem contar que, se eles viessem para cima, querendo lutar, teria aptidão o suficiente — ele explicou.

Alguém me deu um tapa em meu braço direito. Olhei para ver e era Sarah.

— E aí, sumida? Hum... temos casal novo por aqui? — Ela riu.

— Oi. Levei um susto — falei.

— Fiquei chateada por ficar sabendo disso por meio de fuxicos — disse ela, forçando uma cara de tristeza.

— Ah, foi mal. Muitas coisas aconteceram ao mesmo tempo — Benjamin falou com um sorriso sem graça.

— Relaxem. Eu sabia que isso iria acontecer — ela disse, comemorando.

— Por que tinha tanta certeza? — perguntei, intrigada.

— Bom... Por causa do jeito como Benjamin olhava para você. E ainda mais depois que você perguntou se rolava algo entre a gente. Foi tudo como a "fic" que criei — ela falou, fazendo bico, olhando para as unhas.

— Você perguntou isso? — Benjamin perguntou, incrédulo.

— Sim. Vocês eram tão próximos que imaginei que envolvia sentimentos — falei, dando de ombros.

— Você é engraçada, Lyra Lahyers — Sarah disse, rindo.

O horário de almoço foi curto para tanta conversa.

— É hora de irmos para a aula — falei, bocejando.

— Fazer o que, né? É a vida — Sarah disse.

— Cada um para o seu rumo, vamos. O perfeito é que eu e ela estamos no mesmo — Benjamin falou, mostrando a língua.

— Ah, não. Queria estar na sala de vocês. Ô, vida cruel — ela cantarolou.

Acenamos e fomos para a aula, a qual demorou uma eternidade para acabar.

Da aula fomos direto para casa.

— Você vai pela sua porta? — perguntei.

— Por enquanto, sim — ele respondeu.

— Certo. Assim que chegar ao Lugar Secreto, vá direto para o palácio. É uma ordem.

Gargalhei.

— Sim, senhorita.

Ele riu.

Saí do carro e entrei em casa.

Assim que abri a porta, percebi que o escudo se rompera. Isso significava duas coisas: o meu poder não era tão forte assim e, se eu não tivesse tirado minha família dali, eles talvez estivessem mortos.

55

Fui correndo para o palácio, precisava ter uma conversa urgente com minha mãe Luz e checar se estavam todos bem.

— Oi, filha. Eu já fiquei sabendo... — Luz disse assim que me viu passar pelas portas da sala do trono.

— O que faremos? — perguntei, tentando pensar em alguma solução, porém não me vinha nada.

— Eles terão que ficar aqui conosco. Lá fora está cada vez mais perigoso. Correrão perigo — ela falou.

— E... como será em relação à faculdade de Lenah e Lysa? — perguntei.

Olhei para trás e vi que elas estavam lá, escutando nossa conversa.

— A gente tranca por um tempo, é melhor nos mantermos seguros. A vida é valiosa, temos apenas uma — Lenah respondeu.

— Eu concordo. Sem contar que aqui temos tudo o que precisamos. Seria uma honra morar aqui para sempre — Lysa disse, dando risadinhas.

— Vocês têm certeza disso? — perguntei.

Elas olharam uma para a outra.

— Sim — concordaram juntas.

— Na verdade, vocês não serão as únicas a fazerem isso — Luz disse olhando para elas.

— Não? — Lysa perguntou.

— Todos que pertencem ao reino irão morar aqui, a fim de se esconderem e salvarem suas vidas e de suas famílias. A perseguição está pior a cada dia. Vai chegar uma hora em que serão mortos no mesmo instante se assumirem que me conhecem e que são daqui. O ódio do traidor é imenso, é como um vírus que se espalha rapidamente – Luz disse com pesar em seus olhos.

– Não tem como a gente acabar logo com ele? – Louyse chegou no meio da conversa e perguntou.

– Tem, porém isso acontecerá na batalha. Ainda não chegou a hora. Até lá, devemos nos preparar, pois seu exército é numeroso – Luz explicou.

Percebi a preocupação em suas expressões, então forcei um sorriso ao dizer:

– Fiquem tranquilas. Aqui vocês estarão seguras.

Elas deram um sorriso fechado, e ficamos uns minutos em silêncio.

– Você não perguntou, mas papai e mamãe estão descansando – Louyse falou.

– Ótimo, obrigada! – respondi.

– A gente vai dar uma caminhada – Lenah avisou.

– Eu irei me encontrar com minhas amigas – Louyse falou com um sorrisinho no rosto.

– Amigas, é? Sei... – falei fazendo cara de sapeca, estreitando os olhos.

– É. Isaac está treinando – ela respondeu com um bico, como se estivesse decepcionada. – Fui.

Ficaram apenas eu e Luz na sala.

– Mãe, sei que temos muita coisa com o que nos preocuparmos, é só que, antes... quero lhe contar tudo o que aconteceu e revelar que... – Aproximei-me de seu ouvido e sussurrei para ninguém escutar: – Eu e Benjamin estamos namorando.

– Até que enfim! – ela gritou.

– Shh! Fale baixo – repreendi, sem conter a risada.

– Empolguei. – Ela gargalhou. – Me conte tudo nos mínimos detalhes.

– Agora? – perguntei.

– Claro! Por que não? Vamos, quero saber de tudo.

Fomos para seu escritório e lhe contei como fora o encontro, o pedido, a conversa com meus pais e... o beijo, até porque entre nós não existia segredo, tínhamos intimidade o suficiente para conversar sobre tudo.

– Quando você fará o discurso de anulação? – Luz perguntou.

— Pode ser hoje? — brinquei.

— Claro, irei anunciar ao...

— Não! É brincadeira — interrompi. — Preciso conversar com Benjamin primeiro.

— Depois que falar com ele, você me diz quando convocar todos — ela disse com um sorriso cintilante.

Fiquei sentada na poltrona do escritório, até que comecei a cochilar.

— Ei! — Acordei num pulo com o tom alto da voz de Luz. — O que ainda está fazendo aqui? Você tem treinamento.

— Eita! É verdade, tinha esquecido. Benjamin deve estar me esperando — falei e ajeitei o cabelo.

— Não é só porque o general é seu namorado que ele vai pegar leve com você — Luz disse rindo.

Fui para o campo de treinamento o mais rápido possível.

Cabo Moward vai me matar.

De longe avistei o bonitão... quero dizer... o general. Achei estranho ele estar sozinho, sem a cabo por perto.

Bati continência e perguntei:

— Olá, senhor. Onde está a cabo Moward?

Era engraçado falar com ele dessa forma.

— Hoje sou eu quem vai treinar você. Vamos para a sala de luta.

Ao chegar lá, notei que estava mais movimentada do que de costume.

O treinamento foi bem puxado. Benjamin falou que eu estava aprendendo rápido e que estava mais forte. Acho que era um avanço, hein?

Estava suada, cansada, fatigada, com dor em todo o meu corpo e exausta, parecia que um caminhão havia me atropelado. Treinamos tanto que, quando dei por mim, estávamos sozinhos na sala. Tínhamos dito que treinaríamos o dobro, então... meta cumprida!

— Aproveitando que estamos só nós dois aqui, precisamos conversar — falei.

— Acho que não é uma boa ideia conversarmos aqui... — Benjamin disse, olhando para os lados.

— Por que não? — perguntei.

— As paredes... elas têm ouvidos — ele sussurrou, rindo.

— Ah... — falei. — Vamos para o palácio.

Ele balançou a cabeça, concordando.

Passamos o percurso todo em silêncio, pois esbarrávamos em alguém a todo momento. Parecia que estavam apressados e com ansiedade em suas expressões, como se temessem algo. Eu sabia o porquê dessa agitação toda: a batalha. A luta não era apenas do exército, e sim de todos do Lugar Secreto.

Fomos para a sala do trono para conversarmos, porém muitas pessoas estavam lá, querendo conversar com Luz.

Cheguei perto dela e perguntei:

— Posso usar o escritório para resolver aquele assunto?

— Claro, não precisava nem perguntar — ela respondeu dando um sorriso luminoso.

— Obrigada, mãe. Depois preciso falar uma coisa — disse, dando-lhe um beijo em sua suave bochecha.

Consegui escutar um pouco do que o pessoal queria tanto conversar com Luz. Estavam com medo e preocupados. Eu os entendia, como não ficar? Antes de sair, escutei-a dizendo:

— Apenas confiem em mim. Não será fácil, mas conseguiremos.

Era tão surreal sua confiança. Suas palavras sempre traziam conforto e eram ditas com compaixão e bondade. Tinha total orgulho de ser sua filha.

— Vamos, siga-me — disse a Benjamin.

Ao entrarmos, ele olhou em sua volta e tirou o elmo. Estava mais suado do que eu. Até daquele jeito ficava uma beleza.

Sua reação de surpresa era tão visível quanto a minha ao ver o lugar pela primeira vez.

— O que é tudo isso? — ele perguntou.

— Confidências da rainha Luz — disse, sorrindo.

— O que queria conversar comigo? — perguntou.

— É que... eu contei tudo a ela. E ela perguntou quando iríamos anunciar a anulação da lei do exército.

— E o que você disse? — ele perguntou.

— Que iria conversar com você primeiro. Por ela, já faríamos hoje — disse e usei a mão para cobrir um riso escandaloso.

— É uma ótima ideia — Benjamin disse com um brilho extremo em seus olhos.

Fiquei pasma.

— É sério?

— Sim. Não vejo a hora de mostrar a todos que encontrei o amor da minha vida — ele disse olhando em meus olhos.

— Vou falar com minha mãe... agora — disse, já correndo, só que ele segurou em minha mão e me puxou para um abraço.

— Vamos mostrar para todos a força do amor — ele disse beijando minha testa.

Dei um sorriso de orelha a orelha.

— Agora vou falar com ela, porque, se eu demorar muito, ficarei em seus braços até... por muito tempo.

Deixei o escritório e fui até a sala do trono.

— Mãe! — cantarolei.

— Já irei convocar todos para o anúncio — ela respondeu sem ao menos me deixar falar qualquer coisa.

Luz sendo Luz.

— Irei escolher um vestido especial para a ocasião — falei, dando saltos de felicidade.

Fui até meu quarto e me deparei com Sarah na frente da porta.

— Oi. Aconteceu algo? — perguntei.

Ela não estava com uma cara boa.

— Aconteceu.

56

Após Sarah entrar em meu quarto, ela se sentou em uma poltrona e inspirou devagar.

Meu coração estava acelerado e quase saltando pela boca.

— O que aconteceu? — perguntei, aflita.

— É... é que... — Os segundos de pausa foram pura tortura. — É que... — continuou. — Eu estava com saudades de você. É isso.

— Nossa, Sarah. Quer me matar do coração? — falei, jogando um travesseiro em seu rosto.

— Eu a assustei um pouco? — ela perguntou entre gargalhadas.

— Muito, sua doida. Olhe o momento por que estamos passando. Achei que fosse algo grave — disse, virando-me de costas para ela, cruzando os braços.

— Sua insensível. Quer dizer que minhas saudades não são graves? — Sarah disse com um bico.

— Não foi isso que eu quis dizer — falei.

— Eu sei, amiga. Desculpe ter a assustado, essa era a intenção — ela falou e riu tanto que chegou a bater palmas.

— Qual é a graça? — perguntei, debochada.

— Nenhuma — ela falou tentando disfarçar.

Eu precisava contar para ela sobre o general.

— Amiga, tenho algo que eu preciso dizer a você. Não quero que fique chateada comigo por não ter contado assim que descobri.

— O que aconteceu? — ela perguntou me analisando.

— É que... eu estou namorando Benjamin e...

— Isso eu já sabia — ela falou.

— Sim, eu sei. O que você não sabe é que eu namoro o general.

Ela olhou para mim e, aos poucos, abriu um sorriso. Não era essa a reação que eu estava esperando.

— E por acaso Benjamin e o general são a mesma pessoa, certo? — ela perguntou.

— Sim. Você entendeu mais rápido do que esperava.

— Eu já desconfiava disso há um tempo e tive quase certeza ao ver o general carregando você nos braços quando torceu seu pé. Eu os vi de longe. O general sempre foi cuidadoso e respeitoso com todos, mas nunca chegou a esse ponto. Da última vez, uma cadete machucou a perna, e ele pediu para a cabo Moward levá-la para a enfermaria. Sem contar que o conheço há muitos anos, sei a forma como ele anda e... era idêntico. Sou uma investigadora profissional. Fui ligando os pontos e cheguei a essa conclusão.

— Não quero que fique chateada conosco — falei, cabisbaixa.

— Amiga, relaxa. Eu entendo. Sei que tiveram seus motivos. Sigo feliz por vocês. Como irão fazer em relação à lei? — ela perguntou.

— Irei anulá-la — respondi, convicta.

— Até que enfim alguém vai acabar com essa lei absurda! — ela gritou.

— Shh! Fale baixo — sussurrei.

— Opa. Foi mal.

— Você sabe a história por trás dessa lei? — perguntei, curiosa.

Nunca havia pensado no porquê antes.

— Pelo que eu sei, o que aconteceu foi o seguinte: parece que havia três casais no exército que se amavam muito, porém nenhum desses relacionamentos deu certo, não sei o motivo. Com isso, eles procuraram a rainha e afirmaram que um relacionamento entre soldados não iria para frente, de forma que atrapalharia o rendimento dos dois, enfraquecendo o exército. Sendo assim, a rainha Luz autorizou a lei e assinou com o selo real, o qual só ela mesma é digna de quebrar.

— Não é só porque eles não deram certo que ninguém mais pode dar — disparei, bufando.

— Exato — ela concordou.

— E onde eles estão? Os que decretaram a lei, o que aconteceu com eles?

— Isso foi há muito tempo. Eles morreram em um conflito com os seguidores do traidor — ela disse com pesar.

— Que triste. Será que alguém que eu amo irá morrer na batalha? — perguntei pensando alto.

Ao pensar nisso, meu peito doeu.

— Amiga. Não pense assim — ela respondeu tentando me consolar com as palavras.

— Se eu morrer, cuide de quem eu amo — pedi.

— Pare com isso, menina — repreendeu.

— Morrerei feliz e realizada — disse e saí correndo para Sarah não me bater.

— Por que está dizendo isso do nada? — perguntou.

— Por nenhum motivo, é que... Infelizmente é... comum as pessoas morrerem em batalhas, assim como aconteceu com aqueles casais. — Fiquei olhando para a parede por um minuto. — Enfim... preciso me arrumar. Diga para Benjamin comparecer à anunciação da revogação da lei, por favor.

— Claro, minha amiga princesa. Farei isso agora mesmo — Sarah respondeu.

Ela saiu do quarto, voltando após cinco minutos.

— Todos já foram convocados. Se prepare, princesa.

— Obrigada, amiga. Irei começar a me arrumar.

Fui até o guarda-roupa, porém não vi o vestido ideal para a ocasião.

E agora?

Fiquei uns vinte minutos parada, pensando no que vestir, até que tirei os cabides um por um, para ver se de fato não encontrava o vestido perfeito, e os joguei em cima da cama. Aquele momento típico do "eu não tenho roupa", só que, se eu falasse isso, estaria mentindo; até tinha, mas não o que eu queria.

O guarda-roupa estava vazio, no entanto parecia ter um fundo falso.

Coloquei as mãos nesse fundo e de repente ele se abriu, dando acesso a um imenso closet.

Está de palhaçada com a minha cara?

Logo ao entrar já vi o vestido perfeito, do jeito que eu imaginava.

Deixei-o em cima da poltrona e comecei a fazer meu penteado, um coque *messy*, e coloquei a coroa.

O vestido era todo em verde-esmeralda, longo, de tule, com mangas compridas bufantes, acinturado e com detalhes florais na parte dos ombros e no punho. Era esplêndido e muito... principesco.

De sapato, coloquei um scarpin da mesma cor do vestido. Seu salto era de 11,5 cm. Era tão confortável que parecia estar andando descalça.

Fiz uma maquiagem simples, apenas com rímel, pó, blush e um batom cor caramelo.

Olhei-me no espelho e... Eu estava tão linda. Nem parecia aquela garota perdida e frustrada que chegara reclamando em Bibville. Estava digna de ser chamada de princesa.

Observando-me bem, percebi mais alguns diamantes em minha coroa. Isso era um ótimo sinal.

Minhas mãos estavam suando de tão nervosa, e um frio surgiu em minha barriga ao pensar no discurso. Não sabia muito bem o que dizer. Será que eu podia falar e correr logo em seguida?

Pela primeira vez, senti vergonha com a ideia de falar para uma multidão.

Estava pronta.

57

O pânico surgiu ao ver a multidão infindável. Era a primeira vez que faria um discurso para milhares de pessoas. Por fora, tentava manter minha postura de princesa, só que por dentro...

Toda a população do Lugar Secreto se encontrava na parte de baixo do castelo, no imenso jardim. Eu, Luz e Benjamin, que estava com sua armadura, observávamos pela sacada do palácio.

— Está nervosa? — Benjamin perguntou.

— Sim, muito. Não sei como irão reagir — disse entre dentes, sorrindo. Quando olhei para o lado, Luz não estava lá. — Cadê ela? Já iremos começar! — disse, apressada.

— Ela não gosta de fazer anúncios ou ficar acenando daqui de cima. Ela diz que, mesmo que seja a rainha, somos todos iguais. Para a rainha Luz, eles não são súditos, são sua família, seus verdadeiros amigos, por isso gosta de conversar com todos no mesmo nível, assim como uma mãe deve conversar com seu filho pequeno — Benjamin falou.

Seguimos os passos de Luz em direção a um palco acomodado no jardim. Ele era todo decorado, com duas colunas brancas de mármore enfeitadas com rosas vermelhas, dois tronos no centro e, na lateral, um pedestal com um documento, que estava enrolado como um pergaminho.

Estava um pouco escondida e Benjamin, do outro lado.

A rainha, com sua ilustre postura, acenou e disse:

— Olá, meus queridos amigos. Hoje é uma data muito importante. Convoquei todos vocês aqui para anunciar algo que era inimaginável antes de minha filha, a princesa Lyra, conversar comigo a respeito.

Ela me lançou um olhar discreto. Aquilo significava que havia chegado a hora.

Inspirei fundo e, a passos suaves, fui até o centro, onde ela se encontrava.

— Eu não sei fazer um discurso — cochichei no ouvido dela.

— Apenas seja você mesma. Estarei aqui do seu lado, a encorajando.

Fechei os olhos e respirei fundo mais uma vez, afastando o medo de meus pensamentos.

— Boa noite a todos. Vou ser honesta com vocês, eu não sei bem o que falar. — Comecei a rir. — A verdade é que... eu não sabia que queria tanto que este dia chegasse, até que minha tempestade de emoções e sentimentos ficou clara. Devem estar se perguntando o porquê de eu estar dizendo isso. Simples: o amor muda as coisas. Quando terminei meu último relacionamento, meu coração foi trancado, com cadeado e tudo. Depois, prometi para mim mesma que nunca mais iria entregá-lo para alguém, com receio de que tudo que havia passado antes acontecesse de novo. Porém, uma pessoa entrou em minha vida e, sem perceber, já o amava. Sei que pode soar estranho falar isso com apenas... dois dias de namoro?

Ri e todos gargalharam. Olhei para minha mãe e ela balançou a cabeça, dizendo para eu continuar.

— Essa pessoa me impressiona a cada dia com seu carinho e cuidado. Ele me ajudou nos momentos difíceis, me animou sempre que pensei em desistir e me curou de uma mágoa que nem eu mesma sabia que habitava dentro de mim. Ele estava disposto a me esperar por anos se precisasse. Como que eu sei? Por meio de palavras? Não, de atitudes. Muitas vezes as pessoas dizem que amam, mas, na verdade, são sem sentimentos, palavras vazias como um poço sem água. O que vale mais? Uma pessoa sempre falar que lhe dará um presente e nunca dá ou uma pessoa que lhe surpreende com um belo presente sem ao menos fazer promessas caluniosas? O que eu estou querendo dizer é que o amor é forte. Quando há amor, os obstáculos são ultrapassados e, mesmo cansados, prosseguem. No meu caso, há vários — disse olhando para Benjamin. — Hoje venho apresentar meu namorado a vocês.

Benjamin apareceu do outro lado e foi em direção a mim.

— Mas aquele não é o general? Ela está quebrando a lei. E ele é velho! — Consegui escutar as pessoas falarem.

— Vocês devem estar espantados. — Dei um sorriso. — Esse é o general, como vocês conhecem. Ele não é como falam nos boatos. — Ele tirou o elmo, revelando sua identidade a todos. — Com essa revelação bombástica, venho anunciar a revogação da lei do exército, a qual diz que seus membros não podem se relacionar entre si. Fará as honras, mãe?

— Com prazer — ela disse com um imenso sorriso contagiante.

Luz foi até onde a lei estava e quebrou seu selo. Era oficial.

Ao darmos as mãos, tive a sensação de missão cumprida.

Ficamos parados por alguns minutos, apenas observando a multidão, que logo começou a se movimentar. Vários soldados iam ao encontro de seus amados. Muitos mantiveram os relacionamentos em segredo, mas agora eram livres. O que mais me surpreendeu foi ver a cabo Moward, que falava tanto da lei, encontrar-se com o tenente James. Era nítido o brilho naqueles olhares ansiosos por mostrarem a todos que encontraram o amor de suas vidas.

Ouvimos gritos de comemorações e aquilo encheu meu coração de orgulho e alegria.

Encostei a cabeça no ombro de Benjamin, que beijou minha testa.

Todos aplaudiram.

— Está faltando algo... — Luz começou a falar. — Vamos festejar. Estão convidados para nosso baile, que será... agora mesmo.

— Não sabia que gostava de festas — falei.

— Eu amo festas — ela respondeu. — Vamos.

— Aonde você vai? — perguntei a Benjamin, que estava se afastando.

— Vou colocar uma roupa apropriada.

Ele me deu uma piscadela.

— Para mim, está perfeito assim — respondi, olhando para minhas unhas.

— Me espere para dançar — ele disse.

— Esperarei ansiosamente por nossa primeira dança.

58

O salão de baile era encantador e imenso — sem exagero algum, era bem maior do que um estádio de futebol. Ele era decorado em tons de bege e dourado, com lindos pisos, que pareciam ter sido confeccionados à mão. O teto contava uma história, que eu tentava decifrar, e, em seu centro, localizava-se um deslumbrante e rico lustre todo em ouro, repleto de safiras brancas, o que era muito valioso em meu mundo.

A orquestra estava no canto do salão. Pianos, violinos, violas de arco, violoncelos, flautas transversais e trompetes se destacavam em meio ao burburinho da multidão. O som era tão puro quanto uma fonte de água.

Do lado oposto, uma enorme mesa de quitutes e bebidas.

Mais e mais pessoas chegavam a cada segundo, todas elegantes em suas roupas de gala; vestidos e paletós de diversas cores davam movimento e mais vida ao lugar. E eu, por minha vez, continuava a esperar pelo meu príncipe. Pelo menos nos contos de fadas, é o príncipe que aguarda a princesa, não o contrário. Minha vida não era um conto de fadas mesmo.

Minha cabeça estava a mil, pensando em tudo que acontecera, mas, ao mesmo tempo, não conseguia focar em nada. Tinha que conversar com minha mãe Luz sobre nossas idas e vindas, só que, olhando para ela, parecia estar ocupada demais para conversas, rodeada de pessoas. Quem a visse daquela forma a veria como rainha pelo respeito que todos davam a ela, claro, porém imaginaria que era um grupo de melhores amigos.

— Oi. Você está perfeita! — disse Sarah, tirando-me do mundo da lua.

— Oi... — Virei-me para vê-la. — Uau! Você está... maravilhosa! — disse, levando as mãos à boca.

Ela estava uma verdadeira dama. Nunca tinha a visto dessa forma, já que passava o tempo todo de uniforme; se brincar, até dormia com ele. Sarah usava um vestido rodado vermelho. Ele era ombro a ombro com decote coração. Seu corpete era todo bordado com strass vermelho — disse ela que era para ficar um pouco mais "discreto". Aquele vestido era tudo, menos discreto; mesmo assim, não deixava de ser perfeito. Seu cabelo estava em um penteado semipreso, deixando à mostra os cachos ruivos.

— Seu discurso foi lindo, amiga. Me arrepiei quando todos foram ao encontro de seus amados. Até fiquei na bad — ela disse, caindo na gargalhada.

— E aí? — perguntei, abrindo um sorrisinho de canto, olhando-a de lado.

Ela juntou as sobrancelhas e perguntou:

— O quê? Que cara é essa?

— Você está interessada em alguém? — sussurrei, cobrindo a boca de um lado, impedindo que alguém fizesse leitura labial. Ela deu uma risadinha e coçou a cabeça. — Mentira! — exclamei.

— Eu não falei nada. — Sarah riu.

— Nem precisa, sua cara contou tudo. Quem é? — perguntei, curiosa.

— É um enfermeiro daqui. Nos conhecemos desde a infância, brincávamos juntos. Só que aí o tempo foi passando e passei a enxergá-lo com outros olhos — falou com um sorriso forçado.

— E... ele sabe disso? — perguntei.

— Não. Paramos de conversar quando... resolvi me afastar.

— Por quê? — indaguei.

— Eu não suportava mais ficar ao lado dele ou olhar em seus olhos e chamá-lo de "amigo". É difícil quando os sentimentos são tão intensos que chegam a fazer com que nos afastemos, apenas para vê-lo feliz com outra pessoa — ela respondeu, cabisbaixa.

— E ele nunca mais quis conversar com você?

— Ah! Sempre quis saber o porquê de eu ter me afastado, porém inventava desculpas, que eu estava ocupada com o serviço, por exemplo. Não era bem uma mentira.

Sarah de fato tinha sentimentos profundos por ele, era nítido.

— E ele nunca falou com você sobre relacionamentos? Ou pelo menos deu a entender que sentia o mesmo?

Ela abriu a boca para falar, no entanto a fechou em seguida, com uma expressão pensativa.

— Minhas colegas não sabem da história, mas elas diziam que ele sempre falou que não tinha tempo para namorar. Então... foi melhor assim.

— Hum... Já parou para pensar que ele não tinha tempo para namorar outras garotas? — falei, dando um cutucão nela.

— Pare de me fazer criar paranoias, Lyra Lahyers.

— É sério. Ai, amiga, de verdade, a melhor coisa é você se reaproximar dele e falar o que sente assim que se sentir preparada.

Sarah olhou para trás.

Vi um homem acenando para ela. Ele era um pouco mais alto, com cabelo cacheado curto, pele bronzeada, olhos castanhos. Estava de óculos e usava um paletó com gravata vermelha. Com certeza era ele, pois seu sorriso se abriu naturalmente.

Sarah acenou de volta.

— É ele? — perguntei, disfarçando.

— É.

— Olha, vocês dois estão de vermelho, parecendo um casal. E estão solteiros! Se isso não é um sinal, eu não sei o que é. Recomendo conversar com Luz. Ela é especialista em amor.

Dei uma piscadela.

— Ninguém é melhor do que ela. — Sarah riu.

Ela deu um suspiro e ficou olhando para o lustre.

— Amiga, mantenha a calma. Ele está vindo — falei, tentando acalmá-la, porém sabia que não funcionaria.

— O quê?! — guinchou.

— Qual é o nome dele? — perguntei em um murmuro.

— Michael.

Enquanto ele se aproximava, meu mundo parou ao ver Benjamin de longe.

Tão perfeito, minha mente dizia e meu coração confirmava.

— Princesa — Michael falou e fez uma reverência.

— Prazer em conhecê-lo. Divirtam-se — respondi, já saindo de cena.

— Olá, Sarah. Que saudades de você — Michael disse, dando-lhe um suave beijo na mão.

Cheguei perto do ouvido de Sarah e sussurrei:

— Seu príncipe veio até aqui. Agora eu vou em direção ao meu. Se cuida. Amo você.

Parecia faltar ar em meus pulmões ao chegar perto de Benjamin.

— Oi, minha princesa — ele disse, dando um beijo apaixonado em minha mão.

Gaguejei:

— Você está... está... per-perfeito.

Que mico, Lyra. Que mico.

Benjamin estava com um terno fino cor verde-esmeralda. E, sim, essa combinação ficou perfeita. Se ele estava assim em um baile, imagine em nosso casamento. Já tinha que me preparar.

— Foi intencional? — perguntei.

— Foi. — Ele riu.

— Formamos um belíssimo casal — falei, convencida.

— Concordo, minha princesa. Queria ter chegado mais cedo, só que... ser general não é fácil — ele disse e deu um sorriso fechado.

— Eu entendo — disse dando um tapinha em seu ombro.

Ficamos observando os muitos casais espalhados pelo salão.

Olhei em direção a Sarah e vi que ela e Michael estavam gargalhando. Isso era um ótimo sinal, certo?

A orquestra mudou a música e passou a tocar uma valsa. Isso significava que tinha chegado a hora da dança: da nossa primeira de muitas.

— Me dá a honra de dançar contigo? — ele perguntou, pegando em minhas mãos com delicadeza.

— Sempre.

Os passos fluíram com tanta facilidade e naturalidade que era como se houvéssemos treinado antes.

A valsa foi mágica. Senti-me em um conto de fadas, porém nada de carruagens de abóbora, sapatinhos de cristal, ou feitiço que acaba à meia--noite. Ali era tudo real, inclusive meu amor por Benjamin.

Ainda estávamos dançando quando ele falou:

— Eu nunca imaginei ser tão feliz com uma pessoa quanto sou com você. O meu amor por você é como vinho, a cada dia que passa fica mais intenso. Eu amo você, princesa Lyra Lahyers.

— Ele é comparado a uma criança: puro e verdadeiro. Eu também amo você — falei, olhando para aquela beleza hipnotizante.

A valsa durou muito tempo, porém pareceu passar rápido tamanha a minha vontade de ficar perto de Benjamin.

Era meia-noite e ainda estávamos dançando. Nada de feitiços para estragar o momento, porém houve algo pior.

Uma tentativa de invasão ao Reino da Luz.

59

Após a tentativa de invasão na noite do baile, as investidas do exército do Reino das Trevas passaram a ser quase diária. Os guardas estavam espalhados por todo o Lugar Secreto, de modo a aumentar a segurança do povo. As coisas estavam ficando sérias, mais do que antes. Precisava ter uma conversa urgente com Luz, minha mãe.

Peguei o primeiro vestido que vi pela frente e o vesti, pois estava de pijama.

Fui procurá-la na sala do trono, esperançosa.

— Droga! — berrei ao ver que ela não estava lá. A única opção era... — O escritório! — Desesperada, fui correndo até lá e bati à porta. — Mãe? — chamei abrindo uma pequena fresta da porta.

— Pode entrar, filha. Sei que quer conversar comigo — ela disse ao mesmo tempo que escrevia algo em um de seus livros; parecia uma história.

— Então, mãe, eu pensei muito... e resolvi que também vou trancar a faculdade, pelo menos até que a situação melhore — disse com tristeza em meu olhar.

Minha mãe fechou o livro.

— Sinto muito, filha. Daqui em diante, as coisas só piorarão. Muito em breve, o que é normal hoje não passará de apenas uma recordação. — Suas palavras saíram como flechas, que atingiram minhas esperanças.

— Nunca... nunca mais? — perguntei, aflita.

— Não. Eu digo isso não para ferir aquilo em que você acredita, e sim já para a deixar preparada. Não posso mentir para minha própria filha. E...

— Mas, mãe, a senhora é poderosa. Pode fazer o que quiser, inclusive derrotar o traidor...

— Filha, não é assim que funciona. Acha que eu não fico triste se uma pessoa daqui vai para o outro lado? Acha que não me importo com todas as mortes? Ou com tudo o que está acontecendo? Eu fico tão angustiada quanto você. Quando eles choram, eu também choro, pois eles são meus amigos, e aqueles que mudaram de reino... Ah... eu sei tudo... Eles irão sofrer e gritar de dor. — Seus olhos se encheram de lágrimas ao falar. — Você não pode deixar de ir à faculdade. Você e Benjamin têm uma missão: terão que ir buscar mais pessoas para nosso lado, para conhecerem o bem e a mim. É extremamente arriscado, no entanto saiba que sempre, sem exceção, estarei os guardando e protegendo com todas as minhas forças.

Senti o peso da responsabilidade por todo meu corpo.

Eu não sabia o que estava por vir, entretanto daria o meu melhor para que conseguíssemos nossa vitória e daria tudo por ela — até minha própria vida se fosse necessário.

60

Os dias estavam passando muito rápido e parecia que o tempo que tínhamos para nos preparar chegava ao fim.

Com muito esforço, eu, Benjamin e mais algumas pessoas do Reino da Luz conseguimos trazer novos súditos, aqueles que acreditavam em Luz.

Já fazia quatro meses que voltava ao meu mundo apenas para contar sobre Luz para as pessoas. Fazíamos isso na universidade, nos shoppings, cinemas, bares e muitos outros lugares. Alguns, espalhados por todos os continentes, realizavam a missão com sucesso, com exceção de alguns que desistiam na primeira oportunidade ou riam de suas histórias, que, de acordo com eles, eram "bizarras" e "surreais" demais para serem verdade. Queríamos convencê-los, porém não podíamos fazer isso contra suas vontades nem por violência, mesmo se sentíssemos vontade de falar: "Abra os olhos, a felicidade não é isso".

Minha vida estava tão corrida que até em meu tempo "livre" eu treinava.

Mesmo dando tudo de mim para me tornar a líder, ainda não tinha chegado o dia de minha posse.

Estava treinando golpes quando vi Benjamin passar.

— Oi, meu bem. Por que está sem uniforme? — perguntei, curiosa.

— Oi, meu amor. Estou com pressa. Depois conversamos — ele respondeu.

Já fazia uns três dias que ele estava estranho comigo, como se estivesse escondendo algo.

Por que ele está assim?

Tentei aliviar a curiosidade dando socos no saco de pancadas.

Passei tanto tempo na sala de luta que nem me toquei que estava sem comer desde o café da manhã, e já era noite. O mais engraçado era que não estava com a mínima fome, e sim ansiosa para me deitar e dormir em minha macia cama.

— Deu de treino por hoje — disse ao vento.

Saí da sala e logo de cara fui abordada por Sarah.

— Amiga, precisamos urgente de você — ela falou em um tom aflito e desesperado.

— O que aconteceu? — perguntei, assustada.

Ela não respondeu, apenas correu e eu a segui.

A cada passo, o lugar escurecia mais, até chegar a um ponto de eu não conseguir enxergar nada. De repente os passos pararam, não conseguia mais escutá-los.

— Sarah? Onde você está? Não consigo ouvir seus passos — sussurrei.

A luz acedeu de supetão, iluminando um enorme salão.

— Feliz aniversário, princesa Lyra! — todos felicitaram juntos.

Não estava acreditando. Estivera tão focada no treinamento e em conseguir mais pessoas que havia me esquecido de meu próprio aniversário, e... Eu amava fazer aniversário!

Avistei Benjamin de longe, com um sorrisinho sapeca.

Agora saquei tudo, ri.

Ele se aproximou de mim:

— Ah! Eu estava ficando maluco por não poder contar para você. Espero que não tenha ficado chateada comigo.

— Não fiquei, não. Imagine — menti.

— Ah, fala sério. Era uma surpresa, dá um desconto, vai? — ele brincou, implorando.

— Perdão concedido, general.

Rimos.

Pessoas de todos os tamanhos e idades vieram ao meu encontro para me abraçar e me desejar "parabéns".

— Parabéns, mana — Lysa falou.

— Obrigada! Para você também, né? — disse, dando risadinhas.

Papai, mamãe, Lenah, Louyse, Sarah e minha mãe Luz me deram felicitações, todos muito felizes por mim, afinal já eram vinte e um anos.

— Venha! — Luz chamou. — Tenho uma surpresa para você.

Benjamin veio por trás e cobriu meus olhos com as mãos.

— O que é? — perguntei, empolgada.

— Você verá, curiosa — Louyse respondeu em um tom tão estridente que era nítido que estava ao meu lado.

— Chegamos — Luz falou, quase saltitando de alegria.

Abri os olhos e me deparei com uma caixa dourada com um grande laço vermelho. Era linda. Sem esperar, corri direto em direção à caixa, ansiosa para ver o que havia lá dentro. Apressada, desfiz o laço e a abri. Levei as mãos à boca, surpresa. Eu estava pronta? O presente era o uniforme do exército, com um símbolo nas ombreiras que indicava que eu era a líder. E ainda havia a tarjeta com o meu nome.

— Vá ao vestiário e vista-o — Luz disse dando um sorriso que ia de orelha a orelha.

Saltando de felicidade, como um coelho em meio a uma mina de cenouras, obedeci. Com ajuda de minha mãe, Laura, consegui colocá-lo. Olhei-me no espelho. Estava de fato parecendo uma líder.

O uniforme era igual ao dos outros, afinal eu ser a líder não significava que era melhor do que ninguém. A única diferença era o símbolo nas ombreiras.

Com felicidade extrema estampada em meu rosto, fui até o meio das pessoas.

— A partir de hoje, a princesa Lyra Lahyers é oficialmente a líder do grande exército do Reino da Luz — Luz decretou.

Com taças em mãos, comemoramos e festejamos, muito sorridentes com uma de minhas maiores conquistas. Jamais imaginara que a Lyra Lahyers que havia chegado em Bibville a contragosto e que se rebelara contra tudo e todos se transformaria na líder do grande exército do Reino da Luz.

Estava pronta e dedicaria toda minha vida a liderá-los e transformá-los no melhor exército de todos.

Podíamos não ser os maiores em questão de números, mas sem sombra de dúvidas éramos os melhores e derrotaríamos o traidor.

61

Como havia muitas pessoas novas no reino, Luz resolveu dar uma celebração de boas-vindas. Foi tudo bem simples, sendo apenas um almoço. Era nítida a felicidade, surpresa e admiração em seus rostos.

Recém-chegados ou não, um por um iam até nós e nos cumprimentavam.

— Mãe, se nós não temos uma chave para abrir a porta secreta, então... como? — perguntei.

— Quem disse que não tem chave?

— Eu nunca tive — respondi sem pensar.

— A chave é o seu coração. E eu o conheço, assim como conheço o de cada pessoa que aqui vive — ela respondeu, mais cintilante que o de costume.

— Ca-cada coração? Tipo... conhece mesmo? — perguntei, um pouco assustada.

— Sim, minha filha. Eu conheço as intenções de cada um. Sei dos seus mais profundos pensamentos. Antes de você me contar algo, eu já sabia — ela disse em meio a risadinhas.

— *Uau*. Não sabia que era tão poderosa.

— Eu sou mesmo um mistério. — Gargalhou. Ela então se virou para o salão, chamando a atenção de todos. — Olá. Fico muitíssimo feliz de ver que cada vez mais pessoas pertencem a este lugar. Agora é a hora de falar para as pessoas sobre o bem, sobre o nosso reino, mas chegará o tempo em que teremos que nos recolher — disse com firmeza. Todos prestavam atenção às suas palavras. — Vocês deverão ter muito cuidado daqui em diante, pois aparecerão muitas pessoas que dirão que me conhecem, querendo convencê-los com ideias erradas sobre mim. Eles dirão isso para enganá-los, portanto fiquem atentos. Vocês têm contato direto comigo, e, se eu quiser falar algo, eu mesma falarei, porque não preciso de um intercessor ou tradutor, está bem? Virão pessoas querendo matá-los por me conhecerem e por pertencerem a este reino, por serem meus amigos. Vocês já estão vendo que tudo está diferente lá fora: pessoas rancorosas, amarguradas, querendo apenas poder e fama. Isso é um sinal claro de que a batalha acontecerá em breve. O traidor já espalhou essas pessoas entre nós. E não se preocupem, será difícil, contudo sempre estarei aqui com vocês e por vocês. Não tenham medo, todos daqui são meus guerreiros, meus soldados. Fiquem firmes, a recompensa virá. Não troquem uma espada na rocha por uma na areia, pois qualquer pessoa ou vento poderá arrancá-la. O mundo é dos maus; o Lugar Secreto, entretanto, o Reino da Luz, é dos bons.

Todos estavam em choque demais para aplaudir. Suas palavras foram uma alerta, mais fortes do que uma tempestade.

Sarah me apresentou a alguns dos novos integrantes: Kia, Gaspar e Jeffer.

Kia era uma linda mulher, com uns cinquenta e sete anos. Ela tinha cabelo preto, que contrastavam com algumas mechas grisalhas e a pele alva. Era baixa e possuía olhos negros, como a penugem de um corvo. Gaspar, por sua vez, era baixo, com cabelo e barba ruivos, e olhos castanhos. Jeffer, por fim, era tão alto quanto Benjamin, tinha olhos azuis e cabelo castanho. Usava óculos redondos, que realçavam a cor de seus olhos.

— Com licença. — Michael pigarreou. — Vim roubar minha namorada um pouco.

Todos rimos.

A forma como Michael tratava Sarah era muito fofa. No dia do baile, ele confessara a ela que nunca a esquecera e que só dizia que não tinha tempo para namorar outras garotas porque a em que ele estava interessado não dava moral para ele. Mal sabia Michael que Sarah já o amava bem antes. A partir daí foi feito o pedido de namoro e estavam juntos. Ambos conversaram com Luz, que, assim como eu, os aconselhara. Era incrível ver minha melhor amiga feliz ao lado de quem amava. Afinal, ninguém merecia ficar sozinho.

Despedi-me de Kia, Gaspar e Jeffer, deixando-os conversarem à vontade.

Vi Luz de longe, então me aproximei dela e disse:

— Mãe, eu e Benjamin vamos lá fora.

— Tomem cuidado. Eu os protejo, mas vocês têm que fazer a parte de vocês — Luz respondeu, parecendo um pouco preocupada.

— Pode ficar tranquila, mãe. Tomaremos cuidado — falei, aproximando-me e lhe dando um beijo na bochecha.

Estava com frio na barriga, pois seria a primeira vez que eu e Benjamin passaríamos pela porta juntos. Iríamos pela minha. Isso poderia não ser nada de mais para alguns, porém, para mim, significava muito.

— Estou nervosa.

Ri, envergonhada.

— Eu também estou.

Riu de volta.

— Toda vez que o vejo, fico olhando e pensando em como sou sortuda por ter você — falei olhando para a porta.

— Eu penso a mesma coisa — respondeu ele.

Demos as mãos e passamos pela porta.

Meu quarto estava todo destruído, como se alguém tivesse invadido e revirado minhas coisas, procurando por algo muito valioso. E eu sabia quem eram os culpados: os moradores do Reino das Trevas.

Saímos do apartamento e resolvemos descer de escada, já que, se acontecesse algo, assim seria mais rápido.

Não podia falar por Benjamin, contudo, ao olhar para a rua, vendo muitas pessoas alegres e sorridentes, senti-me triste por saber que aquilo, muito em breve, se transformaria em uma realidade muito distante de nós, transformando-se em fotos e recordações de uma época que jamais voltaria.

De repente, as nuvens começaram a escurecer. O céu ficou escuro, como se uma imensa tempestade estivesse se aproximando. Era o sinal: os tempos de paz se findavam.

Benjamin me abraçou.

— Vamos passar por isso juntos. Todo sofrimento, toda dor e choro valerá a pena.

Ele depositou um beijo na minha testa.

Olhando para o céu negro, senti as lágrimas molharem meu rosto. Inspirei fundo e confiei que, assim como nos outros dias, conseguiríamos mais e mais pessoas para o Reino da Luz. Com êxito, cumpriríamos nossa missão.

62

O dia estava frio e chuvoso. Mesmo sendo perigoso, resolvi dormir no meu antigo sofá, no qual nos acomodávamos em uma noite de filme em família. Eram momentos tão preciosos... Rotineiros demais para serem valorizados no momento em que aconteciam.

Um barulho no quarto chamou minha atenção. Preparada, fui até lá. O quarto estava vazio, e vi que o barulho tinha sido causado pelo porta-retratos que fora derrubado pelo vento que entrava pela janela aberta.

A foto era de um dia em que eu e minha família brincávamos em um parque. Caí em lágrimas.

— Que saudades desse tempo — falei ao vento.

Tirei a foto da moldura e, dobrando-a, coloquei no bolso da calça.

Eu, Benjamin e outras pessoas, que estavam ali para cumprir a missão, usávamos um dispositivo discreto, que ficava no antebraço, para nos comunicarmos.

Recebi uma mensagem nele, era de Benjamin avisando que já estava me esperando em frente ao prédio.

Desviando-me das cadeiras caídas, fui até as escadas e desci, apressada.

— Oi. Passou a noite aqui? — ele perguntou.

— Sim. Eu sei que é perigoso demais, é só que... precisava disso — falei olhando em seus olhos.

— Tudo bem, eu entendo. Fiz a mesma coisa. Vamos?

— Vamos.

Nosso carro parecia ser comum, mas era blindado, com resistência o suficiente para um combate.

Chegamos em uma rua, onde, de longe, conseguíamos ver um grupo de pessoas pedindo comida.

Entreolhamo-nos e descemos do carro.

Fomos até lá com o intuito de ajudar, dando-lhes alimentos, contando sobre Luz e oferecendo abrigo no reino. Infelizmente, poucos de fato queriam ajuda, e, com muita garra, conseguimos convencer alguns com o amor de Luz.

— Precisamos de alguém aqui agora — decretei falando no dispositivo.

Após quinze segundos responderam:

— Sim, senhora. Chegam aí em torno de dois minutos.

E assim foi.

Chegaram duas fadas do exército.

— Levem os que estão com Benjamin para o Lugar Secreto. O restante não quer ajuda e zombaram de nós — disse para elas.

Olhei para Benjamin, que ainda estava tentando convencer os outros a acreditarem na gente.

— Benjamin, deixe-os. Vamos. Fazer isso é entregar um tesouro valioso para um ladrão — falei. Com tristeza no olhar, ele saiu de perto. — Eu quero isso tanto quanto você, contudo não podemos obrigá-los.

— Eu sei — ele respondeu, cabisbaixo.

Íamos em direção ao carro quando um grupo dos moradores do Reino das Trevas viraram a esquina.

— Ei! Vocês! — disseram eles, apontando os dedos em nossa direção.

— Droga, eles nos reconheceram — disse entre dentes.

— No três a gente corre. 1... 3! — ele falou.

Começamos a correr, um do lado do outro. E assim começou mais uma perseguição. Não era a primeira vez que isso acontecia.

Conseguíamos escutar seus passos se aproximando de nós. Enquanto corríamos, eu disse:

— Você pulou o dois.

— Eu sei. Até ia falar, mas não tínhamos tempo para ele — Benjamin respondeu, ofegante.

Viramos a esquina, conseguindo os deixar para trás.

— Ei, ali tem uma árvore. Vamos nos esconder atrás dela.

Rápidos, fomos até ela e nos escondemos.

Eles pararam diante dela por alguns segundos antes de voltarem a correr, como se ela estivesse invisível. Eu sabia quem tinha feito aquilo: minha mãe, Luz.

— Eu sei que está escutando. Obrigada, mãe — sussurrei. Tentava me recompor, mas estava complicado. — Eu vou ver se tem mais alguém por perto.

— Não... espere. Outro grupo vai abordar uma pessoa ali na frente daqui a cinco minutos. Se sairmos agora, seremos pegos — Benjamin respondeu, sem ar.

Eu nem precisava perguntar, porque sabia que Benjamin tinha tido uma visão. A única opção era esperar. Esperar era um saco, contudo necessário. Era isso ou a morte.

Começou a chover.

As gotas d'água estavam tão geladas que pareciam cortar minha pele.

Escutamos passos de uma pessoa, que parou em frente à árvore. Ela foi abordada por outro grupo. Como a rua estava vazia, conseguimos escutar tudo.

— Você não parece ser daqui... De onde você é? — um deles perguntou.

— Não sou mesmo, sou do interior.

Eu conhecia aquela voz.

— Gaspar — eu e Benjamin cochichamos.

Viramos a cabeça discretamente para poder vê-lo. Era mesmo Gaspar.

— Você conhece a rainha Luz? — outro perguntou.

Ele não respondeu. Um homem alto deu um golpe em sua barriga, fazendo-o cair no chão.

— Não. Eu não a conheço.

Um raio estrondoso caiu na rua, perto de onde estávamos.

— Você tem certeza de que não a conhece? — o mais forte perguntou.

— Não, senhores. Eu não a conheço — ele respondeu com os olhos fechados.

Outro raio surgiu, bifurcado, caindo perto do grupo.

Não, Gaspar. Tenha força. Não negue.

— Vou perguntar pela última vez. Você a conhece? Tenho quase certeza de que sim, já que está todo bem-vestido e muito bem alimentado. Isso não é mais comum — falou o mesmo que fizera a primeira pergunta.

— Não, senhor. Eu não conheço a rainha Luz. Nunca nem a vi. Pode confiar em minhas palavras — Gaspar respondeu.

Um raio trifurcado caiu perto dele, quase o atingindo.

Estava arrasada.

— Não acredito que ele negou — Benjamin sussurrou, encostando a cabeça na árvore.

Virei-me de novo para ver se eles tinham ido embora e pude ver Gaspar correndo desesperado.

— Podemos ir agora — falei.

— Vamos — Benjamin concordou.

Corremos até o carro e voltamos para o Lugar Secreto. Já estava escurecendo, e não era mais tão seguro sair à noite.

Antes de irmos, recolhi algumas fotografias na sala da minha casa. Enquanto pegava as fotos, eu e Benjamin escutamos e vimos fogos de artifício pela janela.

— Comemoração? Como assim? — ele perguntou.

Resolvi ligar a televisão, na esperança de que o noticiário explicasse.

— Hoje foi aprovado o decreto que determina a eleição de apenas um presidente mundial. Ele trará a paz e a segurança... — a jornalista falava.

O quê? Que história é essa?

— Doutor Richard Meeves foi nomeado o presidente mundial. O mundo todo comemora sua posse — disse o repórter de outro canal.

Mudamos de canal, que estava transmitindo uma entrevista com o tal:

— Boa noite, pessoal. Estamos aqui com o doutor Richard Meeves. Doutor, qual seu objetivo? Por que resolveu se candidatar?

— Boa noite! Estou muito contente por estar aqui e por vencer essa grande eleição, a mais concorrida de todos os tempos. Meu objetivo é devolver a segurança e a paz ao mundo e foi por isso que quis me candidatar. Há muito tempo, desde criança, percebo um mundo obscuro, carregado de mágoas, raiva e rancor. Eu quero acabar com isso, acabar com tudo o que traz ilusão às pessoas. E como presidente mundial, mandarei grupos militares garantirem a segurança da população. Todo o povo, rico ou pobre, ganhará uma pulseira, na qual terão créditos. Será por meio desses créditos que poderão fazer e comprar tudo o que quiserem. Ou seja, nossa moeda a partir de hoje não será de acordo com cada país, e sim algo único em todo o planeta. Com isso, reestabeleceremos o aumento da economia, segurança e paz mundial, diminuindo a violência e pobreza no mundo, já que todos terão comida e moradia. O uso das pulseiras é obrigatório. Um pequeno grupo militar irá de casa em casa colocá-las em seus braços. Quem não a tiver, será preso ou até morto, já que isso é desobediência à nova lei. Todo mês uma vistoria será feita nas casas, porém fiquem tranquilos, é só para nos certificarmos de que tudo está em ordem. Uma vez posta a pulseira, nunca mais será tirada. Eu agradeço muito a confiança de todos vocês. Juntos somos mais fortes e juntos conseguiremos a igualdade e a paz mundial, tão sonhadas por todos. Obrigado!

— É brincadeira, né? Amor, me fale que isso é zoeira — pedi olhando para Benjamin.

— Infelizmente, não é.

— Temos que voltar para o reino, avisá-la. Se bem que creio que já saiba. Vamos — disse.

Certificamo-nos de que não havia ninguém por perto e passamos pela porta. Afinal, todo cuidado era pouco, considerando o que estávamos vivendo.

Chegando no palácio, avistei um tumulto.

Na sala do trono, vi Gaspar conversando com Luz.

Mas é muito descarado mesmo.

Revirei os olhos.

— Me perdoe, rainha Luz. Eu não deveria tê-la negado. Eu fiquei com muito medo e... quase fui morto por um raio. Achei que era meu fim. Me perdoe — Gaspar suplicou.

A minha vontade era de tacar pedras em sua cabeça. Como ele ousava?

— Está perdoado. Que jogue a primeira pedra quem nunca errou. Vá e não cometa mais esse erro — minha mãe respondeu, graciosa.

Suas palavras fizeram meu estômago se apertar, como se alguém tivesse o chutado. Eu estava errada ao querer condená-lo. Eu não era ninguém para falar dos erros de outras pessoas, até porque era tão falha quanto ele.

O meu olhar de juíza se transformou em um olhar amigo.

— Conte comigo se precisar — disse a ele.

— Obrigado. Perdão — Gaspar falou, olhando para baixo, e saiu.

— Mãe, que agito todo é esse? Soube do presidente mundial? — perguntei.

— Todos ficaram sabendo. Essa paz mundial e essa igualdade não passam de uma farsa — ela respondeu, olhando em meus olhos, que se enchiam de lágrimas.

— Mãe... — comecei, mas não me aguentei e me desabei a chorar.

Ela veio em minha direção e me abraçou com tanta força que podia ter sentido uma ponta de conforto, se não fosse por tudo.

A paz havia terminado e uma nova era se iniciava.

Uma de terror, angústia, sofrimento e luto.

63

Frio por todos os cantos, ruas sem movimento e crianças com receio de brincar. Os seguidores da rainha Luz se escondiam para não serem mortos. Um tornado de caos na cidade. Potes de lágrimas foram enterrados com os corpos de entes queridos, que preferiram entregar suas vidas a negar que faziam parte do Reino da Luz. Isso tudo definia o meu mundo agora.

O traidor, por meio do presidente mundial, tomou o controle em todo o planeta, espalhando raiva, tristeza e rancor por todos os cantos. Ninguém mais sabia o significado de "liberdade". Passeios em família, rodas de amigos nas ruas, aulas na faculdade, amor e paz já não existiam.

Já fazia mais de dois anos que nos escondíamos, correndo perigo, trazendo mais e mais pessoas para o lado da luz, do bem. Treinávamos com a mesma dedicação. Todo dia era trabalho pesado com muito suor, porém tínhamos sede de vitória.

Já com meus vinte e três anos, vi algo que não conseguia enxergar havia três anos: esperança em meio à balbúrdia.

Para onde quer que eu olhasse, via várias pessoas confeccionando uniformes e armas ao passo que outras lutavam. Até os mais moços entraram para o exército, inclusive meus pais e minhas irmãs.

Muitas coisas aconteceram nesses longos dois anos: Sarah e Michael haviam se casado no ano anterior, em uma pequena comemoração, apenas para os mais próximos. Lenah e Lysa também tinham se casado, resolveram fazer o casamento juntas, já que tínhamos que poupar tempo. Louyse estava namorando Isaac, eles eram uma gracinha juntos. E eu? Não... Ainda não era casada nem estava noiva. Casar era um de meus grandes sonhos, ainda mais com Benjamin, porém no tempo em que estávamos... era complicado. Tinha receio de que a batalha final começasse assim que estivesse no altar ou coisa do tipo.

Alguém bateu à porta, tirando-me de meus profundos pensamentos.

— Posso entrar? — Benjamin perguntou.

— Pode.

Ele se aproximou e me deu um abraço apertado.

— Que inesperado — comentei, rindo.

— Eu sei. — Riu de volta. — Estava pensando e... que tal darmos uma volta? Faz tempo que não saímos para passarmos um tempo a sós — ofereceu com os olhos brilhantes.

— Mas...

— Eu já conversei com a rainha Luz. Vamos?

— Está bem.

Gargalhei.

— Coloque uma roupa bem bonita e confortável. Esperarei no parque central do Lugar Secreto.

— Com-combinado.

Com que roupa eu vou?

Escolhi um vestidinho midi floral de fundo bege e uma anabela bege. No cabelo, fiz uma trança lateral. De acessórios, coloquei um brinco pequeno de flor e um colar do mesmo jeito. De maquiagem, apenas um rímel e um batom rosa matte.

Fui até a saída do palácio, encontrando uma linda carruagem no pé da escadaria.

— Princesa Lyra, aqui — disse uma mulher, entregando-me um bilhete.

Esta carruagem a levará ao nosso encontro.

Assinado: o amor da sua vida.

Benjamin vivia me surpreendendo.

A carruagem era toda dourada, puxada por um lindo cavalo branco. Entrei e logo me acomodei.

O Lugar Secreto era lindo, independentemente do momento.

Logo cheguei ao parque central. Era belíssimo. Pássaros cantavam em um formoso coral. Havia pétalas de rosas espalhadas na trilha, guiando o caminho até Benjamin. Ele estava com uma camiseta social bege e calça preta. Em suas mãos, um buquê de rosas.

— Você está... perfeita. Na verdade, você é... é perfeita de natureza — ele disse, coçando a cabeça com um sorriso tímido.

Benjamin parecia nervoso.

— Obrigada, você também é. Tinha que ser meu namorado mesmo — brinquei.

— Noivo — corrigiu.

— O quê? — perguntei, abrindo um sorriso.

— Assim como a esperei pacientemente aqui, a esperarei no altar. — Ele se ajoelhou. — Você, princesa Lyra Lahyers, aceita se casar comigo e passar o resto de sua vida ao meu lado?

— Sim! — gritei.

Benjamin se levantou e me deu um abraço. Em seguida, colocou a aliança em meu dedo. Era um solitário de ouro branco com uma jadeíta tão verde quanto uma floresta. A cor da pedra me lembrou de esperança.

— Nem nos meus mais lindos sonhos conseguiria imaginar que teria um noivo como você.

Aproximamo-nos, meu coração estava acelerado como o de costume quando estava perto dele, e nos beijamos. Nossos lábios se encaixavam com perfeição. Um beijo de amor verdadeiro.

Em breve seria o beijo do “sim” no altar, assim que fosse dito: “Eu vos declaro marido e mulher”.

Ainda bem que ando sempre com minhas unhas feitas, pensei, orgulhosa.

— Amor, estamos noivos! — berrei de alegria.

— Vamos nos casar! — ele comemorou comigo.

— É verdade, vamos nos casar.

Ao falarmos isso, os pássaros começaram a cantar mais alto uma música romântica esplêndida.

— A senhorita se lembra de que lhe disse que estávamos ensaiando para um momento especial? — um pássaro perguntou.

— Lembro — respondi.

— Este era o momento.

Ele deu uma risadinha.

— Mas... nessa época nem tínhamos nada ainda — falei, confusa.

— Pois é. Porém, Benjamin já tinha reservado esta data. Ele tem o dom da visão, esqueceu? Bom... precisamos ir, temos outra festividade hoje.

— Eu amo você — falei.

— Eu também a amo, minha futura esposa.

Eu estava noiva. Ia me casar com o amor da minha vida.

64

Estávamos em nosso horário de descanso. Todos com muita sede, recuperando o fôlego, querendo apenas repousar, porém sabíamos que ainda não era a hora.

Luz convocou todos com urgência. Com frio na barriga, fui até lá.

— Mãe, está tudo bem? — perguntei, angustiada.

— Está, filha — ela respondeu em um sorriso fechado.

— O que irá falar? — perguntei, curiosa.

— Junte-se aos demais. Você saberá com eles.

Desci e fui até eles, ficando bem na frente.

— Olá, meu grande exército. Vocês têm treinado e se esforçado bastante para a batalha final. — Ela fez uma pausa e continuou: — Chegou a hora! Peguem as armas e vistam as armaduras. Chegou o tempo da batalha final. Se preparem.

— Vão! — esbravejei alto para que todos escutassem.

Ágeis, todos colocaram suas armaduras. Organizados, cada grupo foi em direção a uma enorme parede, na qual estavam as armas, pegando pistolas, arcos e flechas, canhões, espadas, granadas, lanças e escudos.

Fui até Benjamin, que estava na frente da parede de armas.

— Você está pronto?

— Estou. Treinamos tanto para isso — ele respondeu enquanto ajeitava a armadura.

— Eu sei que treinamos, mas... nem sempre as pessoas, mesmo que se esforcem, ganham medalhas — disse, agoniada.

Ele segurou meu rosto entre suas mãos.

— Amor, olhe para mim. Conseguiremos, iremos vencer.

— E se muita gente que eu amo morrer? — perguntei, desesperada, já sentindo as lágrimas descerem por meu rosto.

Ele não disse nada, apenas deu um rápido beijo em meus lábios e me envolveu em seus braços acolhedores. Benjamin não podia prometer algo que não sabia.

Se pudesse, ficaria em seus braços para sempre, só que havia uma batalha que precisávamos vencer.

— Vamos — disse a ele.

Benjamin deu um sorriso preocupado e balançou a cabeça, concordando.

Já com tudo em ordem, cada um em seu devido lugar, minha mãe disse:

— Peço que não se assustem com o que verão agora. Vocês estão acostumados a me ver como luz, de fato, apenas com formato, voz e cabelo de mulher. Mas agora verão de fato como sou.

Luz fechou os olhos e se transformou em uma mulher extremamente poderosa. Ela estava forte com uma armadura dourada como ouro e resistente como todas as montanhas juntas.

— Mãe... você é linda — falei. Ela deu um sorriso sem graça. Continuei: — Eu... eu... estou com medo.

— Ter medo é normal, você não está indo a uma festa, e sim para uma batalha. Porém, não pode deixá-lo ser maior do que sua vontade de vencer, não pode deixar que o medo a faça fugir — ela respondeu tocando em meus cabelos.

— Não sei se conseguirei lutar na batalha, não sei se... o meu esforço será o suficiente para ganharmos.

— Você crê em nossa vitória? Se sim, você consegue, porque tudo é alcançável para aqueles que acreditam. — Minha mãe me deu um abraço. — Vamos, está na hora.

Luz estendeu as mãos e abriu um grande portal, que dava acesso ao meu antigo mundo, e quando digo "antigo" era porque... ele não era meu mundo havia muito tempo, o meu lar era o Reino da Luz.

Ao ultrapassarmos o portal, senti enjoo e minhas pernas fraquejaram.

O céu estava negro como carvão, a escuridão sendo interrompida apenas por lampejos acompanhados de estrondos. Quem um dia vira um céu ensolarado com diversos pássaros a voar não acreditaria ao ver que nada daquilo voltaria e que já não era o mesmo.

Nós, além de lutarmos com armas, lutaríamos com nossas vidas.

65

Avistei, ao longe, o exército do Reino das Trevas, conduzido pelo traidor.

Seu exército era muito numeroso, bem mais do que o nosso, e isso fez com que meu estômago embrulhasse. Disse a mim mesma que o nosso poderia não ser o mais volumoso, mas seria o vencedor, pois tínhamos Luz para nos guiar.

— Mamãe, papai, Lenah, Lysa e Louyse, quero que saibam que eu amo vocês e... independentemente do que acontecer, não olhem para trás. Se... eu for ferida, não tentem me salvar, lutem. Me perdoem por tudo que fiz para entristecê-los. Vão e lutem com todas as suas forças. A vitória é nossa — disse, dando-lhes um abraço coletivo.

Lágrimas surgiram em meus olhos, apenas para sumirem em meio a um sorriso terno. Com todos em suas posições, esperaríamos o meu sinal e de Luz.

Conforme o exército inimigo se aproximava, percebi estar alucinando — ou não.

— O quê? — perguntei, incrédula.

Fiquei atônita ao ver quem estava à frente do exército das trevas, era ele. Kyle.

Consegui entender o real motivo de ele conseguir perceber meus pontos fracos, o que estava sentindo e pensando. Compreendi o porquê de fazer de tudo para me distrair para que não pudesse ir conversar com Luz, mesmo que ele não soubesse de toda a história. Agora entendia que o que ele fazia era tentar me convencer a ir para seu lado, o das trevas, pois Kyle tinha noção de que meu sangue era poderoso.

Agora eu sabia: Kyle não era apenas do exército do traidor, ele era o próprio traidor.

Mesmo distante, consegui ouvir sua voz gritando:

— Ainda há tempo de mudarem de lado. A vocês, do Reino da Luz, eu dou uma última chance de garantirem a vitória. Venham para o meu lado! Não querem perder, não é?

O triste era ver muitos largando suas armas e indo para o outro lado, dando ouvidos à conversa de Kyle.

Esbravejei:

— Como, Kyle?! Você morreu. As pessoas o viram morto no caixão.

— Pois é, querida Lyra. Incrível, não é? Eu tenho esse poder de enganar as pessoas. A névoa no dia do meu... "enterro" fez com que vocês vissem meu corpo lá, sendo que na verdade o caixão estava vazio — ele disse, soltando sua risada horripilante.

Pude ver a raiva de Benjamin crescendo em sua expressão.

— Que cara é essa, general? Foi a mesma cara que Safira fez quando a matei. Ela não cooperou comigo. Você estava certo o tempo todo. Que cara certinho irritante — Kyle disse, revirando os olhos. — Ah, esqueci de falar. Parabéns pelo seu noivado com Lyra, Benjamin. Verei o mesmo semblante no rosto de sua querida noiva quando arrancar seu coração. E antes que pergunte, sim, fiquei sabendo, até porque nem todos do seu exército são fiéis a vocês, são tão traidores quanto eu.

Senti o sangue ferver em minhas veias. A sede de vê-lo morto só cessaria com seu sangue escorrendo por minha espada.

Olhei para Benjamin, que parecia sentir a mesma coisa que eu.

Jeffer se aproximou de minha mãe, Luz, e beijou uma de suas mãos. Eu não sabia o porquê de ele fazer isso, até ver um soldado de nosso exército apontar a espada em direção ao coração dela.

— Não! — gritei. Sarah, que estava atrás, pegou sua espada e o decapitou. — Prendam esse maldito! — ordenei.

E assim a luta começou.

Um pequeno grupo seguiu para onde Benjamin os mandara. Ele devia ter tido uma visão, certeza. O ruído de espadas e bombas estavam me deixando atordoada. Sangue jorrava para todo lado.

— Até que a princesa não é nada mal — um dos soldados do traidor falou, abrindo um sorrisinho de canto.

Ele tentou acertar minha coxa com a espada, porém eu era rápida demais para ele.

— Hum... Você é boa, pena que morrerá — ele falou, subestimando-me.

Lembrei-me das palavras da cabo Moward: "Use isso a seu favor".

— Você não tem pena de uma pobre garota? É jogo sujo — falei.

— E desde quando eu jogo limpo, princesa? — ele disse.

— Tem razão, soldado. — Com isso, cravei a espada em seu estômago, fazendo-o cair de joelhos.

Era exaustivo demais. Assim que derrotava um, já aparecia outro.

Olhei à minha volta, entre um inimigo e outro, e vi que todos que eu amava estavam se saindo bem.

A próxima luta seria entre mim e uma loira bem bonita.

— Agora é justo, mulher contra mulher — ela comentou.

— Você é tão bonita por ser má — falei fingindo decepção.

— Beleza não é tudo. Pelo menos eu não aparento ser fraca — ela disparou.

Peguei a espada e usei a ponta para cortar sua jugular. A mulher levou as mãos ao pescoço, apertando-o para tentar estancar o sangue.

— As aparências não são tudo — disse ao chutá-la para trás, afinal ela estava atrapalhando meu caminho.

Enquanto lutava, olhei para o lado e percebi que Benjamin estava sem sua espada. O adversário foi rápido em se aproveitar da situação e afundar uma espada em seu abdômen.

Benjamin foi ao chão, espalhando seu sangue. Sabia que tinha dito aos outros para não olharem para trás e não ajudarem, mas não podia deixar isso acontecer.

Saí acertando todos os oponentes em lugares estratégicos.

— Me deem cobertura! — gritei. Correndo, fui até Benjamin. — Meu amor, não. Olhe para mim. Fique comigo — disse, desesperada.

— Minha noiva... era para ser minha esposa — ele respondeu num fio de voz.

— Eu vou ser, você vai me ver no altar... — falei em meio às minhas lágrimas.

— Me perdoe por decepcioná-la. Eu... eu amo você. Saiba que você sempre foi o amor da minha vida. Não nos casamos... mas... pro-prometi para mim mesmo que... ficaríamos juntos até que a morte nos separasse. Adeus, minha princesa. Eu... a-amo... você.

— Benjamin, não! Você não pode me deixar — disse, já soluçando de tanto chorar.

Estava com sangue inocente em minhas mãos, o sangue do meu noivo. De repente, senti uma fúria extrema. Mataria quem tinha feito isso, e só ficaria satisfeita ao vê-lo tendo uma morte lenta, amarga e sofrida.

66

Perdida em pensamentos confusos, tentei pensar em uma maneira de fazer com que Benjamin voltasse à vida. O que eu poderia fazer?

"Cada um usará seu dom como arma", a voz de Luz ecoou em minha cabeça.

— É isso! — falei ao vento.

Cante com o coração e a alma, Lyra. Você fez uma planta reviver, por que seria diferente?

Inspirei fundo e comecei a cantar. Minha voz saía com dificuldade, a garganta estava seca e meu fôlego, cansado de tanto guerrear. Porém, meu desejo de vê-lo vivo era muito mais poderoso.

Comecei a cantar cada vez mais forte, e o que fora condenado à morte foi tomado por vida.

Consegui escutar sua respiração.

Eu o abracei e o beijei intensamente, tanto que poderia durar para sempre se não fosse a batalha, que ainda estava longe de terminar.

— Eu não consegui dizer: também amo você, meu noivo.

Não queria soltá-lo nunca mais, só que era necessário.

Continuei batalhando. Nem sabia havia quantas horas que já estávamos guerreando.

Senti alguém cair atrás de mim. Luz. Fiquei aos prantos ao perceber que ela preferira se sacrificar a me ver morta. Ela tinha sido atingida no coração pela lança de Kyle.

Minha mãe não!

Meu mundo começou a girar e a ficar mais obscuro do que já estava. Poderia usar minha voz, porém não resolveria, já que nada era mais forte do que ela; nem mesmo eu, sua filha.

Sem Luz, a vida de ninguém fazia sentido.

— Nós vencemos! — comemorou Kyle, soltando risadas horrorosas em meu rosto.

— Vocês nunca irão vencer. Luz pode estar morta, mas eu não estou! — esbravejei.

Esses eram os altos preços de vencer uma guerra: luto e exaustão.

Todos lutavam com lágrimas nos olhos, sem forças. Quem dava apoio e nos fortalecia era Luz, minha mãe. Sendo sincera, eu nem sabia mais se venceríamos. Parecia que minha esperança tinha morrido com ela.

Mesmo desanimada, continuaria batalhando. Não deixaria o traidor sair impune, conquistando tudo para si. Daria meu melhor, e, se fosse preciso, daria minha vida para que o Reino da Luz vencesse.

67

Já fazia quase três horas que Luz fora morta pelas mãos do traidor, e todos estavam esgotados. Olhei ao meu redor e percebi que muitos outros estavam mortos também. Não conseguia ver minha família, meus amigos nem meu noivo. Estavam fora de vista. Havíamos perdido muitos de nós, porém ainda havia milhares.

Meu alvo era Kyle, queria matá-lo a todo custo.

Toda vez que tentava avançar em sua direção para arrancar sua cabeça, muitos soldados de seu exército se punham na frente para protegê-lo.

A fúria parecia queimar minhas veias, consumindo-me na mesma intensidade do meu desejo de vê-lo morto.

— Você não é poderoso? Então por que precisa que outros o defendam? É tão covarde que se esconde? Está com medo de mim? — provoquei. — Você é um desgraçado! Se é tão invencível como diz, por que não vem até aqui e luta comigo?

Eu queria seu sangue.

— Você quer lutar? É o que você terá — Kyle disse de volta.

Ele veio em minha direção e pulou, apontando a espada para minha garganta. Antes que pudesse fazer contato, entretanto, um forte tremor tomou a terra, rachando-a por todos os lados. Um estrondo soou, vindo da direção do corpo de Luz, onde um clarão começava a se espalhar, como se fossem milhares de raios.

No alto, conseguimos ver Luz. Ela voltara à vida e estava mais forte e poderosa do que nunca.

Seu grito e luz foram tão impactantes que todo o exército das trevas caiu ao chão, de joelhos, derretendo suas armas e escudos, e sugando suas forças.

— Que todo seu poder seja extraído de você agora! — Luz decretou, e assim foi.

Muitos do reino do traidor se prostraram diante dos pés de Luz.

— Perdão, minha rainha. Imploramos por perdão.

— É tarde demais, a vitória já é do meu povo — minha mãe respondeu.

O traidor se aproveitou da distração de todos e me segurou por trás.

— Deixe minha filha em paz, sua cobra peçonhenta! — Luz falou em uma voz mais forte do que um trovão. Com apenas um sopro, a vida de Kyle foi sugada, fazendo seu corpo sumir como pó ao vento. O mundo, o meu antigo mundo, estava destruído. A rainha Luz olhou ao redor e disse em uma voz intensa: — Tudo está feito. Está terminado. Nós vencemos.

Todos comemoraram com um único grito de vitória. Era com tristeza no olhar que víamos as pessoas que entregaram suas vidas para que pudéssemos vencer. Os corpos frios e mortos que pertenciam ao nosso povo desapareceram em um belo clarão dourado.

Só conseguia ver pessoas abraçando umas às outras.

— Nós conseguimos, mãe — disse com olhos cheios de lágrimas.

Abracei-a com força. De longe, consegui ver Benjamin correr em minha direção com os braços abertos. Foi o abraço mais esperançoso que já dei.

Com lágrima nos olhos, dissemos juntos:

— Conseguimos, meu noivo.

— Conseguimos, minha noiva.

Era incrivelmente bom ver minha família e meus amigos todos a salvo, sorrindo e comemorando. Estávamos machucados, mas isso não anulava e muito menos impediria a nossa alegria.

Gentil, Luz distribuiu taças com água para bebermos. Era a água mais pura, deliciosa e refrescante que já havia tomado em toda a minha vida. Todos se sentiram revigorados, renovados e cheios de vida ao tomarem.

Os machucados e ferimentos de nossos corpos foram curados, nem cicatrizes foram deixadas.

— Meu povo amado, meus amigos. Todos vocês receberão um convite para a nossa grande festa de celebração — Luz avisou.

Um a um, todos receberam o convite. Era feito todo em cristal, com escritas em ouro puro e decorado com rubis. No verso do envelope, havia nosso nome.

Foi ai que a ficha caiu: o mal havia sido derrotado e o Reino da Luz, vencido.

68

A porta secreta já não era mais a mesma, tinha sido transformada em um lindo portal branco, decorado com flores cintilantes. Na entrada, um guarda segurava um imenso pergaminho dourado, no qual estavam escritos os nomes de cada convidado. Quem não tivesse seu nome lá, não poderia entrar na festa e muito menos no Lugar Secreto.

Ainda com minha armadura, entreguei meu convite e entrei.

O Lugar Secreto também estava muito diferente, estava... deslumbrante, de tirar o fôlego. Verde, branco, dourado e vermelho se destacavam. O palácio estava muito maior, mas não era fechado, era um castelo aberto, que permitia que todos vissem a sala do trono, e o caminho que conduzia até ele continha pedras de ouro.

O trono da rainha Luz, minha mãe, ficava no topo de doze degraus, sendo que cada um era enfeitado com pedras preciosas de todos os tipos. Nunca havia visto degraus tão ricos e belos em toda a minha vida. O primeiro era feito de jaspe, tão vermelho quanto uma maçã. O segundo, de safira, um azul tão intenso quanto o fundo mais profundo dos oceanos. O terceiro, de ágata, tão colorido quanto todas as cores de tinta de um pintor. O quarto, de esmeralda, tão verde quanto uma floresta em época de chuva. O quinto degrau era de sardônica, uma cor tão vibrante e presente quanto as cores do céu ao entardecer. O sexto, de sárdio, sua cor era como o mesclado do céu noturno, com a lua e todas as suas estrelas. O sétimo, de crisólito, tão reluzente quanto um pó dourado. O oitavo degrau era feito de berilo, sua cor me fazia pensar em fortaleza, parecia ser muito forte e resistente. O nono era de topázio, que me fez recordar do nascer do sol, com um laranja queimado e amarelo. O décimo era feito de crisópraso, um verde que me deixou com uma sensação de chuva no verão. O décimo primeiro era confeccionado todo em jacinto, com sua cor vermelha tão intensa que dava a impressão de terem artérias em seu interior. E por último, o décimo segundo degrau era feito de ametista; era tão belo que me fez recordar das cores da galáxia com seus planetas.

Eu nunca imaginaria que algo com tantas cores, pedras e detalhes seria extraordinário. Se alguém me contasse isso antes, acharia carregado demais.

Para completar, em cima do palácio, um imenso arco-íris brilhava como uma estrela cadente.

Ao passarmos pelo portal, nossas roupas foram transformadas. Nas mulheres, um lindo vestido midi branco com manga princesa, e, nos rapazes, um formoso smoking da mesma cor.

— Sejam todos bem-vindos ao novo lar. Eu preparei e decorei cada canto com muito carinho para recebê-los — Luz saudou.

Fomos guiados pelas borboletas até a grande festa.

— *Uau!* — Foi a única coisa que saiu por minha boca.

A festa era no campo. Mesas e cadeiras foram disponibilizadas para todos.

Ao fundo, uma orquestra tocava e um encantador e afinadíssimo coral cantava.

O Reino da Luz estava iluminado como um cristal diante da luz e todo dourado como o ouro. Em cada canto do reino, sendo doze no total, havia a história de um antepassado que conseguira cumprir seu propósito com êxito, deixando sua vida como inspiração. Os cantos eram feitos de jaspe, vermelhos como sangue, sendo que cada um era guardado por um soldado.

Estavam todos alegres, com sorrisos puros e sinceros no rosto. A paz finalmente fora conquistada. Estava tão encantada com tudo que nem percebi Benjamin se aproximar.

— Ei, tive uma ideia — ele começou.

— Qual? — perguntei, curiosa.

— Vamos nos casar!

— Nós vamos. Ainda temos que escolher a data e...

— Não, você não entendeu. Por que não nos casamos agora? — ele perguntou, empolgado.

— O quê? Agora? — Estava surpresa com essa sugestão.

— Sim. Que momento melhor para celebrarmos nossa união?

Ele deu um sorriso convincente.

— Mas... eu não escolhi vestido, decoração, sapato...

— Nós ajudamos! — minha mãe, Luz, minha família, Sarah e cabo Moward disseram juntas, interrompendo-me.

Benjamin me cutucou e me olhou com uma expressão esperançosa.

— Está bem. Vamos. Vou casar! — berrei, animada.

— Eu vou me casar com o amor da minha vida! — ele gritou e me deu um abraço bem forte.

— Está bem. Está bem. Se despeçam. A partir de agora, vocês não podem mais se ver — Louyse disse, rindo.

Antes de me soltar, Benjamin deu um beijo em minha testa e sussurrou em meu ouvido:

— A gente se vê no altar, minha princesa.

Eu me arrepiei inteira. Eu ia me casar.

69

Estavam todos em uma correria tremenda, ainda que nenhum corresse tão rápido quanto meu coração.

Enquanto minha maquiagem estava sendo feita, um filme pareceu atravessar minha cabeça. Quem diria que eu passaria por tudo pelo que passara? Rebeldia, rancor, mágoa, ódio, sede de poder... Era isso o que ocupava o coração da antiga Lyra. Hoje só tenho que agradecer por tudo. Ao analisar toda a minha vida, percebi o quanto tinha amadurecido e crescido. Tudo graças a Luz – sem ela estaríamos condenados.

Maquiagem pronta – uma leve sombra marrom, rímel e um lindo batom nude –, partimos para o cabelo: ondulado, foi organizado em semipreso desconstruído.

– Tenho uma surpresa para você – disse Luz, entregando-me uma caixa grande.

Abri-a com as mãos trêmulas.

– Meu vestido... – falei com meus olhos sonhadores já cheios de lágrimas.

Ele era perfeito, muito além do que sonhara.

– Irei ajudá-la a se vestir – minha mãe Laura disse.

Diante do espelho, percebi que faltavam palavras para descrever o quanto estava linda e emocionada. O vestido se ajustou ao meu corpo com perfeição. Era de mangas longas, decote coração e rodado. Era todo cintilante, como as estrelas da noite. Meu véu era simples. Em minha cabeça estava a coroa de diamantes. Foi aí que me lembrei: estava idêntica à foto do retrato.

Este é meu futuro.

Não queria usar salto, então resolvi usar uma sapatilha branca, que combinava delicadamente com o vestido. Estava pronta para me casar.

Com o buquê em mãos, desci as escadas.

Já no início do tapete vermelho, consegui ver Benjamin me esperando. Ao colocar seus olhos em mim, começou a chorar.

— Ai, minha maquiagem — disse olhando para papai e mamãe, que entraram comigo.

Ah, dane-se, vou chorar mesmo.

Deslizei pelo tapete, andando devagar até Benjamin.

Ele estava... Meu futuro esposo, com aquele smoking bege, estava incrível.

Papai pegou minhas mãos e as colocou em cima das de Benjamin.

— Cuide bem da minha filha. Aquilo que disse sempre estará de pé. Cuidado, posso matá-lo — ele falou, rindo.

Trocamos um olhar e demos um sorriso tímido.

— Boa noite, senhoras e senhoras. Estamos aqui reunidos para celebrarmos a união de Benjamin Gladger e Lyra Lahyers — começou Luz. — Onde habita o amor, o ódio não destrói. O amor é uma escolha que ambos decidiram cravar em seus corações.

Erik entrou com as alianças. Ninguém melhor do que ele, que revelara meus pensamentos mais secretos.

Ri ao lembrar.

— Obrigada, Erik — sussurrei.

— Foi um prazer ser o cupido desta história — ele disse, dando uma piscadela para mim.

— Você, princesa Lyra Lahyers, aceita o general Benjamin Gladger como seu legítimo esposo em todos os momentos de sua vida, até que a morte os separe?

— Aceito — respondi.

— Você, general Benjamin Gladger, aceita a princesa Lyra Lahyers como sua legítima esposa em todos os momentos de sua vida, até que a morte os separe? — Luz perguntou para ele.

— Sim, aceito.

Já podemos pular para a parte em que somos declarados casados?

Luz me deu oportunidade para falar.

— Bom... todos sabem de minha história com Benjamin. Tranquei meu coração e quis guardar seus pedaços quebrados apenas para mim, mas hoje, em sua frente, meu amor, posso ver que ao seu lado é onde sempre quis estar. Não sabia que ansiava tanto por este momento até acontecer. Só nós sabemos tudo o que enfrentamos, as dificuldades, lutos, sufoco e... sua morte. Sem você, eu estaria submersa em meu mundo tenebroso. Com você, meu jardim se encheu de flores como na primavera. Com você pude sentir o amor mais puro, verdadeiro, respeitoso e carinhoso. Eu amo amar você: meu general, meu amor e meu esposo.

Era uma pena que ainda não pudesse beijá-lo, pois seus lábios estavam mais chamativos que o de costume.

Benjamin pigarreou e começou a falar com sua voz sedutora e fofa:

— Já irei começar dizendo que a amo e sempre a amei, desde a primeira vez que coloquei meus olhos em você. Quando me toquei, já pensava em você dia e noite. Foi bizarro ter uma visão com você, a primeira... Nunca lhe contei, né? Bom... o que via na visão era algo perfeito, naquela hora não entendi muito bem, mas hoje compreendo. Nela você estava deslumbrante e é... mais incrível ainda poder ver isso pessoalmente. Eu a vi vestida de noiva, e em nossos dedos havia a mesma aliança. Eu quero passar o resto de minha vida com você, meu amor. Eu a amo e sempre a amarei. Ainda sinto frio na barriga ao vê-la, como se fosse a primeira vez, e ainda gaguejo só de pensar em me declarar para você. Eu a amo para sempre.

Olhei para todos que estavam assistindo à cerimônia e estavam todos emocionados.

Minha história de amor é linda e inspiradora mesmo.

— Sei que vocês estão esperando por isso, então serei breve: eu os declaro marido e mulher. Pode beijar a noiva.

Nós demos um sorriso sem graça, e ele se aproximou, fazendo com que nossos lábios se tocassem. Era um verdadeiro beijo de amor.

Senti cócegas em meu estômago ao olharmos para nossas mãos com as alianças.

— Casamos! — gritamos juntos.

Todos comemoram. Diferente do nosso antigo mundo, em que jogavam arroz, ali jogaram pó de ouro. Chique, né?

Na festa, que também seria a comemoração de nossa vitória, um enorme banquete foi servido.

As árvores que cada um possuía se uniram e foram transformadas em apenas uma. Ela era muito alta e nela havia frutos dourados.

Todos iam em sua direção colher a fruta fresca e comer. Isso era liberdade. Ninguém se importava com o que as pessoas diriam, até porque agora não existia mais inveja e maldade, todos eram puros e inocentes como uma criança.

— Sei que não é aniversário de ninguém, porém quero presentear vocês por terem permanecido e serem fiéis — Luz falou.

Você quer saber o que eram os presentes? Isso aí é segredo.

Eu, minha mãe Luz, minha família, meus amigos e todo o restante comemorávamos nossa liberdade. Iríamos morar no Lugar Secreto para sempre, onde não havia tristeza, dor nem nada que é do mal.

Ao olhar aquelas pessoas sorrindo, pude perceber que a vida era linda como uma rosa, contudo, infelizmente, muitos enxergavam apenas seus dolorosos espinhos, esquecendo-se de ver a bela flor.

Tiramos uma foto juntos, e parei para refletir: não importava se o dia estava nublado ou chuvoso — quando se está no lugar certo, ao lado das pessoas que amamos, tudo vira um belo arco-íris em um esplêndido dia ensolarado de verão. Quando há amor, tudo vale a pena.

Ninguém nunca disse que a caminhada será fácil, mas, no fim, cada passo, mesmo que em cacos de vidro, valerão a pena.

E você? Se tivesse uma porta secreta agora em sua casa, arriscaria sua vida para pertencer àquele lugar? Encararia seus desafios?

SE VOCÊ GOSTOU DESTE LIVRO, VAI GOSTAR DE:

Rebeca vive uma rotina desgastante ao lado do pai e da madrasta. Mari, sua meia-irmã, é seu principal motivo para acordar todos os dias. Mas nem mesmo a garotinha é capaz de fazê-la esquecer os maus momentos e, depois de um dia particularmente difícil, Rebeca sucumbe à alternativa mais fácil que encontra: os comprimidos que sua mãe se recusou a tomar anos antes. Mal sabia ela que eles são, na verdade, a porta de entrada para a Floresta de Cristal, um ambiente mágico onde poderá encontrar as lições de que precisará se quiser salvar a irmã de uma infância pior do que a sua.

Ao planejar seus dias em um acampamento, tudo o que um grupo de jovens quer é diversão, mas o que espera por eles é um local que, apesar de aparentar inofensivo, esconde segredos que mudarão suas vidas para sempre. Quando o perigo se torna iminente, só o que lhes resta é fugir, e para isso precisarão desvendar os mistérios que se escondem além da propriedade. Agora, estão presos em um mundo em que maldições são reais, porém alguém parece os estar guiando para a salvação; seus futuros, no entanto, também dependerão deles mesmos, que terão de fazer as escolhas certas, ou encarar as consequências das erradas.

Não perca a oportunidade de realizar
o sonho de se tornar um escritor.
Envie seu original para o nosso e-mail e
PUBLIQUE CONOSCO.

Esta obra foi composta na fonte ITC Legacy Serif,
tamanho 11 pt, e impresso em papel pólen soft 70g/m².
São Paulo, maio de 2023